# Е-З ДІККЕНС СУПЕРГЕРОЙ КНИГИ ПЕРША І ДРУГА

## ТАТУЮВАННЯ АНГЕЛ: ТРИ

Cathy McGough

Stratford Living Publishing

# Присвята

Для Дороті, яка повірила.

# Зміст

# КНИГА ПЕРША:

## ТАТУЮВАННЯ АНГЕЛ

# ПРОЛОГ

Перша істота прилетіла на груди Е-Зі і приземлилася, висунувши підборіддя вперед і поклавши руки на стегна. Він повернувся один раз, за годинниковою стрілкою. Обертаючись швидше, з тріпотіння його крил виходила пісня. Пісня була тихим стогоном. Сумна пісня з минулого на честь життя, якого вже не було. Істота відкинулася назад, притулившись головою до грудей І-Зі. Обертання припинилося, але пісня продовжувала грати.

Друга істота приєдналася, виконуючи той самий ритуал, але обертаючись проти годинникової стрілки. Вони створили нову пісню, але без біп-біпів і зум-зумів. Бо коли вони співали, то не потребували ономатопеї. А в повсякденній розмові з людьми вона була потрібна. Ця пісня накладалася на іншу і ставала радісним, гучним святом. Ода прийдешньому, ще не прожитому життю. Пісня для майбутнього.

Бризки діамантового пилу вирвалися з їхніх золотих очей, коли вони синхронно повернулися. Алмазний пил бризнув з їхніх очей на спляче тіло І-Зі. Обмін продовжувався, поки він не покрив його з ніг до голови алмазним пилом.

Підліток продовжував міцно спати. Поки алмазний пил не пронизав його плоть - тоді він відкрив рот, щоб закричати, але не почув жодного звуку.

"Він прокидається, біп-біп."

"Піднімай його, зум-зум."

Разом вони підняли його, коли він розплющив затуманені очі.

"Спи більше, біп-біп."

"Не відчувай болю, зум-зум."

Обійнявши його тіло, дві істоти прийняли його біль у себе.

"Вставай, біп-біп", - наказав він.

І інвалідний візок піднявся. І, розташувавшись під тілом Е-Зі, він став чекати. Коли краплина крові опустилася вниз, крісло зловило її. Поглинуло її. Поглинуло - наче жива істота.

Зі збільшенням потужності крісла, воно також набирало сили. Незабаром крісло змогло утримувати свого господаря в повітрі. Це дозволило двом істотам виконати своє завдання. Їхнє завдання - з'єднати крісло і людину. Зв'язати їх назавжди силою алмазного пилу, крові та болю.

Коли тіло підлітка здригнулося, проколи на його шкірі загоїлися. Завдання було виконано. Алмазний пил став частиною його сутності. І музика замовкла.

"Все зроблено. Тепер він куленепробивний. І він має суперсилу, біп-біп."

"Так, і це добре, зум-зум".

Візок повернувся на підлогу, а підліток на своє ліжко.

"Він нічого не пам'ятатиме про це, але його справжні крила почнуть функціонувати дуже скоро, біп-біп".

"А як щодо інших побічних ефектів? Коли вони почнуться, і чи будуть вони помітними біп-беп?"

"Цього я не знаю. У нього можуть бути фізичні зміни... це ризик, на який варто піти, щоб зменшити біль, біп-біп".

"Згоден, біп-біп."

# ПРИЧИНА

У всіх сім'ях бувають розбіжності. Деякі сперечаються через кожну дрібницю. Сім'я Діккенсів погоджувалася з більшістю речей. Музика не була однією з них.

"Ходімо, тату, - сказав дванадцятирічний І-Зі. "Мені нудно, а по супутнику зараз крутять уік-енд "Муз"."

"Ти не взяв навушники?" - запитала його мати Лорел.

"Вони в моєму рюкзаку в багажнику". Він зітхнув.

"Ми завжди можемо зупинитися і взяти їх..."

Мартін, батько хлопчика, який був за кермом, перевірив час. "Я хотів би дістатися до будиночка в горах до того, як стемніє. Муза не проти. До того ж, ми скоро будемо там".

Лорел увімкнула супутникову систему в їхньому новенькому червоному кабріолеті. Вона на мить завагалася на "Класичному рок". Диктор сказав: "Далі - гімн Kiss "I Wanna Rock N Roll All Night". Не чіпайте цей диск".

"Зачекай, це ж гарна пісня!" - вигукнув хлопець.

"Що, більше ніяких Muse?" запитала Лорел, не відриваючи руки від циферблата.

"Після "Поцілунку", гаразд?"

"Тоді після Kiss", - сказав Мартін, вмикаючи двірники на лобовому склі. Дощу ще не було, але грім гримів. Гілки та інше сміття било в їхню машину, поки вони піднімалися на гору.

Лорел чхнула і зробила закладку на своїй сторінці. Вона схрестила руки, тремтячи. "Цей вітер справді виє. Не проти, якщо ми піднімемо дах?"

"Я голосую "за", - сказав І-Зі, прибираючи гілочки зі свого світлого волосся.

УДАР.

Не було часу кричати - музика замовкла.

У вухах хлопчика все ще дзвеніло від звуку в поєднанні з вибухом чотирьох подушок безпеки. Кров потекла по його лобі, коли він доторкнувся до того, що стояло на його ногах: до дерева. Кров заливала дерев'яного зловмисника і навколо нього. Він провів пальцем по стовбуру дерева. Це було схоже на шкіру; він був деревом, а дерево було ним.

"Мамо? Тату?" - схлипував він, здіймаючи груди. "Мамо? Тату? Будь ласка, відгукніться!"

Йому потрібно було покликати на допомогу. Де був його телефон? Від удару в аварії його відкинуло. Він бачив його, але він був занадто далеко, щоб дотягнутися. Чи ні? Він був кетчером, і дехто казав, що його рука, яка кидає м'яч, була наче гумова. Він зосередився і тягнувся, тягнувся і тягнувся, поки не дістав його.

Сигнал був сильним, коли його закривавлені пальці натиснули 9-1-1, а потім відключилися. Щоб його знайшли, йому потрібно було скористатися новою розширеною службою. Він набрав Е9-1-1. Це дало владі дозвіл на доступ до його місцезнаходження, номера телефону та адреси.

"Служба порятунку. Що у вас сталося?"

"Допоможіть! Нам потрібна допомога! Будь ласка. Мої батьки!"

"Спочатку скажи мені, скільки тобі років? Як тебе звати?"

"Мені дванадцять. Мене звуть І-Зі."

"Будь ласка, перевір свою адресу і номер телефону".

Він перевірив.

"Привіт, Ю-Зі. Розкажи мені про своїх батьків. Ти їх бачиш? Вони притомні?"

"Я, я їх не бачу. На машину, на них і на мої ноги впало дерево. Допоможіть. Будь ласка."

"Ми визначаємо ваше місцезнаходження."

Ю.-З. заплющив очі.

"Ю.З.?" Голосніше, "Ю-Зі!"

Хлопець прийшов до тями. "Я, вибачте, я."

"Ми висилаємо гелікоптер. Намагайся не спати. Допомога вже в дорозі".

"Спасибі", - його очі заплющилися, він силоміць розплющив їх. "Я мушу не спати. Вона сказала не спати". Все, чого він хотів - це спати, спати, щоб припинити весь біль.

Над ним перед очима замерехтіли два вогники - зелений і жовтий. На секунду йому здалося, що він бачить крихітні крильця, які махали, коли ці два об'єкти зависали в повітрі.

"Йому погано", - сказав зелений, наблизившись, щоб роздивитися ближче.

"Давай допоможемо йому", - сказав жовтий, ширяючи вище.

Е-Зі підняв руку, щоб відмахнутися від мерехтливого світла. Пронизливий звук різонув по вухах.

"Ти згоден нам допомогти?" - проспівало світло.

"Згоден. Допоможіть мені."

Потім все потемніло.

# ЕФЕКТ

Сем, дядько Е-Зі був у лікарні, коли він прокинувся. Хлопчик не запитав, де його батьки, бо не хотів чути відповідь. Якби він не знав, то міг би прикинутися, що з ними все гаразд. Що вони ось-ось увійдуть до його кімнати і обіймуть його. Але в глибині душі він знав, навіть вірив, що вони мертві. Він уявляв собі, як відкине ковдру і побіжить до них, як вони обійматимуться і плакатимуть про те, як їм пощастило. Але зачекайте, чому він не може поворушити пальцями ніг? Він спробував ще раз, сильно зосередившись, але нічого не вийшло.

Сем, який спостерігав за цим, сказав: "Не існує простого способу пояснити тобі це", - весь цей час він боровся зі сльозами.

"Мої ноги, - сказав І-Зі, - я їх не відчуваю".

Дядько Сем стиснув руку племінника. "Твої ноги..."

"О, ні. Не кажи мені. Просто не кажи."

Він вирвав свою руку з рук дядька. Він закрив обличчя, створюючи бар'єр між собою і світом, коли сльози котилися по його щоках.

Дядько Сем завагався. Його племінник вже був у сльозах, вже горював, і все ж він повинен був розповісти йому про його батьків. Сказати це було нелегко, тож він проговорився: "Твої батьки. Мій брат і твоя мама... вони не вижили".

Знати і почути ці слова - дві різні речі. Одне робило це фактом. І-З закинув голову назад і завив, як поранений звір, трясучись і бажаючи втекти, куди завгодно. Тільки подалі.

"І-Зі, я тут заради тебе."

"Ні! Це неправда. Ти брешеш. Чому ти брешеш мені?" Він кидався, стискаючи кулаки і гамселячи ними по матрацу, лютуючи і лютуючи без жодних ознак зупинки.

Сем натиснув кнопку біля ліжка. Він намагався заспокоїти його, але Е-Зі вийшов з-під контролю, штовхався і лаявся. Прибігли дві медсестри; одна вставила голку, а інша разом з Семом намагалася утримати його в спокої і тихо шепотіла, що все буде добре.

Сем дивився на це, як його племінник у країні мрій, чи де б він зараз не був, і посміхався. Він плекав цю посмішку, думаючи, що пройде багато часу, перш ніж він знову побачить її на обличчі свого племінника. Попереду був довгий і важкий шлях. Його племінник повинен був зустріти день, коли його життя розвалиться на шматки. Коли він це зробить, він зможе боротися, і разом вони зможуть побудувати йому абсолютно нове життя. Нове - інше - не те саме. Ніщо вже ніколи не буде колишнім.

Все тому, що вони опинилися не в тому місці і не в той час. Жертви природи: дерево. Дерево, яке стало зброєю природи через людську недбалість. Дерев'яна конструкція була мертвою, коріння над землею роками змагалося за увагу. І коли йому сказали, що навесні його позначили хрестиком, щоб зрубати, він хотів закричати.

Натомість він зателефонував найкращому адвокату, якого знав. Він хотів, щоб хтось заплатив - оплатив рахунок за два життя, що обірвалися надто рано, і за розтрощені ноги та життя його племінника.

Але який у цьому був сенс? Минулого вже не змінити, але в майбутньому він допоможе племіннику знайти свій шлях. У той момент Сем сформулював план.

Сем нагадував дорослу версію Гаррі Поттера (тільки без шраму). Як єдиний живий родич Е-Зі, він мав взяти на себе турботу про племінника. Роль, якою він нехтував у минулому. Він намагався бути схожим на свого старшого брата Мартіна, а не замінити його.

Він струшував з себе відмовки, що кипіли всередині. Намагався змусити його використати роботу, щоб звільнити себе від відповідальності. Він міг би піти, перекреслити всі зобов'язання. Тоді він міг би перестати картати себе. Ненавидіти себе за весь втрачений час.

Поки племінник спав, він зателефонував генеральному директору своєї софтверної компанії. Як досвідчений старший програміст у своїй галузі, він сподівався, що вони дійдуть до компромісу. Він розповів, що хоче зробити.

"Звичайно, Сем. Ти можеш працювати віддалено. Нічого не зміниться. Ти робиш те, що повинен робити. Ми з тобою. Сім'я на першому місці - завжди."

Відключившись, він повернувся до ліжка племінника. Наразі він переїжджав до родинного будинку, щоб Е-Зі міг залишатися поруч зі своїми друзями та школою. Разом вони знову складуть шматочки докупи і відбудують його життя. Якщо він не збожеволіє остаточно. Зрештою, як холостяк, він майже не мав досвіду спілкування з дітьми - не кажучи вже про підлітків.

***

Вийшовши з лікарні - волею долі - вони не мали іншого вибору, окрім як створити зв'язок, який би виходив за рамки крові.

Е-3 пручався, заперечуючи, що може зробити все сам. Зрештою, йому нічого не залишалося, як прийняти запропоновану допомогу.

Сем зробив крок назустріч - був поруч - так, ніби знав, що потрібно його племіннику, ще до того, як той попросив про це.

І він був поруч з І-Зі у другий найгірший день його життя - коли йому сказали, що він більше ніколи не зможе ходити.

"Заходь", - сказав доктор Хаммерсміт, один з найкращих хірургів-ортопедів-неврологів.

На своєму інвалідному візку в'їхав І-Зі, а за ним Сем.

Хаммерсміт був відомий тим, що виправляв те, що неможливо виправити, і він збирався виправити його. На попередніх консультаціях він пообіцяв хлопцеві, що той знову буде грати в бейсбол.

"Мені шкода", - сказав Хаммерсміт. Після кількох секунд незручної мовчанки він заповнив її, перетасувавши якісь папери.

"За що саме тобі шкода?" запитав І-Зі, щосили намагаючись просунутися вперед на своєму місці. Не в змозі виконати завдання, він залишився на місці.

"Про те, про що він запитав", - відповів Сем, без особливих зусиль посуваючись вперед на своєму сидінні.

Хаммерсміт прочистив горло. "Ми сподівалися, що, оскільки все функціонує нормально, параліч може бути тимчасовим. Тому я відправив вас на додаткові обстеження і запропонував фізичну терапію. Тепер немає жодних сумнівів, мені шкода це казати, але ти більше ніколи не зможеш ходити".

"Як ви можете так з ним вчинити?" запитав Сем.

Остаточність його слів не давала йому спокою. "Забери мене звідси, дядьку Сем!"

"Зачекайте, - сказав Хаммерсміт, не в змозі дивитися їм в очі.  "Я просив про допомогу у колег по всьому світу. Вони прийшли до того ж висновку".

"Велике вам спасибі."

"І-З, тобі час рухатися далі. Я не хочу давати тобі більше марних надій. "

Сем стояв, поклавши руки на ручки інвалідного візка.

"Ми отримаємо другу думку, і третю, і четверту!"

"Ви можете це зробити, - сказав Хаммерсміт, - але ми вже це зробили. Якби з'явилося щось нове - щось, що ми могли б використати, - ми б це зробили. Все може змінитися ще за вашого життя. Сфера досліджень стовбурових клітин прогресує. Тим часом, я не хочу, щоб ти жив, сподіваючись на "якщо" і "може бути"".

Потім звернувся до Сема,

"Не дозволь своєму племіннику змарнувати життя. Допоможи йому відновитися і повернутися до світу живих. О, і мені неприємно про це говорити, але нам скоро знадобиться інвалідний візок - здається, у нас його не вистачає. Якщо ти не проти, то не міг би подбати про це якось інакше".

"Гаразд", - сказав Сем, і вони вийшли з офісу Хаммерсміта, не промовивши жодного слова. Він поклав інвалідний візок у багажник, пристебнув ремені безпеки і завів машину.

"Все буде добре".

Ю.-З., у якого по щоках котилися сльози, витер їх. "Мені дуже шкода."

"Тобі ніколи не доведеться вибачатися переді мною, малий, за те, що ти показуєш свої почуття".

Сем вдарив кулаками по керму, а потім виїхав з місця паркування, вищаючи шинами.

Кілька хвилин вони їхали, не розмовляючи, а потім він нахилився і увімкнув радіо. Воно розірвало тишу між ними і дало можливість Ю-Зі виговоритися, не соромлячись себе.

Коли вони повернули на під'їзну дорогу до будинку, то були спокійні і голодні. У планах було переглянути кілька програм і замовити піцу.

Через кілька днів привезли новенький інвалідний візок.

**✱✱✱**

Два вогники: жовтий і зелений мерехтіли біля нового інвалідного візка Ізабелли.

"Цей не підійде, біп-біп."

"Згоден, зовсім не підійде. Йому потрібно щось легше, міцніше, вогнетривке, куленепробивне і поглинаюче, зум-зум".

"Ти знаєш, хто сказав, що ми не повинні гаяти часу - тож давай зробимо це, поки людина не прокинулася, біп-біп".

Вогні затанцювали навколо інвалідного візка. Один замінював метал, інший - шини. Коли вони завершили процес, крісло виглядало так само, як і раніше, але це було не так.

Е-Зі прошепотів уві сні.

"Ходімо звідси! Біп-біп!"

"Прямо за тобою! Зум-зум-зум!"

І так вони йшли, поки малий спав.

***

Минув рік, і тепер Е-3 здавалося, що дядько Сем завжди був поруч. Не те, щоб він замінив йому батьків. Ні, він ніколи не зміг би цього зробити, та й не намагався б, але вони ладнали. Вони були друзями. Навіть більше, вони були сім'єю. Єдиною сім'єю, яка залишилася у тринадцятирічного хлопця у світі.

"Я хочу подякувати вам", - сказав він, намагаючись не розплакатися.

"Ти не мусиш мені дякувати, хлопче".

"Але я мушу, дядьку Сем, без тебе я б уже давно опустив руки".

"Ти зроблений з міцнішого матеріалу, ніж це."

"Ні. Після аварії я боюся, я маю на увазі по-справжньому боюся. Мені сняться кошмари".

"Нам усім буває страшно; допомагає, якщо ти говориш про це. Я маю на увазі, якщо ти хочеш поговорити зі мною про це".

"Іноді це трапляється вночі, коли ти спиш. Я не хочу тебе будити".

"Я поруч, а стіни не такі товсті. Просто гукни мене, і я прийду. Я не проти."

"Дякую, сподіваюся, мені це не знадобиться, але приємно знати".

Вони повернулися до перегляду телевізора і більше ніколи не обговорювали це питання.

До однієї ночі, коли Ю.-З. прокинувся від крику, а Сем, як і обіцяв, був поруч.

Він увімкнув світло. "Я тут. З тобою все гаразд?"

Ю.-З. тримався за край ліжка, наче той, хто ось-ось зірветься зі скелі. Він допоміг йому повернутися на матрац.

"Тепер краще?"

"Так, дякую.

"Хочеш поговорити про це? Можу зварити какао."

"З зефіром?"

"Звісно. Зараз повернуся."

"Гаразд." Е-Зі на секунду заплющив очі, і пронизливі звуки поновилися. Він затулив вуха і спостерігав за жовтими та зеленими вогниками, що танцювали перед його очима. Він прибрав руки, почувши, як босі дядькові ноги тупотять по коридору.

"Тримай", - сказав Сем, вкладаючи в руку племінника горнятко гарячого какао. Він припаркувався в інвалідному візку, де зробив ковток і зітхнув.

Лівою рукою І-Зі хапав повітря, ледь не розхлюпуючи напій.

"Що ти робиш?"

"Хіба ти не чуєш? Цей звук, що розриває вуха?"

Сем уважно прислухався - нічого. Він похитав головою. "Якщо ти чуєш щось дивне, чому ти намагаєшся відмахнутися від нього?"

І-Зі зосередився на своєму гарячому напої, а потім проковтнув міні-зефір. "Мабуть, ти не бачиш світла?"

"Вогні? Яких вогнів?"

"Два вогники: зелений і жовтий. Завбільшки з кінчик твого пальця. То вмикаються, то вимикаються - відколи сталася аварія.  Дзвенить у вухах і миготить перед очима. Дратують мене".

Сем підійшов до узголів'я ліжка і подивився на нього з точки зору племінника. Він не очікував нічого побачити - і, звісно, не побачив - зусилля були спрямовані на заспокоєння. "Ні, але розкажи мені більше, щоб я міг краще зрозуміти, як все почалося".

"Під час аварії я побачив два вогники, жовтий і зелений, і, не смійтеся, але мені здалося, що вони говорили зі мною. Через це мені сняться кошмари".

"Які саме вогники? Ти маєш на увазі, як різдвяні вогні?"

"Ні, не різдвяні. Нічого такого. Вони вже зникли. Напевно, посттравматичний стресовий розлад, або спогад".

"ПТСР або спогад - це дві дуже різні речі. Я думаю, може, тобі варто з кимось поговорити. Я маю на увазі з кимось, окрім мене."

"Ти маєш на увазі моїх друзів?"

"Ні, я маю на увазі професіонала."

ПІП.

ХЛОПОК.

Вони знову повернулися. Моргали перед його носом і змушували його косити очима. Він стримувався. Намагався не відмахнутися від них. Коли Сем однією рукою взяв свою чашку, а іншою помацав своє чоло, він вдарив по повітрю. "Геть від мене!"

Сем дивився, як його племінник застиг, наче крижана скульптура на зимовому фестивалі. Сем клацнув пальцями перед його очима, але ніякої реакції не було. Е-Зі зітхнув, відкинувся на спинку ліжка, глибоко вдихнув і за кілька секунд засопів, як солдат. Сем підняв ковдру. Він поцілував племінника в чоло, а потім повернувся до своєї кімнати. Врешті-решт він заснув.

Наступного дня Сем запропонував Е-Зі записати свої почуття, можливо, у щоденнику. Тим часом він поцікавився, чи можна записатися на прийом до фахівця.

"Ти маєш на увазі психіатра?"

"Або до психолога. А ти тим часом записуй. Коли ти їх бачиш, як вони виглядають - фіксуй побачене".

"Щоденник, тобто на кого я схожий, на Опру Вінфрі?"

"Ні", - сказав Сем. "Малий, тобі сняться кошмари, ти чуєш пронизливі звуки і бачиш світло. Це може бути ознакою, як ти сказав, посттравматичного стресового розладу або чогось медичного. Мені потрібно перевірити і поговорити з твоїм лікарем, отримати його пораду. Тим часом, записувати свої думки, вести щоденник може допомогти. Багато чоловіків писали щоденники або вели журнал".

"Назви хоч одного, чиє ім'я я я б впізнав?"

"Давай подивимось, Леонардо да Вінчі, Марко Поло, Чарльз Дарвін".

"Я маю на увазі когось з цього століття."

"Ти вже згадував Опру."

$$***$$

Психічне здоров'я Е-Зі покращилося після кількох сесій з терапевтом/консультантом. Вона була доброзичливою і не засуджувала підлітка, як він цього боявся. Замість цього вона запропонувала поради та конкретні стратегії, щоб заспокоїти і допомогти йому. Вона, як і його дядько Сем, також запропонувала йому записати все це - в журнал або щоденник.

Натомість він написав коротке оповідання для шкільного завдання, натхненний улюбленим птахом своєї матері - голубом. Після того, як він отримав п'ять з плюсом за роботу, вчителька подала його оповідання на провінційний письменницький конкурс. Спочатку він засмутився, що вона взяла його твір, не спитавши його самого. Але коли він переміг, то був неймовірно щасливий. Відтоді вчителька подала його оповідання на загальнонаціональний конкурс.

Поки його племінник заглиблювався в письменницьке мистецтво, Сем захопився новим хобі - генеалогією. Одного вечора, коли вони вечеряли, він обмовився:

"Тепер, коли ти написав коротке оповідання і маєш певний успіх, може, тобі варто спробувати написати роман".

"Я? Роман? Нізащо".

"У тобі тече кров письменника", - сказав дядько Сем. "Простеживши нашу історію, я виявив, що ми з тобою - родичі єдиного і неповторного Чарльза Діккенса".

"Тоді, можливо, Тобі варто написати роман". Він розсміявся.

"Це ж не в мене є оповідання, відзначене нагородами".

Над його тарілкою замерехтіли зелені та жовті вогники. Принаймні, він не чув того пронизливого шуму, що долинав з радіоприймача дядька Сема.

".... Зрештою, ми з вами - двоюрідні брати Чарльза Діккенса. Поглянь на все, що ти подолав. Ти дивовижна дитина - що тобі втрачати?"

Його звуть Єзекіїль Діккенс, і це його історія.

# РОЗДІЛ 1

У перші тринадцять років свого життя він був відомий під кількома іменами. Єзекіїль, його ім'я при народженні. І-Зі, його прізвисько. Кетчер у бейсбольній команді. Автор оповідань. Син для своїх батьків. Племінник свого дядька. Найкращий друг. Тепер у них було нове ім'я для нього.

Не те, щоб він був проти слова на літеру "с". Насправді, деякі альтернативи йому подобалися менше. Наприклад, коментарі, які деякі люди говорили, бо думали, що вони політкоректні. "О, це дитина, яка прикута до інвалідного візка". Вони говорили це, показуючи на нього - так, ніби думали, що він теж має вади слуху. Або казали: "Мені шкода було чути, що ти тепер користуєшся інвалідним візком". Це змушувало його здригнутися. Але найбільше його виводило з себе: "О, це ти зараз пересуваєшся в інвалідному візку". Побачивши когось, особливо молоду людину в інвалідному візку, деякі люди відчували себе некомфортно. Якщо вони так себе почували, то навіщо їм було щось говорити?

Це викликало спогад з давніх-давен. Спогад про його батьків, які дощового суботнього дня дивилися по телевізору фільм "Бембі". Мама зробила свої знамениті кульки для попкорну. У них була газована вода, M&M's, зефір і улюблені татові "Твіззлерс". Кролик Тампер казав: "Якщо не можеш сказати щось приємне, краще не кажи нічого". Коли померла мама Бембі, він уперше в житті побачив, як його батьки плачуть над фільмом. Він був настільки шокований їхньою поведінкою, що сам не зронив жодної сльозинки.

Дехто з хуліганів у школі називав його "хлопчиком з дерева - калікою". Дехто з колег-спортсменів, які колись задивлялися на нього, коли він був королем за тарілкою. Він ненавидів це порівняння більше, ніж коментар про каліку.  Він не відчував жалю до себе (не в більшості випадків) і не хотів, щоб хтось відчував до нього жалість.

Коли прийшов час повертатися до школи в перший же день, він зробив це з допомогою своїх друзів. PJ (скорочено від Paul Jones) і Arden підтримували і підштовхували його, коли це було потрібно. Незабаром вони стали відомі як Тріо Торнадо. Здебільшого тому, що куди б вони не йшли, скрізь наступав хаос. Саме тоді E-Z навчився очікувати несподіванок.

Тому, коли його друзі заскочили одного ранку, щоб забрати його до школи через кілька місяців, а потім сказали, що не підуть, він не надто здивувався. Коли вони сказали, що їм доведеться зав'язати йому очі - цього він не очікував.

На задньому сидінні він запитав. "Куди ми їдемо?" Ніхто не відповів. "Мені сподобається?"

"Так", - відповіли його друзі.

"Тоді чому плащ і кинджал?"

"Тому що це сюрприз", - відповів PJ.

"І ти оціниш його ще більше, коли ми приїдемо туди".

"Ну, я не можу втекти". Він насміхався.

Мати Ардена припаркувалася. "Дякую, мамо", - сказав він.

"Подзвони мені, коли захочеш, щоб я тебе забрала", - сказала вона.

Двоє друзів допомогли Е-Зі сісти в інвалідний візок, і вони поїхали.

"Мені здається, чи цей візок здається легшим щоразу, коли ми його вивозимо?" - запитав Арден. запитав Арден.

"Це ти!" відповів Пі-Джей.

Коли вони йшли по нерівній землі, Е-Зі відчув запах свіжоскошеної трави. Коли друзі зняли пов'язку - він опинився на бейсбольному полі. Сльози навернулися на очі, коли він побачив своїх колишніх товаришів по команді, команду-суперника і тренера Ладлоу. Вони були в повній формі, вишикувані вздовж свіжо накресленої лінії поля.

"З поверненням!" - вигукували вони.

І-Зі витирав рукавом сльози, коли крісло під'їжджало ближче до ігрового поля. Відтоді, як аварія забрала в нього мрію грати в професійний бейсбол, він уникав гри. З клубком у горлі, він був настільки переповнений емоціями, що не міг перевести подих.

"Йому бракує слів", - сказав Пі Джей, підштовхуючи Ардена ліктем.

"Це вперше."

"Дякую, хлопці. Ви не помилилися, вирішивши, що це буде сюрприз".

"Зачекай тут", - наказали друзі.

І-Зі залишився наодинці з видом на бейсбольний майданчик. Місце, яке колись було його найулюбленішим місцем на землі. Він знову розплакався, дивлячись на зелену траву, що мерехтіла в сонячних променях. Він витер їх, коли його друзі повернулися з сумкою спорядження.

Арден нахилився: "Сюрприз, друже, сьогодні ти ловиш!"

"Що ти маєш на увазі? Я не можу грати в цьому!" - сказав він, стукаючи долонями по підлокітниках інвалідного візка.

"Ось, подивись, поки ми тебе налаштуємо", - сказав Пі-Джей, передаючи свій телефон і натискаючи на кнопку "Play".

Е-Зі здивовано спостерігав, як такі ж гравці, як і він, виходять на бейсбольне поле. Він уважніше придивився до їхніх крісел, які мали модифіковані колеса. Гравець підкотився до тарілки, з'єднався з м'ячем і почав обводити бази.

"Ого! Це приголомшливо!"

"Якщо вони можуть це робити, то і ти зможеш!" сказав Арден, одягаючи наколінники на ноги свого друга, поки Пі Джей закріплював захист на грудях. На виході на поле друзі кинули йому маску кетчера та рукавичку.

"Відбивай!" - крикнув тренер Ладлоу. крикнув тренер Ладлоу.

Пітчер кинув перший фастбол прямо в зону, і він зловив його.

Другий кидок був поп-ап. І-Зі пішов на нього, наближаючись, піднімаючи себе вгору. Дотягнувся. Він навіть сам здивувався, коли зловив його. Вони не помітили, але він піднявся вгору. Його задок покинув сидіння стільця, і він не мав жодного уявлення, як він це зробив.

"Ого", - сказав Пі Джей, - "це був чудовий улов".

"Так, якби не стілець, ти, напевно, промахнувся б," - відповів Е-Зі.

І-З посміхнувся і продовжив грати. Коли гра закінчилася, він почувався добре. Нормально. Він подякував хлопцям за те, що вони повернули його до життя.

"Наступного разу бий ти", - сказав PJ.

Ю-Зі насміхався, коли мама Ардена вела їх через прохідну, а потім назад до школи. Якби вони поспішали, то встигли б до початку наступного уроку. Учні заповнили коридор, коли він котився до своєї шафки. Його однокласники почули шльопання шин по лінолеуму - і розступилися.

І-Зі був першою дитиною в школі, якій знадобився інвалідний візок, але він вже став легендою ще до того, як втратив свої ноги. Йому знадобилося багато зусиль, щоб попросити про допомогу, але коли він це зробив, він її отримав. Його вже поважали як спортсмена, він виграв безліч трофеїв як сам, так і в складі команди. Йому потрібно було знову завоювати їхню повагу як новому "я".

Після гри вони повернулися до школи і закінчили день. Оскільки це була лише половина дня, Ю-Зі був дуже втомлений, коли мама Ардена і його друзі висадили його після школи.

Подякувавши їм, він зайшов до будинку.

"Я вдома, дядьку Сем."

"Я бачу, у тебе був гарний день", - сказав Сем.

"Так, це був хороший день". Він потягнувся і позіхнув.

"Ходімо. Я хочу тобі дещо показати. Сюрприз."

"Тільки не ще один", - сказав Ю-Зі, йдучи за дядьком коридором. Першою праворуч була кімната його батьків, яка колись стане кімнатою для гостей. До того часу вона була саме такою, якою вони її залишили - і такою вона залишатиметься, доки Ю-Зі не вирішить інакше.

Час від часу дядько Сем пропонував йому допомогти розібратися в кімнаті, але племінник завжди відповідав одне й те саме.

"Я зроблю це, коли буду готовий".

Сем неохоче погоджувався. Він був рішуче налаштований, що племінник повинен рухатися далі. Це був перший крок до цієї мети. З того часу він розмовляв зі своїм психологом, яка сказала, що Сем повинен заохочувати І-Зі більше говорити про своїх батьків. Вона сказала, що коли вони стануть частиною його повсякденного життя, це допоможе йому швидше зцілитися. Вони продовжили йти коридором, пройшли повз ванну кімнату і зупинилися біля коробки або комори.

"Та-да!" сказав дядько Сем, заштовхуючи його всередину.

Ю-Зі втратив дар мови, коли зайшов у щойно перетворений офіс. У центрі, перед вікном, що виходило в сад, стояв письмовий стіл. На ньому стояв новенький ігровий комп'ютер і звукова система. Він підсунув стілець під стіл - ідеально підходить - і провів пальцями по клавіатурі. Поруч стояв принтер, завалений папером, і відро для сміття - все було розставлено на відстані витягнутої руки.

Ліворуч від нього була книжкова полиця. Він підкотився ближче. На першій полиці стояли книги про письменництво та класику. Він впізнав кілька улюблених творів своїх батьків. На другій - трофеї, в тому числі нагорода за його письменницьку діяльність. На третій і четвертій - всі його улюблені дитячі книжки. Дві нижні полиці були порожні. Його очі побігли до верхньої книжкової полиці, йому довелося відкинути спинку стільця, щоб побачити, що там.

Сем увійшов до кімнати поруч з ним. Він поклав руку на плече племінника.

"Це... я не був упевнений, чи не занадто рано. І..."

Pièce de résistance: сімейна фотографія. Сльоза скотилася по його щоці, коли він згадав день фотосесії. Це було в маленькій фотостудії в центрі міста. Вони всі були ошатно вбрані. Тато у своєму синьому костюмі. Мама в новій блакитній сукні з червоним шарфом на шиї. Він у своєму сірому костюмі - тому самому, в якому був на їхньому похороні.

Він стримав ридання, пригадавши обстановку в фотостудії фотографа. У студії було все різдвяне - хоча на дворі був лише липень. Він посміхнувся, подумавши про дешеві ялинкові прикраси та фальшивий камін. Через кілька тижнів листівка прийшла поштою, але для його батьків це Різдво так і не настало. Він розвернув свій стілець до виходу і попрямував коридором, а його дядько йшов позаду.

"Я знаю, що на це потрібен час. Вибач, якщо я зайшов надто далеко і надто швидко, але минуло вже більше року, і ми, я і твій консультант, вирішили, що настав час".

І-Зі продовжував йти. Він хотів втекти. Втекти до своєї кімнати і зачинитися від світу, аж тут йому щось спало на думку. Щось дуже важливе. Його дядько не міг знати історію цієї фотографії. А якби знав, то не поклав би її туди. Після всього, що він для нього зробив, він повинен був йому пояснити. Він зупинився.

"Ми ніколи її не використовували, вона призначалася для різдвяної листівки, але вони так і не дожили до Різдва".

"Мені дуже шкода. Я не знав."

"Я знаю, що не знав, але від цього мені не легше".

Виснажений як фізично, так і морально, він рушив ближче до своєї кімнати. Його внутрішній діалог продовжувався з позитивним підкріпленням. Нагадуючи йому, що вранці все буде виглядати краще. Тому що майже завжди так і було.

"Це мало бути місце, де ти зможеш писати. Пам'ятай, що ти тепер автор, відзначений нагородами, і в тобі тече кров письменника".

Він був майже у своїй кімнаті - чому дядько не дав йому втекти? Він розлютився.

"Я написав одне оповідання, але це не означає, що я можу чи хочу написати більше. Ви кажете, що в моїх жилах тече кров Чарльза Діккенса, але я хочу бути кетчером у команді "Лос-Анджелес Доджерс". Те, що мене називають tree boy - калікою, не означає, що я маю змиритися. Чому я маю змиритися?"

"Я б не хотів, щоб ти використовував слово на букву "к"."

"Каліка, клятий каліка", - сказав він, різко повернувшись і вдарившись ліктем об стіну. Його не така вже й кумедна, кумедна кістка боліла, як божевільна.

"З тобою все гаразд?"

І-Зі буркнув у відповідь, а потім продовжив йти до своєї кімнати. Він планував грюкнути за собою дверима. Натомість він опинився затиснутим наполовину в дверному отворі, наполовину поза ним. Потім коліщатка його крісла заблокувалися.

"ФРІК!"

Сем відпустив крісло, не кажучи ні слова. Зачинив двері, коли виходив.

І-Зі схопив кілька небитких предметів і жбурнув їх у стіну. Щоб заспокоїти себе, він уявив своїх батьків, які розповідали йому, як вони пишаються ним. Йому цього не вистачало. Але, якби його батько був тут зараз, він би відчитав його за те, що він такий неслухняний. І мама теж відчитала б його, але в більш добрий і лагідний спосіб. Він витер сльози. Відчув, як йому стало соромно, і його тіло впало в інвалідному візку від повної знемоги.

Дядько Сем запитав через зачинені двері: "З тобою все гаразд?"

"Залиште мене в спокої!" відповів І-Зі. Хоча він потребував його допомоги. Без нього він не міг одягнути піжаму чи лягти в ліжко. Йому довелося б спати в кріслі, в одязі. Глибоко всередині він завжди знав правду. Якщо він перестане піклуватися, то всі інші теж перестануть піклуватися. Тоді він буде по-справжньому самотнім.

Він підкотив крісло до вікна і подивився на нічне небо. Музика. Це була єдина річ, яка по-справжньому об'єднувала їх як родину. Звичайно, у них були свої розбіжності в музичних жанрах, але коли по радіо лунала гарна пісня, вони відкладали її вбік.

По галявині пройшов чорний кіт. Його мама завжди хотіла, щоб вони поїхали до Нью-Йорка на виставу "Коти на Бродвеї". Він мріяв, щоб вони поїхали разом. Створили б пам'ять. Тепер вони ніколи цього не зроблять. Ця пісня, щось про спогади змусило його потягнутися до телефону. Він увімкнув гімн хард-року, збільшив гучність. Відбивав кулаками ритм на підлокітниках свого крісла, марив і викрикував слова пісні.

Аж поки не розкачався так сильно, що скотився зі стільця і впав на підлогу. Спочатку, побачивши свою кімнату з ніг до голови, він хотів заплакати. Натомість він почав сміятися і не міг зупинитися.

"З тобою все гаразд?" запитав Сем.

"Мені потрібна твоя допомога". Його живіт болів від сильного сміху.

Першою реакцією Сема була тривога, коли він побачив свого племінника на підлозі, який тримався за живіт. Коли він зрозумів, що той тримається за живіт від сміху, він опустився на підлогу поруч з ним.

Пізніше, коли Сем вже йшов, він сказав: "З тобою все буде гаразд, хлопче".

"З нами все буде добре".

Тоді вони домовилися зробити татуювання.

# РОЗДІЛ 2

"Вибачте, я не можу сьогодні з вами пограти в бейсбол".

"Та ну," - сказав Арден. "Минулого разу ти не так вже й погано грав".

"Зникни", - відповів І-Зі. Він набрав швидкість, щоб зустрітися з дядьком, і зіткнувся з Мері Гарнер, головною черлідеркою.

"О, вибач, Мері".

Це був перший раз, коли він побачив її після аварії. Він підняв голову, і її волосся опустилося на очі, наче завіса: воно пахло корицею та медом.

"Ідіот", - сказала вона. "Дивись, куди йдеш".

Вона повернулася і пішла геть. Її свита пішла за нею.

Він посміхнувся, витягнув шию, щоб подивитися, як вона йде. Його друзі підійшли поруч і зробили те саме.  Арден свиснув.

Вона озирнулася через плече і перевернула птаха в їхній бік.

"Боже, вона фантастична", - сказав Пі Джей.

"Вона гаряча", - сказала Арден.

"Дуже".

Виходячи зі школи, Пі-Джей запитав: "Тож, скажи нам, чому ти не хочеш сьогодні грати?".

"Так, допоможи нам, зрозумій", - сказав Арден, скрививши обличчя і схрестивши очі. "Ми без тебе нікчемні".

"Слухай, ми з дядьком Семом уклали угоду. Зробити щось разом - щось важливе - сьогодні після школи".

Його друзі схрестили руки, перекриваючи шлях до його стільця.

"Ти все ще маєш намір виключити нас - і навіть не скажеш нам, чому?", - сказав рудий Пі-Джей.

"Ти повний придурок".

"Ми б ніколи так з вами не вчинили".

Вони пішли геть, прискорюючи крок.

E-Z прискорився, але цього було недостатньо. "Зачекайте! Ми ж робимо тату!"

Його друзі зупинилися на місці.

"Я зроблю тату в пам'ять про маму і тата - голубині крила, по одному на кожному плечі".

"Ми йдемо з тобою!"

"Я думала, що ви, хлопці, подумаєте, що я злиняла".

Вони продовжували йти, трохи помовчавши.

"Дядько Сем зустрінеться зі мною в тату-салоні".

# РОЗДІЛ 3

Коли Сем побачив свого племінника з друзями, він здивувався.

"Я думав, що ця угода була між нами, тобто таємницею?"

"Хлопці хотіли взяти мене на гру - я мусив їм сказати".

"Гаразд, справедливо. Але я не маю звички підміняти їхніх батьків або давати дозвіл від їхнього імені". Потім до Пі-Джея та Ардена: "Я не проти, щоб ви були тут, але тільки ваші батьки можуть схвалити ваші татуювання".

"Зачекайте!" сказав PJ. "Я ніколи навіть не думав про те, щоб ми робили татуювання".

"Мої точно скажуть "ні", - сказав Арден. У його батьків були проблеми, якими він сповна скористався. Більшу частину часу він поводився так, ніби їхні постійні сварки його не турбували. Час від часу, коли він не міг більше терпіти, він шукав притулку у друзів.

"І в мене теж". Пі-Джей був найстаршим і мав двох сестер у віці п'яти і семи років. Батьки заохочували його подавати гарний приклад, і здебільшого він так і робив. Зосередившись на майбутньому в спорті, він тримав себе на правильному шляху.

У якусь мить підлітки дали один одному п'ять.

"Що?" запитав Сем.

"Ми скажемо їм, чому E-Z робить це, і що ми хочемо, щоб татуювання підтримували його", - сказав Пі-Джей.

Арден кивнув.

"Зачекайте хвилинку. То ви, двоє кретинів, хочете використати смерть моїх батьків як привід, щоб зробити собі татуювання?"

Сем відкрив рот, але слова вирвалися з його вуст.

Пі-Джей та Арден почервоніли, втупившись у тротуар.

І-Зі зняв їх з гачка. "Я не проти".

Сем закрив рота, коли вони з двома хлопчиками утворили півколо навколо інвалідного візка.

"Але пообіцяй мені одне - ніяких метеликів".

"А що ви, хлопці, маєте проти метеликів?" запитав Сем.

# РОЗДІЛ 4

Коротше кажучи, Пі-Джей і Арден переконали батьків дозволити їм зробити татуювання.

"Я буду через секунду", - сказав татуювальник, дивлячись на них чотирьох. Перед дзеркалом стояв кремезний клієнт-чоловік, який додавав ще одне татуювання до своєї колекції. Це нове тату було між великим і вказівним пальцями.  "Ти Сем?" - запитав чоловік, який робив татуювання.

Сема трохи знудило, адже він читав, що рука - одне з найболючіших місць для нанесення татуювання. "Так, я говорив з вами по телефону. Це мій племінник І-Зі та його друзі Пі-Джей і Арден".

"Ви всі четверо хочете зробити татуювання сьогодні? Бо я очікував лише на двох з вас."

"Вибачте. Ми можемо перенести, якщо потрібно, або я можу зробити своє тату в інший день", - побажав Сем.

"На щастя, незабаром прийде моя донька, щоб допомогти мені. Тож ласкаво просимо до "Тату-Р-Ус". Можете зачекати там. Візьміть склянку води. Тут також є кілька брошур, які ви, можливо, захочете переглянути. Це може допомогти вам вирішити, де ви хочете зробити татуювання. Кожна ділянка тіла має свій больовий поріг". Кремезний хлопець, який робив татуювання, хихикнув.

"Дякую", - відповів Сем, коли вони рушили до зони очікування. Коли він сів на диван, його коліно, що підстрибувало, викликало у Пі-Джея та Ардена мурашки по шкірі. Вони перетнули кімнату і подивилися на дошку оголошень. Щоб заспокоїти нерви, Сем заговорив. "Я перевірив їх в інтернеті, вони в бізнесі вже двадцять п'ять років, а той чоловік, з яким ми розмовляли, - їхній власник. У них відмінна репутація в Бюро кращого ведення бізнесу. Крім того, на їхньому сайті безліч п'ятизіркових відгуків".

Всі погляди обернулися, коли до приміщення увійшла вражаюча жінка, одягнена в готичне вбрання. Їй було тридцять з чимось років, і судячи з рис обличчя, вона була донькою власника. Вона мала татуювання на кожному клаптику відкритої плоті та поодинокі пірсингові отвори в інших місцях.

"Вибачте, я запізнилася", - сказала вона, торкаючись батька за плече. Вона подивилася на зал очікування, щось прошепотіла йому. Вона випромінювала зубасту посмішку і повернулася до клієнтів.

"Привіт, я Джозі". Вона простягнула руку і потиснула руку кожному з них. "Це Роккі. Він власник, а я його донька".

"Я Сем, а це мій племінник І-Зі та двоє його друзів, Пі-Джей і Арден". Він скоріше впав, ніж знову сів.

Джозі пішла принести йому склянку води.

Ю-Зі думав про те, як сильно болить пірсинг на її язиці, а потім сказав дядькові: "Ти не мусиш цього робити".

"Ти називаєш мене курчам?" - запитав він, тремтячи всім тілом, коли Джозі вклала йому в руку склянку. Коли він підніс її до губ, то пролив трохи води.

"Ви, хлопці, татуйовані незаймані, так?" запитала Джозі.

Ю-Зі подумав, що у неї солодкий голос, як у Стіві Нікса, улюбленого вокаліста його батька з гурту Fleetwood Mac, який співав про відьму Ріаннон.

Їм не треба було відповідати, бо їхнє мовчання сказало все.

"Що ж, з Роккі ти в чудових руках. Він найкращий тату-майстер у місті. Це буде боляче, хлопці. Так, буде боляче. But it's like that kind of hurt that John Cougar sings about. Але це як той біль, про який співає Джон Кугар. Знаєте, "Боляче так добре".

Сем скривився. "Наскільки це насправді боляче?"

"Це залежить від твого больового порогу - і від того, де ти хочеш його отримати. Он там лежить брошура, в якій позначені різні ділянки тіла з оцінкою болю".

Е-Зі відчув, що його обличчя стало гарячим, і обличчя його друзів набуло схожого відтінку. Він подивився в бік Сема, помітивши, що його колір обличчя набув зеленкуватого відтінку.

Джозі продовжила. "Після першого татуювання ти можеш полюбити його і захотіти більшого".

Сем стояв, його тіло тремтіло від страху.

"Йому, мабуть, потрібно трохи свіжого повітря", - сказав І-Зі, підганяючи дядька до дверей.

Вийшовши на вулицю, Сем закрокував тротуаром, його серце калатало так, що здавалося, ось-ось вискочить з грудей. "Шкода, що я не курив".

"Я ціную, що ти прийшов сюди зі мною, справді ціную, але, чесно кажучи, ти не мусиш цього робити. Я знаю, що ми уклали угоду, і це те, що я хочу зробити - в пам'ять про моїх маму і тата - але ти мені нічого не винен. Чому б тобі не прогулятися, може, випити кави, і ми напишемо тобі, коли закінчимо, добре?"

"Я сказав, що завжди буду поруч з тобою. Я тут для тебе зараз. Ненавиджу голки. І свердла. Я думала, що зможу це зробити, але тепер розумію, що страх сильніший за мене. Я такий боягуз".

"Ти завжди був поруч зі мною, дядьку Сем. Ти не мусиш доводити це мені, нікому, роблячи татуювання, яке ти навіть не хочеш. А тепер забирайся звідси. Я подзвоню тобі, коли ми закінчимо." Він виїхав назад по пандусу, а його друзі вишикувалися в чергу за ним. Він глянув через плече на Сема. Бідолаха закляк, як статуя.

"Зі мною все буде гаразд. А тепер злітай."

Сем розсміявся. "Але перед тим, як я піду, тобі краще віддати мені листа, який я написав минулої ночі, щоб я міг вписати туди імена Пі-Джея та Ардена. Бо без мого дозволу ніхто з вас не зробить татуювання".

"Гарна думка", - сказав І-Зі, передаючи записку далі по черзі. Тепер підписана, вона знову з'явилася на екрані. Він поклав її в кишеню, і вони зайшли всередину, де на них чекала Джозі.

"Гаразд, ти наступна. Якщо ти хочеш накласти в штани, я покажу тобі, де тут туалет".

"Пішов ти", - сказав І-Зі, котячи свій стілець на місце.

***

Поки Роккі закінчував біля прилавка, Джозі передала Е-Зі книгу з татуюваннями.

"Я вже знаю, не дивлячись. Я б хотіла голуб'яче крило на кожному плечі". Знову з'явилися зелені та жовті вогні. Йому дуже хотілося відмахнутися від них, але він не хотів, щоб Джозі подумала, що він теж з'їхав з глузду.

Джозі погортала книгу. "Це те, що ти мав на увазі?"

Він кивнув, потім подивився на неї в дзеркало, як вона миє руки, потім одягає пару чорних рукавичок. Вона вийняла чорнильниці зі стерильної упаковки і поставила їх на стіл.

"У тебе є записка від батьків чи опікуна? Я припускаю, що тобі немає вісімнадцяти?"

І-З посміхнувся і простягнув їй записку.

"Здається, все гаразд. Тепер до більш важливих питань. У тебе волохата спина?" Вона посміхнулася. "Якщо так, то спершу треба її почистити і поголити. Я маю на увазі всю спину."

"Безумовно, ні."

Звук хихотіння друзів із зали очікування змусив його теж посміхнутися. Тим часом Джозі зникла в задній кімнаті, і там заграла музика. На секунду - "Ще одна цеглина в стіні", а потім музика зникла.

"Ей, навіщо ти це зробила?" - запитав він.

"Я ненавиджу все, що пов'язано з Pink Floyd". Вона продовжувала встановлювати речі.

"Ти не можеш так казати, якщо ніколи не слухав "Dark Side of the Moon".

"Я слухала, це лайно", - сказала вона, натягуючи його сорочку через голову. "Ох!"

ХЛОПОК.

ХЛОПОК.

І два вогники зникли.

Роккі підійшов і став поруч з нею. "Що за чортівня?"

"Дійсно, якого біса", - відповіла Джозі.

До неї підійшли P.J. та Arden.

"Я не розумію, І-Зі. Навіщо тобі брехати?"

"Звісно, він би не збрехав - І-Зі ніколи не бреше", - сказав Арден.

"ЩО!?" перепитав Ю-Зі, намагаючись повернути крісло так, щоб бачити те, що бачать вони.  "Брехати? Про що брехати? Скажи мені, що б це не було. Я можу це витримати".

Джозі запитала: "Чому ти збрехав про те, що був незайманим татуюванням?"

$$* * *$$

"Я цього не робила!" І-Зі затнувся, не маючи жодного уявлення, що вона мала на увазі.

"Зачекай хвилинку", - сказав Арден. "Ну ж бо, подруго, якщо ти збрехала, у тебе повинна бути вагома причина".

"Дзиґа закінчилася!" сказав PJ. "Хоча, він не міг отримати їх без дозволу дорослих".

Роккі схопив ручне дзеркальце і поставив його так, щоб І-З міг бачити те, що бачили вони. Два татуювання, одне на правому плечі, інше на лівому. Крила.

"Що за?"

"Він сказав мені, що хоче крила", - сказала Джозі. "Я думала, що ти хороший хлопець".

"Так і є! Чесно кажучи, я поняття не маю, як вони туди потрапили, і це не ті крила, які я хотів. Я хотів крила голуба. А ці більше схожі на крила ангела."

"Та годі тобі, друже", - сказав Роккі. "Ці були зроблені професіоналом. Не так давно. І, до речі, це справжнісінькі ангельські крила. Мої компліменти тому, хто їх зробив. Скажи йому, якщо він коли-небудь шукатиме роботу, нехай заходить до мене".

"Клянуся, я не робив татуювання. Я вперше в житті в тату-салоні. Запитайте мого дядька. Він мене підтримає. Він знає."

"Нічого з цього не має сенсу", - сказав Арден.

Роккі похитав головою. "Принаймні визнай це, хлопче."

"Ви двоє хочете татуювання?" запитала Джозі, тримаючи руки на стегнах.

"Ні", - відповіли вони.

"Чоловіки такі брехуни", - сказала Джозі, коли вони зачинили за собою двері.

"Неважливо, люба, нам все одно вже час вечеряти", - і він повісив на двері табличку "ЗАКРИТО".

✳ ✳ ✳

Сем повернувся і побачив трьох хлопців, які чекали біля студії. Мова їхніх рухів була дивною. Рудий Пі Джей схрестив руки, а оливковолосий Арден поклав руки на стегна. Тим часом його племінник був близький до сліз.

"Дякувати Богу, дядьку Семе, дякувати Богу, що ти повернувся".

Він кинувся ближче. "О ні, це було дуже боляче? За кілька днів стане легше. Все буде добре. А тепер дозвольте мені поглянути." Він свиснув, коли племінник нахилився вперед, щоб підняти сорочку. "Чорт, це, мабуть, боляче".

"Напевно, так і було", - сказав PJ.

"Коли він вперше їх отримав."

"Вперше? Що?"

"Вони вже були у нього, коли вона зняла з нього сорочку."

"Що ми не можемо зрозуміти, так це як?"

"Що ти маєш на увазі? Я можу запевнити вас, що вчора у нього їх не було."

"Бачите, я ж казав, що дядько Сем мене прикриє." Якби вони не повірили йому, вони б повірили його дядькові, але чому вони думали, що він збреше про це? Вони знали, що він не брехун.

"За словами Роккі, у нього це вже давно."

"Бачиш, як вони зажили?" сказав Р.Ј. "Роккі і Джозі були роздратовані, і вони мали на це повне право, адже І-Зі, здавалося, був здивований не менше, ніж ми, побачивши їх".

"А ви двоє, - запитав Сем, - як пройшло ваше татуювання?"

"Ми вирішили не продовжувати", - відповів Пі Джей.

"Це було неправильно".

Сем сказав: "Розкажи нам, що сталося. Поясни собі, бо я не можу ні в голові, ні в думках про це".

"Не можу. Дядьку Сем, ти ж знаєш, що вчора їх там не було. Мені нема чого пояснювати. Все, що я хочу, це повернутися додому." Він почав рухатися, вистукуючи коліщатками свого крісла, швидше, швидше, ще швидше. Він хотів втекти, куди завгодно. Якщо вони йому не вірили, то до біса їх.

Коли він наблизився до кінця вулиці, світло змінилося із зеленого на червоне. Маленька дівчинка вже сама поспішала перейти дорогу. Вона зійшла з тротуару, коли з-за рогу виїхав автофургон. Його інвалідний візок відірвався від землі і помчав до неї. Він простягнув руку, схопив її. Якраз вчасно, щоб врятувати її від потрапляння під колеса автомобіля.

Тепер поза небезпекою, інвалідний візок торкнувся землі, і він відніс її в безпечне місце. Перед ним стояв більший за звичайний білий лебідь. Він показав йому великий палець крилом, а потім полетів геть.

"Лебідь", - сказала дівчинка, коли він озирнувся в пошуках її батьків.

Е-Зі скористався нагодою, щоб розчинитися в натовпі і зникнути за рогом, а потім він застукотів спицями коліс сильніше, ніж будь-коли раніше, і незабаром опинився за кілька кварталів від них.

"Ви це бачили?" вигукнув Арден, зупинившись на розі. "Ой", - сказав він, коли жінка, що їхала позаду нього, врізалася в нього. "Ой", - почув він за спиною, інші пішоходи, що стояли позаду, зіткнулися.

Пі Джей втримався на ногах, коли хлопець, що стояв позаду, наїхав на нього. Ардену він сказав: "Так, я бачив це... але я не впевнений, що саме я бачив. Татуювання крил - це одне, а це... що? Диво?"

"Це була оптична ілюзія", - сказав Сем, коли його телефон завібрував. Це було повідомлення від І-Зі, який просив його приїхати і забрати його якнайшвидше біля парковки будівельного магазину. "Я потрібен І-Зі, ви двоє зможете повернутися додому?"

"Звичайно, без проблем, Семе."

"Сподіваюся, з ним все гаразд".

Сем повернувся до машини, намагаючись зберігати холоднокровність, намагаючись осмислити те, що щойно сталося.

Жоден з хлопців не хотів говорити про те, що вони бачили - інвалідний візок І-Зі в польоті.

"Ти це бачив?" - перешіптувалися позаду них, коли зібрався натовп.

"Шкода, що я не взяла з собою телефон", - сказала одна жінка.

Друга жінка з мікрофоном і камерою проштовхнулася вперед. Коли змінилося світло, вона перейшла дорогу, а за нею - пара в сльозах - батьки маленьких дівчаток. Позаду них їхав водій автофургона.

"Слава Богу, ви були там, - плакав він. "Я не бачив її. Ти - герой. Спасибі тобі".

"Мамо!" - покликала дитина, коли мати схопила її на руки. Вона та її чоловік міцно обійняли її, коли репортер підійшов до них, а оператор зафіксував цей момент.

Поруч ридав чоловік, який ледь не вдарив її. Репортер і фотограф поговорили з ним. "Він врятував її, її і мене. Хлопчик, хлопчик в інвалідному візку".

Його намагалися знайти, але він зник. Він переховувався, як злочинець. Чекав, що дядько Сем прийде і врятує його. Намагався осмислити те, що сталося. Намагаючись не злякатися.

Повернувшись на місце події, два вогники, один зелений і один жовтий, стерли свідомість усіх, хто був поблизу. Потім вони знищили всі відзняті матеріали.

"Що ми тут робимо?" - запитав репортер.

"Без поняття", - відповів оператор.

Дорогою додому Е-Зі відчував себе героєм. Але він знав, що справжнім героєм було крісло, його інвалідний візок, який злетів у повітря.

І-Зі Діккенс був Ангелом татуювання.

***

"Я літав дядьком Семом. Я справді полетів."

Сем заїхав на під'їзну доріжку і припаркувався.

"Ти це бачив, так? Ти бачив, як я врятував ту маленьку дівчинку. Я не міг встигнути вчасно, і мій інвалідний візок це зрозумів, відірвався від землі і помчав до неї".

"Так, я це бачив. Це було винятково. Я маю на увазі те, як ви врятували цю маленьку дівчинку від шкоди, можливо, від смерті. Але ваше крісло не відірвалося від землі. Це був імпульс, який штовхав вас вперед. Через приплив адреналіну і те, як швидко ви повинні були рухатися, щоб дістатися туди, вам, напевно, здавалося, що ви летіли, але це було не так".

"Я летів. Крісло відірвалося від землі".

"І-З, перестань. Ти знаєш і я знаю, що не було ніякого польоту. Ви повинні це знати. Я маю на увазі, за кого ти себе маєш? Довбаним ангелом?"

Сем вийшов з машини, витягнув з багажника інвалідний візок і повернувся, щоб допомогти племіннику сісти в нього. Коли він це робив, праве плече Ю.-З. подряпалося об край дверцят, і він закричав від болю.

"Води!" - закричав він. "Таке відчуття, що я згораю у вогні".

Сем побіг на кухню і повернувся з пляшкою води.

І-Зі закинув її йому на плече. Йому трохи полегшало, а потім інше плече відчуло себе так, ніби воно горіло. Він вилив на нього решту пляшки. Сем штовхнув його в будинок, а Ю-Зі спробував зірвати з нього сорочку. Сем допоміг йому натягнути її через голову.

"О ні!" вигукнув Сем, затуляючи ніс. Лопатки його племінника тепер виглядали і пахли, як обвуглене м'ясо на барбекю. Він поспішив на кухню за водою.

Дорогою Ю-Зі кричав і продовжував кричати, поки не втратив свідомість.

# **РОЗДІЛ** 5

Б уло темно, і він був зовсім один, лише тінь від місяця розтікалася над ним по небу.

Його руки були схрещені на грудях, наче він бачив мертві тіла, покладені на похороні у відкритій труні. Він обтрусив їх. Тепер розслаблений, він поклав їх на підлокітники свого інвалідного візка, тільки щоб виявити, що він не в ньому. Злякавшись, що перекинеться, він знову схрестив руки на грудях. Але зачекайте, він не перекинувся, коли схрещував їх раніше - він зробив це знову і залишився у вертикальному положенні.

Є-Зі міцно притиснув одну руку до грудей, а іншу, праву, простягнув так далеко, як тільки міг. Кінчики його пальців торкалися чогось прохолодного і металевого. Лівою рукою він зробив те саме, знову знайшовши метал. Нахилившись вперед, він торкнувся стіни перед собою, і зробив те ж саме позаду. Коли він рухався, сидіння під ним зміщувалося, плюс-мінус, як підвісна система. Це була система, яка тримала його у вертикальному положенні, чи ні?

ПФФФ.

Звук туману, що здіймався в повітря. Теплий, він загострював його нюх, купаючи його в букеті лаванди і цитрусових.

Він поринув у глибокий сон, в якому йому снилися сни, які не були снами, бо були спогадами. Нещасний випадок - він повторювався знову і знову, зациклюючись. Він відкинув голову назад і завив.

"Хвилинку, будь ласка", - сказав жіночий голос.

Це був голос робота, який можна почути на записі, коли поруч немає людей.

Занадто наляканий, щоб знову задрімати, він запитав: "Хто там? Відповідайте, будь ласка. Де я?"

"Ти тут", - відповів голос, а потім хихикнув. Сміх відбивався від схожого на бункер контейнера, бив у вуха, то з'являючись, то зникаючи.

Коли він припинився, він вирішив вирватися на волю. Зібравши всі свої сили, він простягнув руки і штовхнув. Це було приємне відчуття. Робити щось, будь-що - спочатку - поки клаустрофобія не взяла гору.

ПФФФ.

Спрей, цього разу ближче, потрапив прямо в очі. Лимонна кислота пекла, сльози наверталися так, ніби він різав цибулю, і він підвівся.

Хвилинку...

Він знову впав. Він покрутив пальцями ніг. Зробив це знову. Витягнув праву ногу. Потім ліву. Вони працювали. Його ноги працювали. Він піднявся...

Голос, цього разу чоловічий, сказав: "Будь ласка, залишайтеся на місці".

Він ущипнув себе за праве стегно, потім за ліве. Хто б міг подумати, що щипок чи два можуть бути такими приємними?  Ніхто не міг його зупинити. Поки він міг користуватися ногами, він знову вставав.

Над ним почувся шум, наче їхав ліфт. Звук ставав дедалі гучнішим. Він подивився вгору. Стеля силосу опускалася вниз. Ставала все більшою і більшою. Нарешті, вона зупинилася.

"Сядьте", - зажадав чоловічий голос.

Е-Зі піднявся, але стеля опускалася все нижче і нижче - доки він не зміг більше стояти. Він терпляче сидів, чекаючи, що ця штука втягнеться, як ліфт, що піднімається нагору, але вона не зрушила з місця.

ПФФФ.

"Випустіть мене!"

"Додай лаудануму", - сказав жіночий голос.

Стіни зробили паузу, а потім розпорошили наддовгу дозу.

ПППППППППППППППППППППППППППППППППППППППППППППППППГ
Це був останній звук, який він почув.

**✳ ✳ ✳**

Повернувшись до свого ліжка, він думав, чи не з'їхав він з глузду і чи не уявив собі, що весь інцидент з силосом - це E-Z. Він відчував себе справжнім, пахло по-справжньому. А два голоси - чому вони не показали себе? Він почухав голову, побачивши перед очима два вогники. Як і раніше, один був зелений, а другий - жовтий.

"Агов?" - прошепотів він, коли на нього напало пронизливе дзижчання, наче зграя комарів. Він відкинув праву руку назад, завдавши потужного удару. Але перед тим, як він долетів, він застиг з рукою в повітрі. Його очі витріщилися, як у загіпнотизованої курки.

ХЛОП.

ХЛОП.

Вогні перетворилися на двох істот. Кожна з них штовхнула його за плече, і E-Зі впав на подушку, де заплющив очі і заснув.

"Ми повинні зробити це зараз, біп-біп", - сказав колишній жовтий вогник.

"Давай спочатку переконаємося, що він заснув, зум-зум", - сказав колишній зелений вогник.

"Гаразд, давайте приступимо до роботи, біп-біп".

"Ми отримали його згоду, зум-зум?"

"Він сказав, що дасть, але він не пам'ятає. Я боюся, що це не обов'язкова згода. Це може бути лише часткова згода, а ви знаєте, хто ненавидить часткові згоди. Не кажучи вже про те, що людська частковість буде спіймана між "біп-біп" і "біп-біп".

"Так, він мені надто подобається, щоб дозволити йому стати чимось середнім між "біп-біп" і "біп-біп".

"Нічого спільного з симпатією. Не забувай, що сталося з лебедем. Не кажучи вже про те, чому люди говорять про те, про що не варто говорити, перш ніж говорити про те, про що вони не хочуть говорити?" Не чекаючи відповіді. "Ми були б у скрутному становищі, і ти знаєш, хто був би дуже роздратований біп-біт".

"Але людина вже має свої витатуйовані крила. Випробування не починаються, поки піддослідний не дасть згоду". Вона клацнула пальцями, і з'явилася книга. Вона тріпотіла крилами, створюючи вітерець, який перегортав сторінки. "Бачиш, тут сказано, що крила встановлюються тільки після того, як об'єкт буде схвалений. Отже, коли він сказав "так", це, напевно, і стало вирішальним моментом". Вона підняла руки, і книга злетіла вгору, ніби збиралася вдаритися об стелю, але замість цього вона зникла крізь неї.

Вони полетіли, одна приземлилася на плече І-Зі, а інша - на голову.

"Я цього не робив", - сказав він, не розплющуючи очей.

"Спи більше, зум-зум", - сказала вона, торкаючись його очей.

"Ш-ш-ш, біп-біп."

"Мамо, повернися. Будь ласка, повернися!"

"Він дуже неспокійний, дзинь-дзинь."

"Він спить, біп-біп."

І-Зі відкрив рота і захропів, як слоненя. Вітерець тримав їх у повітрі - не треба було махати крилами. Вони хихотіли, поки він не закрив рота. Відправляючи їх у вільне падіння.  Несамовито махаючи крилами, вони швидко оговталися.

"О ні, він скрегоче зубами, біп-біп".

"Люди мають дивні звички, зум-зум."

"Ця людська дитина пережила достатньо. Здійснюючи ці права, він відчуватиме менше болю, біп-біп."

Перша істота полетіла на груди І-Зі і приземлилася, висунувши підборіддя вперед і поклавши руки на стегна. Істота повернулася один раз, за годинниковою стрілкою. Обертаючись швидше, з тріпотіння його крил виходила пісня. Це був тихий стогін. Сумна пісня з минулого, що оспівувала життя, якого вже не було. Істота відкинулася назад, притулившись головою до грудей І-Зі. Обертання припинилося, але пісня продовжувала грати.

Друга істота приєдналася, виконуючи той самий ритуал, але обертаючись проти годинникової стрілки. Вони створили нову пісню, але без біп-біпів і зум-зумів. Бо коли вони співали, то не потребували ономатопеї. А в повсякденній розмові з людьми вона була потрібна. Ця пісня накладалася на іншу і ставала радісним, гучним святом. Ода прийдешньому, ще не прожитому життю. Пісня для майбутнього.

З їхніх золотих очей вирвався бризок діамантового пилу. Вони обернулися в ідеальній синхронності. Алмазний пил бризнув з їхніх очей на спляче тіло Е-Зі. Обмін продовжувався, поки він не покрив його з ніг до голови алмазним пилом.

Підліток продовжував міцно спати. Поки алмазний пил не пронизав його плоть - тоді він відкрив рот, щоб закричати, але не почув жодного звуку.

"Він прокидається, біп-біп."

"Піднімай його, зум-зум."

Разом вони підняли його, коли він розплющив затуманені очі.

"Спи більше, біп-біп."

"Не відчувай болю, зум-зум."

Обійнявши його тіло, дві істоти прийняли його біль у себе.

"Вставай, біп-біп", - наказав він.

І інвалідний візок піднявся. І, розташувавшись під тілом Е-Зі, він став чекати. Коли краплина крові опустилася вниз, крісло зловило її. Поглинуло її. Поглинуло - наче жива істота.

Зі збільшенням потужності крісла, воно також набирало сили. Незабаром крісло змогло утримувати свого господаря в повітрі. Це дозволило двом істотам виконати своє завдання. Їхнє завдання - з'єднати крісло і людину. Зв'язати їх навіки силою алмазного пилу, крові та болю.

Коли тіло підлітка здригнулося, проколи на його шкірі загоїлися. Завдання було виконано. Алмазний пил став частиною його сутності. І музика замовкла.

"Все зроблено. Тепер він куленепробивний. І він має суперсилу, біп-біп."

"Так, і це добре, зум-зум".

Візок повернувся на підлогу, а підліток на своє ліжко.

"Він нічого не пам'ятатиме про це, але його справжні крила почнуть функціонувати дуже скоро, біп-біп".

"А як щодо інших побічних ефектів? Коли вони почнуться, і чи будуть вони помітними біп-беп?"

"Цього я не знаю. У нього можуть бути фізичні зміни... це ризик, на який варто піти, щоб зменшити біль, біп-біп".

"Домовились, зум-зум."

Знесилені, дві істоти притулилися до грудей І-Зі і заснули. Не знаючи, що вони були там, коли він потягнувся вранці - вони впали на підлогу.

"Ой, вибачте", - сказав він крилатим створінням, перш ніж перевернутися і знову заснути.

$$***$$

"Ти не спиш?" запитав Сем, перш ніж прочинити двері. Його племінник хропів, але його крісло не стояло там, де він його залишив, коли допомагав йому вкластися в ліжко. Сем знизав плечима і повернувся до своєї кімнати, де прочитав кілька розділів Девіда Копперфілда. Через кілька годин він повернувся до кімнати племінника.

"Тук-тук".

"Доброго ранку", - привітався І-Зі.

"Нічого, якщо я зайду?"

"Звичайно."

"Ти добре спав?"

"Думаю, що так." Він потягнувся і відкинувся на спинку ліжка.

"Як твій стілець опинився тут? Я думав, що припаркував його біля стіни".

Він знизав плечима.

"І подивися на підлокітники - ти їх пофарбував?"

Він нахилився, побачив червоний відтінок, знову знизав плечима. "Що зі мною сталося?"

"Ти втратив свідомість. Я не розумію, чому. Ви сказали, що відчували, ніби ваші плечі горять. Я пошукав в Інтернеті за вашим описом і знайшов гомеопатичний засіб. Дивовижно, що там можна знайти. Я змішала трохи лавандової олії з водою та алое у пляшці з пульверизатором, а потім нанесла прямо на вашу шкіру. Вони сказали, що це дасть вам негайне полегшення. Вони не жартували, бо ви розслабилися і заснули".

"Дякую, тепер я почуваюся набагато краще".  Він спробував встати з ліжка, але в голові у нього літали дзижчання, ніби він був Вайлом І. Койотом. "Думаю, я ще трохи побуду в ліжку".

"Хороша ідея. Принести тобі що-небудь?"

"Може, тост? З полуничним джемом?"

"Звичайно,  дитинко."  Він  вийшов  з  кімнати, сказавши, що скоро повернеться. Коли він повернувся з їжею на таці, племінник спробував їсти, але не зміг нічого втримати в роті.

"Може, просто води".

Сем приніс пляшку, з якої Е-Зі намагався пити, але не зміг втриматись.

"Думаю,  я  продовжу  відпочивати".  Його  очі залишалися відкритими, дивлячись вперед в нікуди. "Котра година?"

"П'ята ранку, а сьогодні субота. Ти був без свідомості майже дванадцять годин. Ти мене налякала".

Зв'язок, лаванда в обох місцях вразила Е-Зе дивним. Чи пережив він справжній життєвий кросовер? Це був занадто великий збіг, якщо силосна яма дійсно існувала. Чи це був сон? Більше схоже на кошмар. Але його ноги працювали всередині металевого контейнера. Він повернувся б туди за хвилину -

можливо, пішов би на будь-який ризик, аби знову отримати можливість користуватися ногами.

"І-З?"

"Що? Я. Чесно кажучи, думаю, що хотів би закрити очі і ще трохи відпочити".

Сем вийшов з кімнати, зачинивши за собою двері.

E-Z дрейфував у свідомості, в той час як нещасний випадок прокручувався в пам'яті. Стіві Нікс, одягнений у білі крила, забезпечив супровідний саундтрек. А на задньому плані два вогники - зелений і жовтий - підстрибували вгору і вниз.

✳ ✳ ✳

Наступні кілька днів він намагався зібрати всі шматочки докупи в голові, складаючи список спільних рис:

Білі крила - білі крила, витатуйовані на його плечах. Стіві Нікс мав білі крила у своєму сні.

Лаванда - дядько Сем використовував лаванду та алое, щоб заспокоїти опіки. У силосі лаванда розбризкувала повітря, щоб заспокоїти його.

Жовте і зелене світло. Він бачив їх після аварії і в своїй кімнаті.

Інвалідний візок - полетів, щоб врятувати маленьку дівчинку. Коли він грав у бейсбол, його сідниці відірвалися від крісла, щоб він міг зловити м'яч.

Підлокітники - тепер були червоними. Більше подібних випадків не було. Ніяких пояснень.

Відчуття печіння на плечах / татуювання, що з'являються на плечах. Без пояснень.

Він більше не вірив у Бога, не вірив після аварії. Жоден бог не дозволив би дереву розчавити його батьків. Вони були хорошими людьми, ніколи нікого не кривдили. Те, що сталося з його ногами, не мало ніякого значення. Будь-який бог, який чогось вартий, простягнув би руку і зупинив би це, перш ніж це сталося.

Хіба що, якщо бог існує, він вийшов пообідати. Так, вірно.

З його тілом відбувалися зміни, і він хотів отримати відповіді. У глибині душі він знав, що єдиний спосіб їх отримати - це повернутися до проклятого бункера, якщо він існує.

# РОЗДІЛ 6

Наступного ранку Е-Зі висів у повітрі над своїм ліжком, бо у нього відросли крила. На шляху до дзеркала в шафі, щоб подивитися на свої нові придатки, він ледь не врізався в стіну.

"У вас там все гаразд?" покликав Сем з сусідньої кімнати.

"Так", - відповів він, пурхаючи з боку в бік, милуючись своєю новознайденою здатністю до польоту. Пернаті шлейфи зачаровували його. Особливо те, як вони підштовхували його вперед, ніби вони були одним цілим з його тілом. Відчуваючи себе більше птахом, ніж ангелом, він намагався згадати те, що вивчав у школі про орнітологію. Він знав, що більшість птахів мають первинне пір'я, можливо, десять. Без них вони не могли б літати. У нього на крилах було більше десяти основних пір'їн, і ще більше другорядних. Він спробував повернути ліворуч, потім праворуч, випробовуючи свою маневреність. Відчуваючи невагомість, він літав по кімнаті. Зависав над інвалідним візком, який йому більше не був потрібен. З цими крилами він міг би злетіти над світом.

Поклавши руки на стегна, як Супермен, він вказав собі шлях до дверей. Він прибув туди, коли Сем відчинив їх.

"Ти налякав мене до смерті!" сказав Сем, ледь не вистрибуючи зі шкіри.

Заскочений зненацька, підліток намагався тримати ситуацію під контролем. Він змінив напрямок, маючи намір дістатися до ліжка. Однак перехід виявився не таким легким, як він сподівався, і він пішов у вільне падіння.

Сем побіг за інвалідним візком, пересуваючи його вперед-назад, щоб тримати під племінником.

Ю-Зі оговтався і знову піднявся вгору.

"Спускайся сюди, негайно!" закричав Сем, розмахуючи кулаками в повітрі.

Він підлетів до ліжка і зробив безпечну посадку. Його крила зімкнулися, наче акордеон без музики. "Це було так весело. Не можу дочекатися, коли полечу до школи".

Сем упав у крісло племінника. "Що це було? І ти справді думаєш, що зможеш долетіти на цих штуках до школи? Над тобою будуть сміятися."

"Вони звикли б до цього, і замість того, щоб називати мене калікою-деревом, вони могли б називати мене літаючим хлопчиком. Так, мені це подобається."

"З того, що я бачив, це була невдала спроба. І "хлопець-муха" звучить смішно".

"Це була моя перша спроба. У мене все вийде."

Сем похитав головою, коли цікавість взяла над ним гору і випередила емоції, щоб втекти. "Можна я подивлюся ближче?" - запитав він. "Я маю на увазі, не злітаючи?" - запитав він, підводячись, коли Е-Зі повернув своє тіло до нього. "Вони зникли. Зовсім. Я маю на увазі татуювання. Їх замінили справжні крила - і ти можеш літати. О, Боже!" Він сів, перш ніж впав.

"Я прокинувся, крила з'явилися, і наступна річ, яку я пам'ятаю, - я лечу".

"Це магія. Мабуть. А може, ми спимо, ти у моєму сні, а я у твоєму, і скоро ми прокинемося і..." Сем намагався зберігати спокій заради племінника, але всередині його серце калатало.

"Це не сон.

"Як вони з'явилися? Ти мав щось сказати? Я маю на увазі, чи є якісь чарівні слова, які ти повинен був сказати?"

"Я не пам'ятаю, щоб я щось казав. Думаю, я можу спробувати". Він замислився на кілька секунд, ставши в позу, схожу на "Мислителя" Родена. "Хвилинку, дайте мені спробувати". Він змахнув повітря без палички: "Autem!"

"Коли ти вивчив латину?"

"Дуолінго, безкоштовний додаток на моєму телефоні."

"Я теж, я вчу французьку. Спробуй "en haut".

"En haut!" Нічого не виходить. "Підніми мене! Qui exaltas me!" Роздратований, він схрестив руки. "Мабуть, добре, що ти зайшов і побачив, як я лечу, інакше ти б мені не повірив!" Йому стало цікаво, чим займаються Пі-Джей і Арден, адже він не бачив їх уже кілька днів. Наступне, що він побачив, як у нього розкрилися крила, і він завис над своїм ліжком.

"Ро-ро", - сказав Сем, коли крила втягнулися, і І-З впав на підлогу.

"Це був би класний момент, щоб ти схопив моє крісло".

Сем посміхнувся. "Легше сказати, ніж зробити. Вибач. З тобою все гаразд?"

"Я не постраждала. Я маю на увазі фізично, але психічно, хто знає?" Він розсміявся. "Не допоможеш мені сісти в крісло?"

Сем підняв його і безпечно посадив у крісло. Коли він відкинувся на спинку, крила замість того, щоб повністю втягнутися, знову розгорнулися на повну силу. І І-З злетів угору, пурхаючи, наче Дінь-Дінь.

"То ось як воно, еге ж?" сказав Сем.

"Мені треба навчитися - не знаю, навіщо, але..."

"Ну, коли будеш готовий, спускайся, і ми підемо поснідаємо. Я візьму свій ноутбук, і ми зможемо провести деякі дослідження."

"Розумна ідея. Ми могли б піти в кафе "У Енн". І я б спустився, якщо зможу". Крила втягнулися, коли E-Z опинився прямо над його інвалідним візком. "Ось що я називаю сервісом", - сказав він, м'яко опускаючись у крісло.

Вони розмовляли, поки він одягався. Потім І-Зі пішов до ванної кімнати, поки Сем збирався.

Коли вони вийшли з дому і попрямували до кафе "У Енн", у Ю.-З. з'явилися дві думки. По-перше, він скучив за цим місцем, а по-друге, "Я не був там цілу вічність. Відколи..."

"Я знаю, малий. Ти впевнений, що це не занадто рано?"

Сніданки в кафе "У Енн" були традицією для його родини. Крім того, що воно відкривалося рано, о 6 ранку, до нього можна було дійти пішки. Всередині були приватні кабінки, оббиті штучною шкірою з червоними картатими скатертинами. Його батько завжди казав, що це місце має "далеку" тематику. З музичних автоматів грала музика шістдесятих - вони їх підлаштували так, що людям не треба було платити. Стіни були завішані плакатами з Мерилін Монро, Джеймсом Діном і Марлоном Брандо. Меню було величезним і включало в себе все: від клубних сендвічів до чізбургерів і фондю. Але його особистими фаворитами були дуже густі коктейлі та яблучні млинці.

Як тільки вона побачила їх, власниця Енн одразу ж підійшла до нього. "Я скучила за тобою". Вона обійняла його.

"Це мій дядько Сем, Енн". Вони потиснули один одному руки. "До речі, дякую за листівку і квіти, це було дуже турботливо".

Її очі наповнилися сльозами. "А тепер ідіть сюди. У мене є ідеальний столик для тебе".

Він стояв у тихому куточку, тож йому не треба було хвилюватися, що його стілець заважатиме працівникам кухні чи відвідувачам.

"Я зараз же приготую твою улюблену страву. Ти вже знаєш, чого хочеш, Семе, чи мені зайти ще раз?"

"Що ви будете?"

"Яблучні оладки а-ля Мод. Вони найкращі на планеті, а Енн завжди приносить додатковий сироп і корицю".

"Звучить непогано, але я, мабуть, візьму нудну яєчню з беконом і грибами".

"Зрозуміло", - сказала Енн. "А ти будеш шоколадний густий шейк?" Він кивнув. "Тобі каву, Семе?" - "Чорну",

- відповів він. "Чорну, - відповів він. "І дякую, що мене так привітно прийняли."

"Будь-якому дядькові з E-Z тут раді".

Коли Енн пішла за напоями, він вигукнув: "Дядьку Сем, здається, я перетворююся на ангела".

"Спершу тобі треба було б померти", - сказав він, коли Енн поставила напої на стіл і повернулася на кухню.

"Може, я й померла, в автокатастрофі. На кілька хвилин. Хто знає, скільки часу потрібно, щоб стати ангелом? У фільмах, якщо ти потрапляєш до Перламутрової брами, велика людина може повернути все назад і відправити тебе назад сюди. Це якщо ти віриш у такі речі, а я не вірю."

"Я теж. Ангелів не існує. Як і дияволів. Вони є лише всередині кожного з нас. Я маю на увазі, що в кожному з нас є щось добре, і в кожному з нас є щось погане. Це те, що робить нас людьми. Щодо вмираючих, то вони б мені сказали, якби довелося вас реанімувати. Вони не сказали нічого подібного".

"Тоді як пояснити раптову появу татуювань, а тепер вони перетворилися на справжні крила? Ще вчора їх не було. А що сталося між вчора і сьогодні? Нічого такого, що могло б спричинити появу нових придатків".

"Нічого такого, про що ти міг би подумати", - відповів Сем. Він розсміявся.

І-Зі надрізав млинець і запхав його до рота, дозволивши сиропу стікати по підборіддю. Енн принишкла.

"Ну, зараз ти точно не виглядаєш дуже ангельськи", - сказав Сем, піднімаючи виделкою яєчню. "Мм, дуже смачно". З'ївши ще кілька шматочків, він потягнувся до портфеля і дістав ноутбук. Він увімкнув його і набрав "визначення ангела". Він повернув екран, щоб вони могли прочитати інформацію під час їжі.

"Посланець, особливо Божий, - прочитав Сем, - людина, яка виконує Божу місію або діє так, ніби послана Богом".

"Діє так, ніби", - повторив І-Зі, запихаючи до рота нові млинці.

Сем прочитав: "Неформальна особа, особливо жінка, яка є доброю, чистою або красивою. Ти дуже гарна, зі світлим волоссям і блакитними очима".

"Замовкни."

"Загальноприйняте уявлення, - він зробив паузу. "Будь-якої з цих істот, зображених у людській подобі з крилами". Сем зробив ще один ковток кави, вчасно, коли Енн наповнила його чашку.

"У вас, хлопці, буде нетравлення шлунку, якщо ви читатимете і їстимете одночасно".

І-З розсміявся.

Сем відповів: "Ні, я працюю в ІТ-відділі, тож я дуже добре вмію працювати в режимі багатозадачності".

Енн хихикнула і пішла геть.

"Що вони мають на увазі під "цими істотами"?" запитав І-Зі.

"У середньовічній ангелології ангели поділялися на чини. Дев'ять чинів: серафими, херувими, престоли, панування (також відомі як домініони), - він зробив паузу, ковтнув води. Потім продовжив: "Чесноти, князівства (також відомі як князівства), архангели та ангели".

"Ого! Спробуй сказати це десять разів швидко". Він посміхнувся. "Я й гадки не мав, що існує так багато видів ангелів".

"Я теж. Ця їжа така смачна, що мені все здається, що ми з тобою спимо".

"Ти маєш на увазі, що хотіла б, щоб ми спали - і мої крила зникли?"

"Вони можуть зникнути так само швидко, як і з'явилися". Він присунув ноутбук ближче і набрав "Людина вирощує ангельські крила". І-Зі насміхнувся, але нахилився ближче, щоб побачити, що з'явилося на екрані. Сем натиснув на наукову статтю.

"Як я вже казав, немає жодних доказів існування ангельських крил. Я так і думав. Я думаю, що, можливо, той випадок, коли я врятував маленьку дівчинку, якось пов'язаний з їхньою появою. Це стало спусковим гачком, тому що горіння почалося відразу після того, як я повернувся додому, а потім, ну, ви знаєте, що далі".

"Як ви двоє тут поживаєте?" запитала Енн.

"Я замовив вам ще два млинці, від А до Я, як завжди. Якщо тільки ви не можете з'їсти більше?"

"Чудово."

"А тобі, Семе?"

"Мені ще", - відповів він, простягаючи свій порожній кухоль, який вона забрала і повернулася з наповненим по вінця. На кухні пролунав дзвінок, і вона пішла за млинцями.

Ю-Зі поливав їх кленовим сиропом, а потім мастив шматочком вершкового масла. "Ти найкраща", - сказав він Енн. Вона посміхнулася і залишила їх доїдати їжу.

Дядько Сем уважно спостерігав за племінником. Він шкодував, що не замовив яблучні оладки, але вже наївся.

"Що?"

"Я не знаю, але коли ти куштуєш їжу, твоє обличчя сяє, наче ангел на різдвяній ялинці".

І-Зі поклав виделку. "Дуже смішно. Ти справжній комік".

Коли вони закінчили їсти, Сем запитав: "Тож, прочитавши про ангелів, ти змінив свою думку? Я маю на увазі, ти все ще думаєш, що перетворюєшся на ангела? І якщо так, то що ти збираєшся з цим робити?"

"Що ти маєш на увазі? У мене є крила, я можу ними скористатися".

"Як на мене, якщо ти ними не користуєшся, якщо ти заперечуєш їхнє існування - вони зникнуть".

І-З похитав головою. "Це не варіант. Ти бачив, що сталося. Вони вийшли, а я нічого не робив, і я казав тобі, що коли я прокинувся сьогодні вранці, я літав над своїм ліжком. Я, бляха, ширяв."

"І-З, я думаю про майбутнє. Може, тобі треба з кимось поговорити, нам треба з кимось поговорити про це".

"Нещасний випадок стався більше року тому, психолог сказав, що зі мною все гаразд. Крім того, це все нове".

"Це могло затягнутися. Щось могло спровокувати це".

"Давай пройдемося по фактах. По-перше, у мене були татуювання, коли я їх не робив. По-друге, мій стілець відірвався від землі, і я врятував маленьку дівчинку - плюс, я піднявся з місця, щоб зловити м'яч на грі. Я заперечував це до недавнього часу... Третє

- татуювання пекельно горіли. Четверте - з'явилися справжні крила. П'яте - я можу літати. Нічого з цього вам не здається знайомим? Я маю на увазі в інших випадках."

"Ось чого я не розумію. Як це могло статися, але ж розум - це надзвичайно потужний комп'ютер. Це те, що відрізняє нас від тваринного світу і чому людина вижила так довго. Я чув історії, коли людина була у великій небезпеці, а їй прийшла допомога. Або коли людина опинилася під машиною - і перехожий зміг підняти машину, щоб врятувати їй життя".

"Я читав про це, це називається істерична сила, але я ніколи не чув про випадок, коли виростали крила".

"Можливо, крила з'явилися, щоб врятувати тебе".

"Від чого? Від пересипання?" - засміявся він. "Вони були б дуже доречні під час аварії. Я міг би полетіти до мами з татом за допомогою, а не чекати там із закривавленою колодою на собі. яка притискала мене до землі. Це не диво. Я не знаю, що це, дядьку Сем, все, що я знаю, це те, що це є."

"Ми розмовляємо. Оцінюємо. Обмінюємося думками. Намагаємося знайти відповіді."

"Було б добре мати відповіді, але... кого з експертів ми могли б запитати в цій ситуації?"

"Як щодо міністра чи священика?"

Ю.-З. похитав головою. Він не був у церкві з часу похорону своїх батьків.

"Що нам втрачати?"

"Думаю, варто спробувати, але. Ох, ох."

"Що таке?"

"Я відчуваю тиск на лопатки. Я мушу йти, а ми сюди не приїхали. Вибач, мушу поспішати. Побачимося вдома." Він вибіг з кафе і продовжував йти, поки його крила не вирвалися з-під капюшона, і він не відірвався від землі. Вдома він зрозумів, що у нього немає ключа, але він не міг залишатися на ганку - не з випущеними крилами. Він спробував латинською мовою повернути їх назад, але нічого не вийшло. Тож він злетів угору і непомітно для всіх заліз через вікно своєї спальні.

"І-З!" покликав Сем, коли повернувся додому. "І-ЗІ!"

"Я тут, нагорі."

"З тобою все гаразд? Я приїхав так швидко, як зміг.

"Заходь, сідай. Поки що немає ознак того, що вони відійшли."

Побачивши відчинене вікно. "Я так розумію, ти прилетів сюди?"

"Так, добре, що забув зачинити вікно вчора ввечері. Можемо продовжити нашу розмову, поки я не зможу знову вийти на вулицю.

"Я знаю одного ксьондза. Якщо хтось і може допомогти, то це він".

Через дві години, під мелодії, що лунали з радіо, вони їхали до священика. "Візьми мене до церкви" Хозера заповнювала ефір. Збіг? Вони так не думали і підспівували на все горло. На щастя, з піднятими вікнами їх ніхто не міг почути.

✳✳✳

У церкві не було під'їзду для інвалідних візків і багато сходів, якими треба було підніматися.

"Ти йди під тінь великого дуба, а я піду і знайду отця Хоппера", - запропонував Сем.

"Це його справжнє ім'я?" І-З розсміявся.

"Наскільки я знаю, так. Ти залишайся тут, а я зараз повернуся".

"Добре".

Підліток дістав свій телефон. Хоча йому подобалася тінь, яку давало дерево, - вона не давала змоги бачити екран. Він переставив стілець, звернувши увагу на незвичний гул у повітрі. Шум, який, здавалося, йшов від самого дерева.

Він підняв голову, намагаючись розгледіти, чи це не птах, коли висота звуку зросла, а гучність збільшилася. Він вимкнув звук на телефоні. Звук закінчився, і почався новий. Цей звук був мелодійним, зачаровував, і він поринув у стан сну.

Його голова закинулася вперед, аж поки новий звук не розбудив його. Шепіт, що долинав над його головою. Голоси, що линули з листя дерева. Він схрестив руки, як холод пройшов крізь нього, змушуючи його крила вирватися на волю. Перш ніж він це зрозумів, його крісло відірвалося від землі. Він ухилявся від гілок, коли піднімався в серце масивного дуба.

"Опустіть мене!" - скомандував він.

Він продовжував підніматися. Коли його кінцівки з'єдналися з деревом, кров потекла по його передпліччях і голові.

"Стій! Ти дурний..."

"Це не дуже гарно, біп-біп", - сказав тоненький пронизливий голосок.

"Я думав, ти казала, що він милий, коли не спить, зум-зум", - сказав другий голос.

"Ого!" вигукнув І-Зі, намагаючись взяти себе в руки і не збожеволіти остаточно. Він зробив кілька глибоких вдихів. Заспокоївся.  "Хто, що і де ви?"

"Хто ми насправді, біп-біп".

І знову перед його очима затанцювали ті ж самі вогники, зелений і один жовтий.

З цікавості він сказав: "Привіт".

Жовте світло зникло.

Почувся крик.

Потім зникло зелене.

"Що за? Ви двоє, ким би ви не були, припиніть це. Ви повинні мені все пояснити. Я знаю, що ви переслідували мене. Виходьте і зустріньтеся зі мною!"

ХЛОПОК.

Крихітна зелена істота, схожа на ангела, приземлилася йому на ніс. Дивно непривабливий, майже лімбургерний сморід повіяло в його бік. Він затулив ніс.

"Доброго дня, І-З, біп-біп", - сказала істота з поклоном.

Коли воно вимовило його ім'я, він втратив контроль над крилами. Він хитався і гойдався в повітрі, як птах, що вчиться літати. Він хотів, щоб його крила повернулися назад, але вони не слухалися його. Він вхопився за бильця свого крісла, коли падав.

ХЛОП!

Тепер їх було двоє. Кожен з них схопив його за вухо і опустив його разом зі стільцем на землю.

"Ой", - сказав І-Зі, потираючи вуха, коли священик і його дядько вийшли з-за рогу. "Думаю, дякую."

ХЛОПОК.

ХЛОП.

Дві істоти зникли.

"І-Зі, це отець Бредлі Хоппер, і він хоче допомогти".

Хоппер простягнув руку, І-З зробив те саме. Коли їхня плоть з'єдналася, підліток зник.

Хоппер і Сем залишилися стояти пліч-о-пліч, з виряченими очима. Обидва дивилися в нікуди, як два манекени у вітрині магазину.

# РОЗДІЛ 7

Ноги Е-Зі торкнулися землі, і спочатку його засліпило біле світло. Він переставляв ногу за ногою, спочатку йшов, потім біг на місці, а потім перейшов на повний зріст. Він кинувся на стіну, підстрибуючи, наче в замку для стрибків.

ХЛОПОК

ХЛОПОК

Він був уже не сам. Перед ним стояли дві багатокрилі істоти в квітах. Одна була зелена, інша жовта. Коли він наблизився, їхні крила, наче калейдоскоп, закрутилися навколо золотих очей.

Спочатку він доторкнувся до пелюсток-крил зеленої квітки. Він ніколи раніше не бачив повністю зеленої квітки, не кажучи вже про квітку з очима. Очі він упізнав з їхньої попередньої зустрічі. Крильця лоскотали його палець, а зелена квітка сміялася. Він уникав підходити до неї надто близько, очікуючи, що до нього долетить сирний запах, але цього не сталося.

Друга квітка, жовта, мала більше пелюсток-крил, ніж перша. Пелюстки реагували на його дотик, як корали, що рухаються в океані. Золоті очі цієї квітки мали чітко окреслені вії. Він нахилився, щоб роздивитися ближче.

Поки він продовжував спостерігати за цими двома, повітря наповнилося PFFT. Разом з ним з'явився потужний і дуже нудотно-солодкий сморід, що викликав у нього нудоту. Він відступив назад, затуляючи ніс і витираючи жало з очей.

Жовта квітка заговорила. "Мене звати Рейкі, і ми принесли тебе сюди, біп-біт".

"А де саме ми знаходимося? І чому мої ноги працюють?"

"Це не має значення ні де, І-Зі Діккенс, ні чому ти тут, оскільки ти біп-біп".

Він перетнув кімнату і взяв жовту квітку правою рукою, а зелену - лівою. УХ! Цього разу його обдало їдким туманом, і він почав чхати і не переставав.

"Будь ласка, опустіть нас, поки ви нас не впустили, біп-біп."

"Там є коробка з серветками, он там, біп-біп."

"О, вибачте." Він поклав їх на землю, взяв серветку - але вона йому більше не була потрібна. Він тримав дистанцію, притулившись спиною до білої стіни.

"Ми привезли вас сюди, біп-біп".

"До речі, я Хадз, зум-зум."

"Тому що ти повинен знати, біп-біп."

"Що ти не повинен говорити зі священиком про свої крила, зум-зум."

"Насправді, ти не повинен ні з ким говорити ні про що бип-бип."

Поклавши руку на стіну, він пішов, замислившись. "Перш за все, чому ти кажеш "біп-біп" і "зум-зум"?"

Рейкі та Хадз закотили очі. "Ви що, не чули про ономатопею?"

"Звичайно, чула".

"Тоді ви повинні знати, біп-біп."

"Що вона додає хвилювання, дії та інтересу, зум-зум."

"Щоб читач почув і запам'ятав, біп-біп."

"Що ви хочете, щоб вони знали, зум-зум."

Він засміявся. "Це вірно, якщо ви щось читаєте, але не обов'язково в розмові. Я пам'ятаю, що говорить Рейкі, тому що він це говорить, і я пам'ятаю, що говорить Хадз, тому що вона це говорить. Я припускаю, що один з вас - дівчинка, а інший - хлопчик, чи не так?"

"Так", - підтвердила Хадз. "Я дівчинка. Я рада, що мені не треба постійно казати "зум-зум".

"А я хлопчик. Я буду сумувати за "біп-біп".

"Ти можеш говорити їх, якщо хочеш, але це трохи дратує, і під час розмови повторення може бути нудним".

"Ми не хочемо бути нудними!"

"Це суперечило б нашій меті, заради якої ми вас сюди привезли".

"Гаразд", - сказав I-Зі. "Повернімося до того, що ви сказали перед тим, як ми почали говорити про літературний прийом. Вони кивнули. "Якщо я не можу нікому розповісти про те, що зі мною відбувається, то я самотній у цій штуці - чим би вона не була. Я врятував маленьку дівчинку. Я припускаю, що це якось пов'язано з тобою?"

"Так, ви маєте рацію в цьому припущенні, вибачте".

"Я хочу знати, що це і чому це відбувається зі мною?"

"Закрий очі", - сказав Хадз.

"Я закрию, але без жартів".

Квіти захихотіли.

Його ноги відірвалися від землі, і він опинився в іншій кімнаті. У цій кімнаті, як і в попередній, його спочатку засліпило білим кольором. Коли його очі звикли до оточення, він помітив книги. Стелажі та полиці, заставлені томами до самого неба.

"Не бійся", - сказав Хадз.

Він не боявся. Насправді, він був в екстазі. Тому що в цій кімнаті він не тільки міг користуватися своїми ногами, але й відчував, як кров пульсує в них. Його відчуття загострилися; запах старих книг повіяв у його бік. Він вдихнув солодкі парфуми prunus dulcis (солодкого мигдалю). Змішані з планіфолією (ваніллю), вони створювали ідеальний анісовий аромат. Його серце калатало, кров качала - він ніколи не відчував себе більш живим. Він хотів залишитися, назавжди.

Усередині черевиків рух кожного пальця дарував йому насолоду. Він згадав гру, в яку грав у дитинстві. Він зняв черевики і шкарпетки і торкався кожного пальця на ногах, промовляючи віршик: "Це маленьке поросятко пішло на базар".

"Він з'їхав з глузду", - сказала Рейкі, коли І-Зі вигукнув: "Ві!".

"Дай йому хвилинку. Це досить дивовижне місце".

І-Зі знову вдягнув шкарпетки. Він ковзав по кімнаті по білій підлозі, яка була блискучою, як крижана. Він сміявся, вдаряючись то об одну, то об другу стіну, підстрибуючи і приземляючись на підлогу. Він не міг перестати сміятися, аж поки не помітив, що з книжками над ним відбувається щось дивне. Він похитав головою, коли одна з них злетіла з полиці йому в руку. Це була книга його предка, Чарльза

Діккенса. Книга відкрилася сама собою, перегорнулася від початку до кінця, а потім полетіла туди, звідки прилетіла.

"Ласкаво просимо до ангельської бібліотеки", - сказав Рейкі.

"Вау! Просто вау! Отже, ви двоє - ангели?"

"Ти маєш рацію", - сказав Хадз. "І ви тут, тому що нас призначили вашими наставниками".

"Призначені? Хто призначив? Богом?" - насміхався він.

Хадз і Рейкі подивилися один на одного, хитаючи своїми квітчастими головами.

"Наша мета.

"Пояснити тобі твою місію.

"А також вказати тобі шлях. Допомогти тобі", - сказали вони разом.

"Місія? Яка місія?" Його свідомість затьмарилася. У його голові звучала тема з фільму "Місія нездійсненна". Побачив Тома Круза, якого по кабелю завели в комп'ютерну кімнату. "Гей, зачекайте хвилинку! Ви двоє були в моїй кімнаті, чи не так? І ви стежили за мною з моменту аварії".

"Ми чекали слушного моменту, щоб представитися, - сказав Рейкі. "Ми сподівалися зробити це менш формально, але коли ви ...."

"...Збиралися поговорити зі священиком, нам довелося поспішати."

"Ну, ви точно не поспішали. Я думав, що у мене галюцинації", - сказав він голосніше, ніж хотів.

ХЛОПОК.

Рейкі зник.

"Тепер подивись, що ти наробив!" сказав Хадз.

ПОП.

Вони зникли, і він не мав жодного уявлення, куди, коли і чи повернуться вони. Проте він не збирався гаяти ні хвилини. Він впав на підлогу і зробив двадцять віджимань, а потім стільки ж стрибків з місця. Очі сльозилися від яскравого світла, і він шкодував, що не має сонцезахисних окулярів.

ТІК-ТОК.

Пара окулярів Ray bans з'явилася з повітря. Він надів їх, коли його шлунок забурчав. Він зробив селфі, потім перевірив час. З годинником відбувалося щось дивне. Він божеволів. І цифри не переставали змінюватися. Його шлунок знову забурчав.

ТІК-ТАК.

З'явився чізбургер і картопля фрі, тепер його руки були повні. Він подумав про шоколадний густий шейк з вишнею мараскіно на верхівці.

ТІК-ТОК.

На білому столі з'явився великий шейк з вишнею на верхівці, якого там раніше не було. Чи був? Адже і стіл, і стіна були білими?

Перш ніж почати їсти, він насолоджувався його запахом, а потім, з кожним шматочком, смаком. Це було так, ніби він ніколи раніше не їв ні чізбургерів, ні картоплі фрі. А вишня була такою солодкою на смак, а за нею - шоколадна. Він поглинав їжу стоячи. Їжа завжди смакує краще, коли її їси стоячи. Це замовлення було таким смачним, що це було смішно.

Закінчивши, він нікому не подякував за їжу. Потім звернув увагу на бібліотеку і на білі сходи, яких раніше не помічав. Лише однієї думки про неї було достатньо, щоб драбина наблизилася до нього, наче хотіла бути корисною. Він піднявся на неї, і вона рухалася, як диск на спіритичній дошці, проходячи повз полицю за полицею з книжками. Потім зупинився.

Піднімаючись, він читав назви на корінцях. Ті, що лежали прямо перед ним, були Чарльза Діккенса, кожен том мав власну пару крил.

Одне з них летіло до нього, "Різдвяна пісня". Воно перегорнуло кілька сторінок, щоб показати йому, що це перше видання, опубліковане 19 грудня 1843 року. Коли воно продовжувало перегортати сторінки, він замилувався ілюстраціями. Наскільки детальними вони були, та ще й повнокольоровими. А на задньому плані, позаду Крихітки Тіма та його сім'ї на одному з малюнків, щось ворушилося. Очі. Дві пари. Хадз і Рейкі! Він ледь не впустив книжку. Оскільки у неї були крила, вона повернулася на своє місце на полиці. Тим часом він втратив рівновагу, впав зі сходів і зачепився за життя. Коли він знову став стабільним, він поступово спустився вниз і міцно поставив ноги на землю. Він здивувався, чому його крила не виросли, щоб допомогти йому. Усе інше тут мало крила, які працювали, навіть ангели мали кілька пар крил. У зовнішньому світі його ноги не працювали, а у нього були крила, які працювали. Тут, де б він не був, його ноги працювали, але крила вже не працювали.

Він почухав голову. Якби тільки дядько Сем був тут. Але він не міг з ним поговорити. Це було заборонено. Але чому? Що вони могли йому зробити? Ангели переслідували його з моменту аварії. Він думав, що це добрі ангели, бо вони не заподіяли йому шкоди - поки що. Туга за домом нахлинула на нього велетенською хвилею, погрожуючи забрати його під воду.

"Я хочу додому!" - закричав він, коли його телефон завібрував. Перш ніж він встиг його розблокувати...

ХЛОПОК.

Рейкі схопила його і кинула в...

ПОП.

Хадзу, який жбурнув його в найдальшу білу стіну. Він відскочив, вдарився об підлогу і розлетівся на шматки.

"Ти винен мені чотириста баксів за новий телефон! Сподіваюся, у вас, ангелів, є готівка".

Хадз простягнув руку і вдарив І-Зі крилом по обличчю. Пір'я залоскотало, замість того, щоб завдати йому болю. "Тепер ти, І-Зі Діккенс, сідай сюди". Білий стілець притиснувся до його ніг, змушуючи його сісти.

"І перестань бути козлом", - сказала Рейкі.

"Ого! Хіба ангели можуть таке казати? Які ви взагалі ангели? Ангели на навчанні? Хіба я той хлопець, який допоможе вам заробити крила?"

Він зрозумів, що вони вже мали крила. Насправді, кілька пар. Тож те, що він намагався донести, здавалося спірним, коли вони висіли над ним.

"Я той хлопець, який збирається допомогти тобі, чи це ти маєш допомогти мені? Тому що якщо це ви, як ви сказали, то ви робите жахливу роботу. Я не збираюся замовляти за вас слівця найближчим часом".

"Ми чекаємо на вибачення."

"Що ж, ви чекатимете на них дуже довго. Тому що я хочу пити."

ТІК-ТАК.

З'явився кухоль рутбира в матовій склянці. Він випив його одним ковтком. "Тому що ти привів мене сюди без моєї згоди. І..."

"ЗАТКНИСЯ!" - пролунав голос, що виринув з однієї з білих стін.

Вона була такою ж високою, як і стеля. Насправді, вища. Вона була крива, але величезна за розміром і статурою. Її крила торкалися стін і стелі. "Тримай язика за зубами!" - зажадав ангел-велетень, змахнувши крилами в напрямку від Сходу до Заходу, аж поки не опинився прямо перед його обличчям.

***

"Е .-З. Діккенс, ти був покликаний сюди переді мною, - сказав величезний ангел. "Я - Офаніель, володар місяця і зірок. А це - мої підлеглі. Ви не повинні поводитися з ними зухвало. Ви повинні ставитися до них з добротою і повагою, бо вони є моїми ОЧИМА і моїми ВУШАМИ для вас. Без них ви - НІЩО".

Він заїкнувся, вимовивши нерозбірливе речення, борючись із бажанням втекти.

"Не перебивай, поки я не закінчу говорити", - наказав Офаніель.

Він кивнув, його тіло тремтіло, він боявся сказати хоч слово.

"І-З", - прогримів його голос. "Ти врятований. Ми врятували тебе з певною метою".

Рейкі і Хадз підлетіли ближче і сіли на плечі Офаніеля.

"Не рухайся", - наказав Офаніель.

Вони склали крила, нахилившись, щоб не пропустити жодного слова.

І-Зі зробив собі замітку подумки запитати їх, як скласти його крила так само ефективно, як вони склали свої. Це якщо йому повернуть крила.

Офаніель продовжив. "Коли померли твої батьки, І-Зі Діккенс, ти також повинен був померти. Це була твоя доля. Та, яку ми змінили для нашої мети. Ми успішно виграли твою справу. Ми пообіцяли, що ти будеш робити чудові речі. Що ти допомагатимеш іншим. Ми врятували тебе, і за нами залишився борг. Борг, більшу частину якого ти сплатив сповна, віддавши нам свої ноги."

Здавшись? Це звучало так, ніби у нього був вибір. Що він прийняв остаточне рішення ніколи більше не ходити, що було брехнею. Він відкрив рот, щоб заговорити, але голос Офаніеля прогримів далі.

"Є ще борг, який ти нам винен, борг, який ти винен нам".

І-Зі зробив великий ковток повітря. Він хотів заговорити, але не міг. Його губи ворушилися, але з них не виходило жодного звуку. Як ти, ангел, смієш приймати рішення за нього і говорити йому про борг?

"Ми дали тобі інструменти - потужне крісло. Це для того, щоб допомогти тобі. Щоб одного дня ти опинився тут, зі своїми батьками, і пішов з нами, з ними, у вічність". Офаніель замислився на кілька секунд, щоб усвідомити сказане. "Сьогодні ти можеш поставити мені одне запитання, але тільки одне. Нехай воно буде добрим".

Замість того, щоб обдумати запитання, І-Зі вигукнув: "Коли я знову побачу своїх батьків?"

"Коли ти повністю сплатиш свій борг".

"Ще одне питання, будь ласка."

"Буде час для запитань і буде час для відповідей. А поки що тобою опікуються мої підлеглі. Ти можеш ставити їм запитання, а вони можуть вирішити відповідати. А можуть і не відповідати. Це буде їхнім вибором - відповідати "так" чи "ні". Так само і у вас буде вибір, чи відповідати їм, коли вони ставитимуть вам запитання. Поводьтеся з ними так, як би ви хотіли, щоб поводилися з вами, і не розкривайте деталей про це місце або нашу зустріч. Не говоріть про це, ні про що з цього ні з ким. Повторюю, тримай це тільки між собою".

Він все ще не міг говорити. Не питаючи його, Офаніель продовжив відповідати на наступне запитання.

"Якщо ти порушиш цю обіцянку, твої крила будуть як макарони - слабкі - і ти ніколи не зможеш повернути свій борг".

Він подумав про ще одне запитання.

"Так, коли ти врятував ту маленьку дівчинку - горіння було частиною процесу. Твої крила повинні горіти, щоб зміцнитися, щоб з'єднатися з тобою, щоб ти був готовий до наступного випробування".

Він подумав: "А якщо я не хочу?".

Офаніель засміялася і злетіла в найвищу частину кімнати. Потім вона зникла крізь стелю.

# РОЗДІЛ 8

Наступне, що він пам'ятає, це те, що він знову опинився у своєму інвалідному візку перед обличчям священика.

"Дядьку Сем, нам треба йти. НЕГАЙНО."

"О, - сказав Сем, дивлячись, як його племінник від'їжджає. "Вибачте, що змарнував ваш час, але йому треба додому". Сем поспішив вперед, а Хоппер за ним. Він прискорив крок, наздогнав племінника і, взявши під контроль ручки, штовхнув візок. Хопер побіг і незабаром уже йшов поруч, хоч і захеканий.

"Я бачу, у тебе справді немає крил, І-3".

Він озирнувся через плече, піднісши до губ удавану склянку, а потім закотивши очі.

"У мене немає проблем з алкоголем", - зухвало заявив Сем.

Підліток знову закотив очі, коли вони наблизилися до парковки. Священик не пішов за ним.

Коли вони підійшли до машини, Сем сказав, намагаючись перевести подих: "Що, в біса, це було?", відкриваючи дверцята і допомагаючи племінникові сісти в машину.

"Давай спочатку поїдемо звідси". Він тягнув час, бо не міг розповісти йому, що сталося. Йому потрібно було придумати переконливу брехню - а він ніколи не був хорошим брехуном. Мати завжди ловила його на цьому, бо його вуха завжди червоніли, коли він брехав.

"Я чекаю на пояснення", - сказав Сем, міцніше стискаючи кермо.

З автомобільних динаміків залунала пісня "Don't Look Back" гурту "Boston".

"Вибач, я мусив їхати. Не думаю, що Хопер зможе допомогти, і я не хочу, щоб він знав більше, ніж ти йому вже розповів".

"Ти так і не пояснила, чому натякнула, що у мене проблеми з алкоголем".

"А, це. Це спало мені на думку, і я сказала це, не подумавши. Вибач.

"Я пишаюся тим, що не вживаю алкоголь. Звичайно, час від часу вип'ю пива. Щоб бути комунікабельним на робочому заході. Але я не такий, як інші айтішники. І ніколи таким не буду".

І-Зі не думав про те, що говорив дядько Сем. Натомість він перебирав у пам'яті інформацію, яку йому повідомив Офаніель. Він був у боргу перед ангелами за те, що ті врятували його, і він обміняв свої ноги на життя. Ангели уклали цю угоду з власною метою - і тепер вони очікували, що він сплатить борг, але як?

Все, що він знав напевно, це те, що він повинен перемогти. Які б завдання вони не кидали на його шляху, він повинен був подолати. За допомогою Рейкі та Хадз - нехай і невеликих, але він заплатить те, що заборгував. Тоді, якщо не більше, він знову побачить своїх батьків. Він припускав, що це означає, що він помре, і вони зустрінуться на небесах, якщо таке місце існує. Він дізнається про це досить скоро.

# РОЗДІЛ 9

Повернувшись додому, підліток пішов прямо до своєї кімнати.

"Якщо тобі потрібна моя допомога", - це все, що Сем встиг вимовити, перш ніж племінник грюкнув дверима.

І-Зі закрив обличчя руками. Це було щось, коли до нього знову повернулися ноги. Він вдарив кулаками по підлокітниках, коли у нього з'явилися крила, і він перелетів на ліжко. "Дякую", - сказав він їм, наче вони існували окремо, а не були частиною його самого.

"Обережно", - сказав Хадз, який відпочивав на своїй подушці. Ангел підлетів до світильника і сказав: "Прокидайся, він вдома".

Е-Зі зручно вмостився на своєму ліжку, заплющивши очі, і майже заснув.

"Сьогодні вночі ти летиш", - співали ангели.

"Слухай, у мене був виснажливий день, як ти знаєш, і все, що я хочу - це спати".

"Ти можеш подрімати п'ять хвилин", - сказала Рейкі.

"А потім прокинься і вперед!"

Він знову майже заснув, коли увірвався Сем. "Вибач, що турбую тебе, але Пі Джей і Арден кажуть, що намагалися розбудити тебе цілий день. У тебе розрядилася батарея?"

"Ні, я загубив свій телефон", - відповів він, скоса дивлячись на двох своїх помічників.

"Брехун, брехун, у тебе штани горять", - закивали вони. Сем, зважаючи на відсутність реакції, не чув їхніх пронизливих голосів. І-Зі відштовхнув їх.

"Ось чому я завжди купую страховку разом зі своїм планом. Не хвилюйся, завтра ми знайдемо тобі заміну. У будь-якому разі, тобі вже давно пора оновити тариф. Номер телефону можеш залишити той самий. Я дам хлопцям знати, що ви будете на зв'язку."

"Дякую, дядьку Сем. Добраніч."

"На добраніч І-З."

# РОЗДІЛ 10

У ві сні він катався на лижах з батьками. Насправді це був спогад, але він переживав його як сон.

Е-Зі було шість років. Його з матір'ю навчав усіх рухів лижний інструктор. Тим часом його батько - не такий новачок, як вони, - спускався з засніженого пагорба.

Вони вчилися кататися на бебі-гіллі - так вони називали пробні спуски.

"Ви готові?" - запитав інструктор, - "з'їхати з одного з великих пагорбів?"

Вони сказали, що готові. Вони думали, що готові. Але говорити і робити - це дві різні речі.

З першої спроби вони не встигли далеко піднятися, як один з них впав. Це була його мама, і коли вона знепритомніла, то сиділа на холодному снігу і сміялася. Він допоміг їй піднятися, і вони знову пішли.

Цього разу впав Ю-Зі, занурившись обличчям у холодний білий сніг. Він обтрусився, йому допоміг піднятися інструктор, а мама пішла далі, розбризкуючи сніг по дорозі. Він сприйняв це як виклик і помчав далі, проминаючи її з посмішкою.

Наступне, що він помітив, як вона наздогнала його ззаду. Вона вдарилася об сніг - і залишила його в пилюці - знайшовши свій крок. Проте, він виклався на повну і наздогнав її. Вони дрейфували вниз, пліч-о-пліч, потім порізно, потім знову разом. І весь час сміялися, як двоє малих дітей.

Біля підніжжя пагорба, одягнений з голови до ніг у небесно-блакитне, стояв його батько. Він виділявся; клаптик блакиті, оточений незайманим снігом - з інвалідним візком у руках.

"Сніг", - сказав Ю-Зі, вдихаючи чергову зефірку. Вона була ще смачнішою, коли розтанула. Потім він відчув крижаний холод і прокинувся у ванні, оточений льодом. Дядько Сем був там, сидів поруч.

"І-Зі, цього разу ти мене дуже налякав".

"Що? Що сталося?

"Я почув якийсь шум і пішов перевірити, як ти. Твоє вікно було відчинене навстіж, штори розвівалися. Я помацала твій лоб, і він весь горів. Я злякалася, що у тебе буде напад. Навіть твої крила виглядали зів'ялими.

"Я думала подзвонити 911, але вирішила не робити цього. Я не міг відвезти тебе в лікарню, не з такими крилами. Мені довелося посадити тебе в інвалідний візок, наповнити ванну льодом і подивитися, чи вдасться збити температуру. Я ходила за льодом, просила друзів по сусідству, щоб вони пожертвували. Вони мені дуже допомогли".

"Мені вже краще, дякую", - сказав він, намагаючись встати. Він не встиг далеко відійти, як знову впав.

"Ти маєш розповісти мені, що відбувається".

"Я не можу, дядьку Сем. Ти маєш мені довіряти".

Підліток знову спробував піднятися. "Зачекай тут", - сказав Сем, виходячи з ванної кімнати і повертаючись з інвалідним візком. "Ось, - він вклав термометр до рота племінника. "Якщо буде нормально, можеш сідати у візок".

Температура була нормальною, тож, загорнувши його в халат, Е-Зі підняли з ванни і посадили в крісло. Його крила розгорнулися, а потім розслабилися, і більше не відчувалося, що вони горять.

Проходячи повз вітальню, він побачив новини.

"Минулої ночі вдалося відвернути авіакатастрофу", - сказав прес-секретар. "Вони називають це дивом приземлення, але ось кілька необроблених кадрів, знятих одним з наших глядачів, коли це сталося".

Він переглянув відео, на якому було видно, як літак приземлився, але не було нічого іншого - жодного кадру з ним. Він відчув полегшення і повернувся до своєї кімнати.

"Я зараз повернуся і допоможу тобі одягнутися".

Йому так хотілося розповісти про все дядькові, але він не міг. "Дякую", - сказав він після того, як одягнувся.

"Я завжди тебе прикрию".

"І я тебе", - відповів підліток. "Думаю, я піду до свого офісу, щоб написати що-небудь".

"Гарна ідея, у мене ще багато справ по дому, з якими я хотів би сьогодні впоратися". Він почав було йти, але потім повернувся. "Знаєш, малий, тобі не обов'язково одразу писати роман. Ти можеш вести щоденник або журнал. Записувати те, що одного дня можеш забути. Як дорогоцінні спогади."

"Я думала написати щось і назвати це "Ангел татуювання".

"Мені подобається."

Опинившись у своєму кабінеті, він на мить задумався про літак, дивуючись, як він зміг зробити те, про що його просили. Він не зміг би цього зробити без допомоги лебедя та його пташиних друзів, або без допомоги свого крісла. Можливо, навіть ті двоє янголят допомогли по-своєму, підбадьорюючи його на задньому плані.

Він зосередився на письмі і надрукував назву: "Ангел татуювання".

Його пальці хотіли друкувати більше, але розум хотів блукати. Він відкинувся на спинку стільця і втупився в порожній екран. Йому потрібне було фантастичне перше речення, як у його предка Чарльза Діккенса - "Я народився".

Коли через деякий час він не зміг більше витримувати погляд на білий екран, він надрукував: "Я хотів би ніколи не народжуватися.

"Краще б я ніколи не народжувався".

І він продовжував друкувати.

Я більше не можу ходити.

Я ніколи не буду професійно грати в бейсбол чи хокей або отримувати спортивну стипендію.

Я не можу бігати.

Я не можу стрибати.

Є так багато речей, які я не можу робити.

Чого я ніколи не зроблю.

Він перестав друкувати, побачивши щось у правому верхньому куті екрану, що рухалося вниз. Тече.

Сльози. Крихітні сльози.

З'єднуючись. Стають все більшими і більшими.

Каскадом стікають по екрану.

Йому здалося, що він щось почув - збільшив гучність.

"ВАХ! ВАХ! ВАХ!" - проспівав високий голос.

До нього приєднався другий голос.

"ВАХ-ВАХ!

ВАХ-ВАХ!

ВАХ-ВАХ!"

І-Зі вимкнув комп'ютер.

Це була лише тирада, і він відчув себе краще від цього. Всім час від часу потрібна вечірка жалю. Він не міг цього терпіти.

Одне він знав напевно - як письменник він не Чарльз Діккенс.

Чарльз Діккенс не міг літати.

✳✳✳

"Прокидайся, час іти!" сказала Рейкі, підлетівши до вікна.

Хадз чекав біля відчиненого вікна.  "Готовий?"

Отже, вони очікували, що він стрибне, з третього поверху свого будинку. "Я не піду туди! Поглянь, як ми високо!"

"Ти забув, у тебе є крила."

"І якщо ти впадеш, то розберешся з цим."

Принаймні, він був ще в одязі, коли його вкинули в інвалідний візок. Він затремтів, дивлячись вниз, дивуючись, як його крила повинні були утримувати в повітрі і його самого, і його візок.

"А як же мій візок?"

"Пам'ятаєш, що сказав Офаніель? А тепер - вилітай!"

Коли він вилетів, його крила повністю розгорнулися. Через свої плечі він міг бачити крила в дії.

Маленькі, але сильні істоти піднімали його все вище і вище, ведучи підлітка по нічному небу, в той час як яскраві зоряні очі дивилися на нього вниз. Коли вони вирішили, що він готовий, вони відпустили його.

"Я можу літати", - сказав він. "Я дійсно можу літати!"

"Припини випендрюватися, - сказала Рейкі, - і приступай до виконання програми".

"Я б так і зробив, якби знав, що це таке", - буркнув він.

Хадз полетів вперед. І-Зі та Рейкі піднялися над школою, біля бейсбольного поля. Далі до центру міста. Вогні на злітно-посадковій смузі біля аеропорту прямо конкурували із зірками над ним.

"Ти дуже добре справляєшся", - сказала Рейкі.

"Дякую тобі".

Його увагу привернув звук відмови двигуна у великому літаку, що летів попереду них.

"Поглянь туди, цей літак в біді. Шкода, що у мене немає телефону, щоб покликати на допомогу". Двигун заревів, літак трохи знизився, а потім вирівнявся.

"Вам не потрібен телефон. Ласкаво просимо на друге випробування."

"Ви очікуєте, що я буду, що? Нести літак на спині? Я не можу врятувати літак, у мене не вистачить сил. Я не можу цього зробити."

"Гаразд, - сказав Хадз, якого вони вже наздогнали.

"Але ти повинен знати одну річ: якщо ти не врятуєш їх, то всі на борту загинуть".

"Всі 293 пасажири. Чоловіки, жінки і діти.

"Плюс дві собаки і один кіт", - додав Рейкі.

Його голова наповнилася криками людей всередині літака. Як він їх чув, крізь товсті металеві стіни? Собаки гавкали, кіт нявкав. Плакала дитина.

"Припиніть, вимкніть його, я зроблю це".

"Ми не вимкнемо."

"Але це закінчиться, коли ви безпечно посадите літак в аеропорту, он там".

"Ми віримо в тебе", - сказав Хадз.

"Але хіба вони мене не побачать? Якщо вони мене побачать, це буде кінець гри, я маю на увазі умови Офаніеля - я ніколи не побачу своїх батьків".

"А тебе?"

"Це найменша з твоїх проблем!"

"А тепер іди", - сказав Хадз. "О, і тобі це може знадобитися".

Тепер у нього був ремінь безпеки, щоб утримувати його в інвалідному візку, коли він мчав по небу до падаючого літака.

"Ми будемо спостерігати", - покликали вони.

"Ви допоможете мені, якщо мені буде потрібно?"

"Це твої випробування, приписані тобі і тільки тобі. Ми тут, щоб підбадьорити тебе. Щасти тобі."

"Зачекайте, ви що, не збираєтеся дати мені нормальних уроків? Не покажете, що я маю робити?"

ПОП.

ХЛОП.

"Спасибі за ніщо!" - вигукнув він.

***

В аеропорту, на вежі управління повітряним рухом, диспетчер помітив, що літак потрапив у біду. Не маючи змоги зв'язатися з пілотом, він помітив на своєму радарі непізнаний літаючий об'єкт.

Надихаючись Суперменом і Могутньою Мишею, Е-Зі підняв руки. Він розташувався під тілом могутнього металевого звіра і зібрав усю свою силу.

"Я подумав, що тобі не завадить допомога", - сказав більший за звичайний лебідь. Він кивнув, і птахи злетілися з усіх боків. Коли реактивний літак з'єднався з ним, справжні птахи вирівнялися. Допомагаючи йому тримати літак рівно. Стабілізувати його, щоб він і його крісло могли прийняти на себе всю його вагу.

Усередині все котилося, як кульки. Йому треба було поспішати, і він шкодував, що не має іншої пари крил, або більш потужних крил. Якби тільки він був у білій кімнаті. Він зосередився на поставленому завданні і подумки приготувався до спуску. Поглянувши вниз, він помітив, що його крісло також має крила, на підставках для ніг і на коліщатках. "Дякую", - прошепотів він нікому. Потім до птахів: "Тепер у мене все вийшло, дякую за вашу допомогу".

Готовий, він опустив джамбо вниз, тримаючи його рівно і рівно. Він торкнувся передньою частиною літака до асфальту. Оскільки шасі ще не опустилися, йому потрібно було зійти з дороги. Він витягнув праву руку, наскільки це можливо, і відсунув своє крісло подалі від середини літака. Він опустив середину літака, потім хвіст. У нього вийшло! Так! Він рушив геть під страшні звуки сирен, що наближалися з усіх боків у вигляді пожежних машин, машин швидкої допомоги та поліцейських машин.

Перш ніж вони його помітили, він полетів геть. Вдячні пасажири в салоні аплодували, фотографували і знімали його на свої телефони. Незабаром він повернувся до Хадза і Рейкі.

"Ти дуже добре впорався. Ми пишаємося тобою, протеже".

Він посміхався, доки не відчув, що його крила ніби хтось підпалив. Наступне, що він зрозумів, це те, що він горів, і це було так боляче, що він хотів померти. Він бажав смерті. Жадав її. Тепер у вільному падінні, з кріслом обличчям донизу, він тримав очі широко розплющеними і чекав, коли його губи поцілують землю. Тоді його забрали два ангели, які віднесли його додому і поклали в ліжко.

Біль не вщухав, але Е-Зі знав, що сьогодні він не помре. Він буде в безпеці ще один день. Ще одне випробування. Все, що він мав зробити, це пережити це випробування.

∗∗∗

"К**оли алмазний пил почне діяти?" запитав Хадз. "Йому все ще дуже боляче".

"Це новий метод лікування, тому я не можу сказати, коли, але рано чи пізно він почне діяти".

"Сподіваюся, він протримається так довго!"

"З допомогою дядька Сема він впорається. Як тільки почне діяти, ми побачимо ознаки. Можливо, якісь фізичні зміни."

І-Зі продовжував хропіти.

ХЛОП.

ПОП.

І знову вони зникли.

# РОЗДІЛ 11

аступного дня Ю-Зі розпланував свій день. По-перше, йому потрібно було зібрати рюкзак для суботньої прогулянки до парку. Він поснідав, трохи попрацював, а потім вирушив у дорогу. Поки він готував рюкзак, він почув високі голоси Хадза і Рейкі, перш ніж побачив їх.

"Я вас чую", - сказав він.

ПОП.

Хадз з'явився першим.

ХЛОП.

Потім Рейкі - обидві у своїй повністю перетвореній ангельській величі.

"Доброго ранку", - заспівали вони в нудотно-солодкому унісон.

І-Зі запхав у рюкзак блокнот і кілька ручок, ігноруючи їх. Він сподівався знайти в парку щось натхненне, про що можна було б написати. Він нахилився, щоб застебнути рюкзак, коли помітив, що два ангели сидять на блискавці.

"О, вибачте. Я вас майже не помітив".

"Ух, мало не влучили", - сказала Рейкі.

Хадз занадто сильно тремтів, щоб вимовити жодного слова.

Вони полетіли йому на плечі, коли він вказав своїм стільцем на зачинені двері.

"Нам потрібно поговорити з тобою", - сказав Хадз.

"Це... важливо. Ми дещо зробили..."

"Зі мною?"

Перед його очима закрутилися картини.

"Так. Коли ти спав кілька тижнів тому."

"Кілька тижнів тому! Гаразд, я слухаю..." По правді кажучи, він намагався не вийти з себе. Думка про те, що вони могли щось з ним зробити. Поки він спав. Без його дозволу. Це було жахливим порушенням довіри. Він стиснув кулаки. Тиша. Він схрестив руки. Він не збирався полегшувати їм життя.

Сем постукав у двері: "Сніданок E-Z, вам потрібна допомога?"

"Ні, я впораюся. Буду за кілька хвилин". Тиша перекриває звуки ззовні, коли Сем повертається на кухню.

"Перш за все, - сказав Хадз, - ми робили це лише для того, щоб допомогти тобі".

"З випробуваннями. Ми зробили те, що допомогло тобі досягти твоїх цілей".

"Ви маєте на увазі, що могли б допомогти мені з літаком? Так, мені б не завадила ваша допомога. На щастя, ми впоралися з цим завдяки лебедю і птахам".

"А, так, про це, допомога не дозволяється - ні від друзів, ні від птахів. Ми повідомили про цей випадок у відповідні інстанції".

I-3 похитав головою, він не міг повірити в те, що чув. "Тільки не кажіть мені, що хтось скривдив лебедя чи птахів? Краще не кажи мені цього... О, і чому саме той лебідь говорив зі мною англійською? Ти знаєш?"

"Це конфіденційна інформація", - сказав Хадз, тримаючи руки на стегнах і тремтячи біля свого обличчя. Рейкі зайняла таку ж позицію, і їхні крила торкнулися його повік.

"Гей, припини", - сказав він голосніше, ніж збирався.

"У вас там все гаразд?" запитав Сем через зачинені двері.

"Я в порядку", - відповів той, махнувши рукою перед обличчям, розкидаючи істот по кімнаті. Рейкі вдарився об стіну і скотився вниз. Хадз, що вже був нижче, спробував зловити Рейкі, але було занадто пізно. Обидва ангели різко впали на підлогу.

"Вибач", - сказав підліток. Він під'їхав ближче до них на своєму візку. Йому стало цікаво, чи не кружляють у них в голові зірки, як у героїв старих мультфільмів. Він любив це, коли таке траплялося з Вайлом І. Койотом. Вони трохи похитнулися, і він поклав їх на ліжко. Коли ангели оговталися, він сказав: "Вибачте ще раз. Я не хотів вас бити. Ваші крила залоскотали мені очі".

"Так, лоскотали!" сказала Рейкі.

"І ми цього не забудемо".

Він відчув себе погано. Вони були такі маленькі, що він навіть не усвідомлював, що простий дотик може відправити їх у такий політ. Це було так, ніби він вибив їх з парку і ледве торкнувся їх.

"Про це..." сказав Рейкі.

Хадз втрутився: "Поки ти спав, ми провели над тобою ритуал".

І-З знову зберіг спокій, але ледве-ледве. "Ритуал, кажете?" Вони подивилися на нього, винуваті, як на гріх. "Якби ви були людьми, вони б закидали вас книжками за те, що ви щось робите зі мною без мого дозволу. Це ж напад на неповнолітнього. Ти був би у в'язниці..."

Ангели затремтіли і притиснулися один до одного.

"У нас не було вибору.

"Ми зробили це для твого ж блага.

"Я це розумію, але в даний момент ваші вибачення НЕ приймаються".

"Справедливо", - сказали ангели. "Поки що". Вони заспівали: "Ми викликали сили, великі та ілюзорні сили над тобою і навколо тебе. Ми попросили їх допомогти тобі, примноживши твою силу, мужність і мудрість. Простіше кажучи, ми вважали, що ти потребуєш більшого, і тому ми вичаклували це для тебе".

"Зрозуміло. Вибачення все ще НЕ прийняті".

"Ми зробили це з найменшою кількістю дискомфорту для вас", - сказав Хадз.

І-З обмірковував цю останню інформацію. Водночас він дивився на свій інвалідний візок. Воно справді виглядало інакше, окрім очевидної зміни кольору підлокітників.

"Що сталося з моїм візком останнім часом?" - запитав він. "Наче воно має власний розум".

Ангели знову затремтіли.

"Що ти зробив? Що саме? Бо я підозрюю, що ви напали не тільки на мене, але й на мій стілець".

Нарешті ангели пояснили все про діамантовий пил і кров. Про сили, якими були наділені він і стілець. "Коли складність завдання зростатиме, тобі потрібно буде збільшувати швидкість".

"Я вже знаю, тому в мене і горять крила. Температура підвищується після кожного завдання. Але я повторюю собі, що це буде того варте, коли я знову побачу своїх батьків".

"Якщо виконати випробування у відведений час. І будеш чітко слідувати інструкціям", - сказав Хадз.

"Зачекайте хвилинку, - сказав І-Зі, опустивши руки на підлокітники. "Ніхто не казав, що є дедлайн. Не в Білій кімнаті. Ніколи. І якщо є правила, яких я маю дотримуватися, то дайте мені їх, щоб я міг прочитати. Крім того, не було жодних зобов'язань з обох сторін. Ніхто не сказав, скільки завершених судових процесів потрібно для укладення угоди. Можливо, нам потрібно викласти все в письмовій формі? Чи існує таке поняття, як ангел-юрист, або ще краще - ангел-правова допомога?"

Хадз розсміявся. "Звичайно, у нас є адвокати-ангели, але ти повинен бути ангелом, щоб мати право мати такого адвоката".

Рейкі сказала: "Ти виконала перше завдання без сторонньої допомоги. Ти врятувала життя маленькій дівчинці завдяки ініціативі свого крісла, силі волі та везінню. Ці три речі можуть завести тебе далеко, тому ми дали тобі більше вогневої потужності. Найбільше, про що ми могли просити."

"Найбільше, що ми можемо ризикнути дати вам."

"Гей, що значить ризикнути? Ви хочете сказати, що цей ритуал може мені зашкодити?"

"Ми зробили тобі послугу. Ми ризикнули собою, щоб допомогти тобі. Якщо ти не можеш пробачити нам зараз, то пробачиш колись".

"Ти ухиляєшся від відповіді на моє запитання! Ти ніколи не думав про те, щоб зайнятися ангельською політикою - якщо вона існує?"

сказав Хадз. "Люди, які тебе оточують, можуть помітити певні зміни у твоєму зовнішньому вигляді.

"Так, можуть", - відповів Рейкі з посмішкою.

"Що ти маєш на увазі під фізичними змінами?" - вигукнув він.

ПОП.

ХЛОП.

І вони зникли.

Ю.-З. знову залишився зовсім один. Прямуючи до дверей, він замислився над тим, що вони мали на увазі. Що б це не було, він скоро дізнається. А поки що він думав про те, що його стілець тепер має його кров. Як стілець став продовженням його самого. Він пройшов на кухню, де на нього чекав дядько Сем.

$$*** $$

"Ну, все вийшло не зовсім так, як ми планували, - сказала Рейкі. "Він був дуже розлючений на нас. Я не думаю, що він коли-небудь знову нам довіриться".

"Він потребує нас більше, ніж ми його.

"Ми могли б стерти йому пам'ять, як зробили це з іншими.

"Якщо він не пробачить нас, ми нічого не зможемо зробити. Стерти йому пам'ять - це не варіант. Без його згоди, і якщо, ні коли він дізнається, ми відштовхнемо його назавжди. А ти знаєш, кому б це не сподобалося".

"Ти, як завжди, маєш рацію, - сказав Хадз.

"Думаєш, хтось помітить зміни в його зовнішності сьогодні?"

"Ми помітили, хіба ні?"

"Можливо, нам варто було сказати йому, принаймні про його зачіску. Це могло б йому сподобатися. Якби ми пояснили."

"Я думаю, що зміни були б кращими, якби вони йшли від когось іншого, а не від нас".

"Люди дуже дивні", - сказала Рейкі.

"Це так. Але робота з ними - це єдиний спосіб, яким ми можемо стати справжніми ангелами".

"На щастя для нас, він досить милий".

# РОЗДІЛ 12

Ю-Зі встромив виделку в тарілку з млинцями. Він був голодний, наче не їв кілька днів. А ще його мучила спрага. Він вихлюпував склянку за склянкою апельсинового соку. Він наповнив свою тарілку млинцями і продовжував їсти, поки вони всі не закінчилися.

Сем розсміявся, побачивши племінника, а потім продовжив вмочати шматочок тосту з маслом у каву.

"Що тут смішного?" запитав І-Зі.

"Гадаю, нічого".

Єдиними звуками на кухні були булькання, різання та жування. Окрім цокання годинника на стіні позаду них.

"Що?" запитав Ю-Зі, помітивши, що дядько посміхається і ховає посмішку за рукою.

"Щось не так з твоїм, ну, знаєш, сьогоднішнім ранком. Нічого не хочеш мені розповісти? Наприклад, чому?"

Дві істоти заскочили в кімнату і кожна з них сіла на одне з плечей Ю-Зі. Вони підслуховували, і йому зовсім не сподобалося їхнє непрохане вторгнення, тому він відмахнувся від них.

ХЛОП.

ХЛОП.

Вони зникли.

"Не розумію, про що ти."

Сем налив собі ще одну чашку кави. "Це для дівчини? Тому що будь-яка дівчина повинна приймати тебе таким, який ти є."

І-Зі розсміявся. "Ніяка не дівчина. Ти помиляєшся."

Обидва мовчали ще кілька хвилин, а годинник цокав.

"Я спакувала сумку і збираюся піти в парк після того, як трохи попрацюю вранці. Візьму блокнот і кілька ручок на випадок, якщо парк мене надихне".

"Звучить як план, але спершу допоможи мені прибрати", - сказав Сем, підводячись з-за столу.

Підліток відсунув стілець, і вони разом швидко прибрали. Е-Зі пішов до свого кабінету і вже зачинив за собою двері, як пролунав дзвінок у двері.

Сем впустив Ардена та Пі-Джея. "Він у своєму кабінеті, працює. Він чекає на вас? Якщо так, то він нічого мені про це не сказав".

"Я надіслала йому повідомлення, але він не відповів", - сказала Пі Джей.

"Тож ми вирішили, що сьогодні заїдемо до нього і заберемо його кудись. Переконатися, що він трохи розважився. Цей хлопець дуже багато працює. Мама сказала, що відвезе нас туди. Треба тільки уточнити в Е-Z, а потім зателефонувати їй".

"Мій племінник захоплений книгою, яку він пише. Він може бути проти."

"Так чи інакше, ми заберемо його звідси сьогодні", - сказав Пі Джей.

"Він планував піти в парк, після того, як трохи попрацює. Але ти спускайся вниз, можливо, він зможе зустрітися з тобою там пізніше?" Сем повернувся на кухню, діставши з морозилки яловичий фарш. Він перевірив шафу на наявність соусу, спагеті, яєць, цибулі, панірувальних сухарів і шпинату. У нього було все необхідне, щоб згодом приготувати спагетті та фрикадельки.

Повісивши куртки, хлопці пішли коридором.

Сем потиснув плечима своє пальто. Він уже давно відкладав стрижку газону. Сьогодні був саме той день, коли він мав його підстригти.

Ю-Зі намагався писати, але натхнення не йшло. Коли прийшли його друзі - він був радий перерві. Він відкрив Facebook, вдаючи, що перевіряє оновлення. "Привіт, хлопці". Він повернув до них свій стілець.

"Ого, чувак, що в біса сталося з твоїм волоссям? Ти ходив до салону краси без нас?"

"Ти показав їм фотографію і попросив зробити тобі зачіску, як у Пепе Ле П'ю?"

"І брови теж! Я навіть не знав, що їх можна фарбувати?"

І-Зі провів пальцями по волоссю, не маючи жодного уявлення, про що вони говорять. Зачекайте хвилинку - це те, що мав на увазі Сем?

"І його очі, вони теж інші".

Арден нахилився: "Так, у них є золоті цяточки. Дивовижно!"

"Ей, чувак, відвали", - сказав І-Зі. "Ви двоє мене лякаєте. Вторгнення в мій простір - це не круто."

"Принаймні він не пахне як Пепе", - сказав Арден, відступаючи. Пі-Джей приєднався до нього з іншого боку кімнати, де вони перешіптувалися між собою.

"Не проти, якщо ми зробимо фото?"

І-З посміхнувся і відповів: "Моцарела".

Пі-Джей показав зроблений знімок Ардену. "Бачите!" - сказали вони, роблячи велике відкриття.

І-Зі не міг повірити в те, що бачив. Його світле волосся мало чорну смугу, що проходила посередині, а на скронях були сиві цятки. Сиві! Він збільшив масштаб, вони були праві, в його очах були золотисті цятки. Він знову згадав про алмазний пил, хіба так виглядає алмазний пил? Це зробили ті два ідіоти-ангели! І краще б вони знали, як це виправити! Наступного разу, коли він побачить їх, він змусить їх заплатити. А поки що він намагався розрядити обстановку.

"Нічого страшного. У мене була важка ніч".

Арден запитав: "Що ти нам недоговорюєш?"

Пі Джей додав: "Твоє волосся сивіє, а ти все ще вчишся в старших класах. Ти думаєш, це нормально?"

"Гадаю, він має рацію, ми робимо з мухи слона. А що про це сказав твій дядько?"

"Він не помітив, а якщо й помітив, то нічого не сказав".

"Що? Ти хочеш сказати, що Сем навіть не помітив?"

"Його очі були розплющені?"

Ю-Зі намагався пригадати. По-перше, дядько Сем запитав, чи не хоче він йому щось сказати. Це він мав на увазі?

"Секундочку", - сказав Ю.-З., прямуючи до ванної кімнати. Він використав десятикратне збільшення дзеркала, щоб придивитися ближче. Він затамував подих. Зірочки або цятки в його очах були досить приємними. Насправді вони не шкодили йому, а навпаки, робили його досить крутим. Він розглянув сиве волосся на скронях.

І що з того? Він багато пережив, коли померли його батьки. Плюс щоденний тиск у старших класах. І звикання до інвалідного візка. Не кажучи вже про спілкування з архангелами та випробування.

Його волосся, що передчасно посивіло, не було проблемою. Він пересував дзеркало, проводячи пальцями по волоссю. Текстура змінилася, коли він торкнувся чорної смужки. Вона була грубою, майже як щетина. Нічого страшного, він намастить її гелем і...

Надворі загуркотіла газонокосарка. Сем нарешті робив страшну справу. До нещасного випадку косити газон було найненависнішою роботою для І-Зі.

"ААААА!" Сем закричав, коли газонокосарка кашлянула і зупинилася.

Крісло І-Зі нахилилося до вхідних дверей, які самі собою відчинилися. Він злетів, промахнувшись повз сходинки, і приземлився на галявину позаду Сема.

"Чорт забирай!" вигукнув Сем. Він зачепив газонокосаркою камінь, і той підлетів і влучив йому в око. Краплі крові потекли по щоці і зібралися на траві.

Інвалідний візок під'їхав до того місця, де була кров, розмазуючи її колесами.

"З тобою все гаразд?"

"Я в порядку", - відповів Сем. Він покопався в кишені, дістав носовичок і приклав його до рани.

Приїхали Арден і Пі Джей. "Ми почули крик".

"Зі мною все гаразд, правда", - сказав Сем. "Невеликий нещасний випадок. Нема чого хвилюватися чи турбуватися. Давай повернемося всередину".

Він взявся за ручки інвалідного візка і штовхнув. Маневрувати на траві було надзвичайно важко.

Тим часом Арден привіз газонокосарку і склав її в сараї.

"Ти погладшав?" запитав Пі-Джей, помітивши труднощі, з якими зіткнувся Сем.

"Я з'їв близько двадцяти млинців сьогодні вранці".

"Може, чорна смужка важча за твоє звичайне волосся?" сказав Арден, приєднуючись до них з посмішкою.

"О, вони помітили", - сказав Сем.

"Так, вони мені про це говорили, відколи приїхали. Чому ти нічого не сказав?"

Усередині І-Зі дістав пластир і приклав його до рани свого дядька.

"Це була ледь помітна зміна", - сказав Сем. "Ні!" - посміхнувся він. "А ти ніколи не думав стати медбратом? У тебе дуже делікатний дотик".

PJ і Арден насміхалися.

# РОЗДІЛ 13

І-Зі та його друзі повернулися до офісу. Він вирішив триматися ближче до дому на випадок, якщо Сем потребуватиме його допомоги. Сем був надто зайнятий приготуванням вечері, щоб думати про те, що могло статися з газонокосаркою.

"Вечеря готова", - подзвонив він через кілька годин. "Підійди і візьми її".

І-Зі пішов попереду: "Пахне смачно!"

Вони сіли і передали один одному їжу та приправи.

"У тебе вже й так все сяє", - сказав Арден до Сема.

Сем, який досі не знав, що у нього є видима рана, тепер носив її з гордістю. Він встромив ніж у ще одну фрикадельку і поклав її собі на тарілку.

"Що там сталося?" - запитав Пі Джей.

"Це був камінь. Він потрапив у газонокосарку і вдарив мене". Він продовжував перекладати їжу на тарілку. "Як просувається написання твору?" - запитав він племінника, відвертаючи увагу від себе.

"У мене не було часу зайнятися ним сьогодні вранці".

Сем змінив тему і запитав, чи щось відбувається в школі або в команді.

"У нас сьогодні ввечері тренування, - відповів Пі Джей.

"І ми сподіваємося, що Ю-Зі вийде на завтрашню гру".

І-Зі похитав головою, що означало категоричну відмову, і продовжив їсти.

"Один іннінг, лише один, і якщо ти не хочеш продовжувати грати, ми не проти", - сказав Арден.

"Чудова ідея", - сказав дядько Сем. "Занурте палець у воду. Якщо тобі не сподобається, забирайся геть. Що тобі втрачати?"

Пі-Джей відкрив рот, щоб щось сказати, але вирішив не робити цього. Він запхав фрикадельку до рота. Він прожував, випив. "Коли ти там, І-Зі, ти піднімаєш бойовий дух. Хлопці про тебе дуже добре думають. Завжди так було, є і буде."

"Гаразд", - сказав І-Зі. "Я посиджу на лавці, якщо ти вважаєш, що це допоможе. Після обіду давай спустимося в парк і трохи потренуємося. Подивимось, що з того вийде".

"Справедливо", - погодився Пі-Джей.

Вони подякували Семові за чудову вечерю.

"Ти готував, тож ми приберемо", - запропонував Арден.

І-Зі та Пі-Джей обмінялися поглядами.

Коли Сем опинився поза зоною чутності, Пі-Джей сказав: "Ти такий поцілунок".

Арден хлюпнув трохи води в бік Пі-Джея, але Е-Зі зловив більшу частину води на обличчя.

Пі-Джей відповів бризком, який розлетівся по кухонній підлозі, потрапивши на черевики Сема.

"Швабра і відро в шафі", - сказав він, хапаючи пальто на ходу.

Вони закінчили прибирання, і на той час майже всі висохли, окрім І-Зі, який змінив сорочку. Нарешті вони прийшли на бейсбольний майданчик, але він був уже зайнятий.

"Чудово", - сказав І-Зі. "Ходімо".

На узбіччі стояло кілька дівчат з групи підтримки команди-суперника. Одна з них, рудоволоса дівчина, подивилася в бік Ю.-З. Вона зробила колесо і легко приземлилася.

"Гадаю, ми можемо залишитися на деякий час", - сказав Ю-Зі.

Вони попрямували через поле до лавочок. Треба було принаймні привітатися, інакше вони виглядали б як придурки.

Маленька руда дівчинка щось прошепотіла своїй подрузі, і вони захихотіли.

Ю-Зі був упевнений, що вони сміються з нього.

"У нас гості", - сказала руда дівчинка.

"Так, чувак в інвалідному візку з волоссям зебри і двоє ботанів", - вигукнув третій бейсболіст. Він очікував, що всі будуть сміятися з його невдалого жарту, але ніхто не засміявся.

"Не зважай на нього, - сказала подруга рудої дівчини. "Він жалюгідний".

"Забирайся звідси", - крикнув лівий захисник. "Калікам тут не місце".

І-З проігнорував усі коментарі. А от його крісло - ні. Воно штовхалося, оберталося, як бик, що намагається вирватися з загону. "Ого!" - сказав він, коли крісло захиталося, наче дикий кінь.

Арден схопився за ручки, і стілець повернувся до нормального функціонування.

За тарілкою кетчер впустив муху і намацав подачу. "Я бачу, що вам потрібен пристойний кетчер", - сказав І-Зі.

Дівчата з групи підтримки захихотіли.

"Дайте мені п'ять хвилин за тарілкою, лише п'ять. Якщо я зможу зловити кожну подачу, яку ви пошлете в мій бік, ми зробимо вам послугу і залишимося".

"А якщо ні?" - запитав пітчер.

Кетчер зняв маску. "Ви купуєте нам бургери та картоплю фрі".

"І шейки", - додав перший бейсмен.

"Домовились", - сказав І-Зі, коли його стілець посунули вперед.

Він терпляче сидів, поки Арден застібав наколінники. Пі-Джей натягнув йому на голову захисний щиток і приклав до обличчя маску кетчера. І-Зі запхав кулак у рукавицю кетчера.

"Гаразд, кидай мені м'яч", - скомандував І-Зі.

"Сподіваюся, ти знаєш, що робиш, приятелю", - сказали Арден і Пі-Джей.

"Довірся мені", - відповів І-Зі. Він виїхав на позицію за тарілкою. "Піднімай биток!"

Пітчер зробив знак Ардену, щоб той бив. Той вибрав биту і підійшов до тарілки.

Є-Зі подав сигнал пітчерові, щоб той кинув високий фастбол. Замість цього пітчер кинув кручений м'яч, і він потрапив прямо в зону. Арден пропустив удар, але не зовсім, оскільки він зачепив м'ячем галочку, і той відскочив назад. І-Зі піднявся на своєму стільці і схопив його.

"Ого!" - вигукнув пітчер. "Гарний сейв".

"Пощастило", - сказав перший бейсмен.

Дівчата з групи підтримки підійшли ближче.

Друга подача Ардену, він вискочив на праве поле.

Р.J. вийшов до біти і вибив аут. І-Зі легко ловив усі м'ячі, але остання подача вийшла дикою, і він ледь не втратив її. Пі-Джей попрямував до першої, але Ю-Зі кинув м'яч вниз, і він опинився в ауті.

Вони грали, поки не стемніло, і м'яч не стало видно.

Після гри вони вирішили, що була нічия. Вони пішли до закусочної неподалік і кожен заплатив за свою їжу.

"Ми збираємося вбити вас, хлопці, у завтрашній грі", - похвалився Бред Віппер, капітан команди.

"Ви граєте в E-Z?" запитав Ларрі Фокс, перший бейсмен.

"О, він точно грає", - відповіли Арден і Пі Джей.

"Точно".

Рудоволосу дівчину звали Саллі Свун, і вона щось прошепотіла Ардену, який похитав головою. "Спитай його сам", - сказав він.

"Запитайте мене про що?"

Її щоки почервоніли.

"Ти хочеш знати, що сталося, так?"

Вона кивнула. "Ти попросила свого перукаря зробити це, чи вони..."

"Помилилися?" - запитав він.

Вона кивнула.

"Я прокинулася сьогодні вранці, і це було ось так. Кінець історії."

"Витягни іншу", - сказав гравець. "А тепер розкажи нам, чому ти в інвалідному візку".

І-Зі розповів свою історію. Всі мовчали, поки він це робив. Ніхто не їв і не пив. Коли він закінчив, він хвилювався, що всі будуть ставитися до нього інакше, але цього не сталося.

Вони говорили про майбутній чемпіонат світу з бейсболу та інші спортивні балачки.

Пізніше, коли друзі проводжали його додому, вони всі мовчали. Він побажав хлопцям на добраніч і повернувся до своєї кімнати. Він намагався дивитися телевізор, писати, але що б він не робив, він продовжував думати про все, що він втратив. Він впав на ліжко і втупився в стелю, і врешті-решт заснув.

# РОЗДІЛ 14

Ю-Зі спав, йому снилися сни.

"Прокидайся, Ю-Зі! Прокинься!" сказала Рейкі, підстрибуючи на його грудях.

"Припини це!" - вигукнув він.

Хадз бризнув йому в обличчя водою.

Він обтрусив його. "Вам двом треба дещо пояснити і дещо виправити. Покладіть моє волосся назад, як було. І очі теж!"

"Немає часу!" - сказали вони, коли його стілець перевернувся, скинувши його на нього, а потім вилетів у вже відчинене вікно.

"Я навіть не одягнений!" вигукнув І-Зі.

Рейкі і Хадз захихотіли і сказали Е-Зі загадати те, що він хоче одягнути. Коли він знову подивився вниз, на ньому були джинси, ремінь і футболка. Він подивився на свої ноги, де його кросівки зав'язували власні шнурки. Коли вони злетіли в небо, Е-Зі подякував їм.

"То ти нам прощаєш?" - запитав Хадз. запитав Хадз.

"Дай йому час", - сказала Рейкі.

І-З кивнув, а його крісло піднімалося все вище і вище. Над літаком, пролітаючи повз літак. Очевидно, не їхній пункт призначення. Вони летіли, поки його інвалідний візок не зупинився, а потім направився вниз.

"Ось воно", - сказав Рейкі.

Внизу група людей стояла біля високої офісної будівлі.

"Ти це відчуваєш?" запитав Е-Зі, помітивши, що повітря навколо інциденту було іншим. Воно вібрувало енергією.

"Так", - відповів Хадз.

"Молодець, що помітив цього разу", - сказала Рейкі.

"Ти маєш на увазі, що вібрації були і раніше?

"Так, але коли твоя сила зросте, ти зможеш точно визначати їх місцезнаходження".

"І не тільки ти, твоє крісло теж може їх вловлювати".

"Ти маєш на увазі, що у мене супер-пупер розумне крісло? Я знав, що воно модифіковане, але це круто!"

Ангели розсміялися.

Крісло помчало далі, а внизу пролунали постріли. Вони побачили людей, що бігли, кричали, падали.

Назустріч цьому хаосу летів Е-Зі зі своїм кріслом, назустріч бризкам куль. Він здригнувся, коли інвалідний візок відхилив їх. Він подумав, що було б, якби крісло не пропустило жодної кулі.

"Ми впевнені, що ти куленепробивний", - сказала Рейкі, не питаючи його про це. "Це була частина ритуалу.

"І алмазний пил повинен спрацювати".

"Майже впевнені?" - запитав він, сподіваючись, що вони мають рацію. "Якщо це спрацює, то це хороший компроміс для моєї ситуації з волоссям!"

Ангели-зразки розсміялися.

# **РОЗДІЛ 15**

Його інвалідний візок покотився вниз, націлившись на чоловіка на даху будівлі. Він стріляв у натовп внизу і в них, коли вони наближалися до нього. Інвалідний візок нахилився вперед, і Ю.-З. почув дивний звук, схожий на звук шасі літака, що опускає шасі. Він долинав з інвалідного візка, коли металевий кейс впав вниз і приземлився на хлопця. Пістолет вилетів з його руки, перелетів через дах, перш ніж конструкція закріпилася на місці. Чоловік спробував відштовхнути E-Z та інвалідний візок від себе, але нічого не вийшло.

Вдалині пролунала сирена, яка ставала все гучнішою і гучнішою, коли вона закрила пролом.

"Якщо я вас підніму, - запитав Ю.-З., - ви будете поводитися добре?"

Хоча чоловік кивнув на знак згоди, інвалідний візок відмовлявся зрушити з місця.

E-Зі потрібно було вимкнути пістолет і забратися звідти, поки не приїхала поліція. Йому було цікаво, чи не постраждав хтось внизу. Він очікував, що швидка допомога вже в дорозі. Однак він і його крісло могли б доставити важкопоранених до лікарні набагато швидше.

Він втупився в пістолет на іншому боці даху. Він зосередився, а потім простягнув руку. Зброя притягнулася до його руки, наче магніт, і він вимкнув її, зав'язавши у вузол. Е-Зі зняв ремінь і зв'язав стрільцю руки за спиною.

Крісло відірвалося і полетіло геть, як ракета, коли двері на даху відчинилися. Модифікована конструкція піднялася і зависла в повітрі, поки Е-Зі спостерігав, як спецназ наблизився до стрільця і взяв його під варту. Вираз обличчя офіцера, який знайшов зав'язаний у вузол пістолет, був безцінним.

Секунду чи дві він вагався, обмірковуючи свій мандат, але внизу були поранені люди, і він міг допомогти їм швидше, ніж будь-хто інший, і саме це він і зробив. Про наслідки він турбувався пізніше і сподівався, що вони зрозуміють.

E-Z приземлився біля натовпу. Він підняв чотирьох найбільш серйозно поранених і, оскільки вони були без свідомості, використав частину свого крила, щоб утримати їх на своєму кріслі, поки вони летіли по небу.

Крісло ввібрало в себе кров поранених пасажирів, яка капала з їхніх ран. Їхня кров змішалася з кров'ю Е-Зі та Сема Діккенса. Це злиття виштовхнуло кулі з їхніх тіл, і рани почали гоїтися.

Їм знадобилося кілька хвилин, щоб дістатися до лікарні. Коли вони прибули, всі пацієнти були зцілені, наче їхніх поранень і не було. Вони обіймали Е-Зі і дякували йому.

На парковці біля лікарні кожен зіскочив з інвалідного візка.

Біля входу стояли санітари з ношами напоготові.

Е-Зі подивився в їхній бік. Він махнув рукою, а потім злетів у небо. Внизу ті, кого він врятував, відповіли на його махання. Він сподівався, що санітари будуть дуже роздратовані тим, що вони виявилися непотрібними.

"Дякую", - вигукнув юнак, махаючи рукою.

"Сподіваюся побачити вас знову", - вигукнула жінка середнього віку.

"Ви справжній герой!" - сказав чоловік, який нагадував йому дядька Сема.

"Ви нагадуєте мені мого онука - за винятком дивного пасма у волоссі!" - сказала літня жінка.

Обслуговуючий персонал підійшов до четвірки і запитав: "Комусь потрібна допомога?".

Молодий чоловік відповів: "Ви не повірите, але в мене нещодавно стріляли - двічі. Здається, я втратив свідомість. Коли я прокинувся, - він підняв закривавлену сорочку, - ран вже не було".

Літня жінка, чия сукня була закривавлена, пояснила, як її поранили впритул до серця.

"Я була б мертва, якби той хлопець в інвалідному візку не врятував мені життя".

Двоє інших пацієнтів мали схожі історії. Вони хвалили Е-Зі і ще раз дякували йому. Навіть попри те, що його вже не було з ними.

"Я думаю, що вам усім варто прийти в лікарню", - сказав перший санітар.

Другий санітар відповів: "Так, ви пережили травматичну подію. Вам слід звернутися до лікаря і отримати довідку про те, що ви здорові".

Усі четверо раніше поранених громадян дозволили санітарам допомогти їм зайти всередину. Найстаршого з них намагалися покласти на ноші.

"Я здорова, як кіт наплакав!" - вигукнула старша жінка.

Вони пішли за нею до лікарні.

✳✳✳

"Нам краще зробити це зараз", - сказала Рейкі.

"Хоча це трохи сумно. Він робив такі чудові речі, а тепер ніхто не буде пам'ятати".

Вони стерли пам'ять усіх, хто був поблизу.

"Він дійсно зробив дивовижну роботу".

"Так, він був добре обраний", - сказав Хадз.

І-Зі повернувся додому, летів туди так швидко, як тільки міг. Він знав, що біль наближається, але не думав, що цього разу він буде настільки сильним. Він ледве встиг влетіти у вікно і лягти на ліжко, як його плечі охопило полум'я, і він втратив свідомість.

Ангели повернулися, шепочучи заспокійливі слова, коли він кричав уві сні. Коли біль ставав надто сильним, вони полегшували його, забираючи до себе.

"Випробування номер три завершено", - сказала Рейкі. "Він проходить через них з легкістю".

"Так, але ми повинні переконатися, що його не впізнають. Його можна побачити, але ми повинні стерти спогади. Я хвилююся, що ми можемо когось пропустити."

"Якщо ми зітремо пам'ять всім, хто знаходиться поблизу, то все буде добре".

# РОЗДІЛ 16

Наступного ранку Ю-Зі їв пластівці, коли на кухню зайшов Сем.

"Кава смачно пахне", - сказав Сем.

Підліток налив дядькові повну чашку. "Що?" - запитав він з відчуттям дежавю.

"Що, що?" перепитав Сем, додаючи в чашку трохи вершків.

"Ти витріщився на мене", - відповів І-Зі. Він похитав головою. Він був у "Дні бабака"? Фільм про день, що повторюється знову і знову, з Біллом Мюрреєм?

"А, це. Ти нічого не хочеш мені розповісти?" Він впустив шматочок цукру в каву.

Не звертаючи уваги на дядька, він поклав ложку кукурудзяних пластівців до рота. "Не зовсім розумію, про що ти".

Сем почекав, поки племінник закінчить сніданок. "Я заглянув до тебе вчора ввечері, твоє ліжко було порожнє, а вікно відчинене. Як ти вибрався з кріслом, я не знаю. У будь-якому випадку, якщо ти збираєшся кудись йти, ти повинен сказати мені. Я відповідаю за тебе і твоє місцезнаходження. Наступного разу пообіцяйте, що дасте мені знати, куди ви йдете і коли повернетеся. Це звичайна ввічливість."

"І..."

ПОП.

ХЛОПОК.

З'явилися Хадз і Рейкі. Рейкі підлетіла до Сема, тремтячи перед його очима. На кілька секунд Сем здавався зомбованим. Потім він продовжив потягувати свою каву. Підняв склянку, сьорбнув, опустив. Повторював.

І-3 нагадав пташину іграшку - коли пташка занурює голову в склянку і п'є. Як вона взагалі називалася?

"Пташка, що п'є", - сказав Сем. Він подивився на годинник.

Що за чортівня? Невже дядько читає його думки?

"А хто не може прочитати його думки?" усміхнувся Хадз.

Сем підвівся, з витріщеними очима і роботоподібними рухами підійшов до раковини, сполоснув чашку і поставив її в посудомийну машину. Потім схопив ключі від машини і поїхав, не кажучи ні слова.

Ю-Зі роззявив рота, поки переварював отриману інформацію, а потім запитав: "Гаразд, ви двоє. Що ви зробили з моїм дядьком Семом? Ви не мали права... робити те, що ви зробили". Він був настільки розлючений, що його обличчя було червоним, а кулаки стиснуті.

ХЛОПОК.

ХЛОП.

Він ненавидів це. Щоразу, коли вони робили щось не так, вони зникали, і йому доводилося вибачатися перед ними, щоб вони повернулися, хоча він не зробив нічого поганого.

"Вибачте", - казав він. "Будь ласка, поверніться".

ХЛОП!

ПОП.

"Що зроблено, те зроблено", - спокійно сказав він. "Він справді прочитав мої думки?"

Рейкі відповіла: "Так, але це був поодинокий випадок".

"Це добре. Я б ніколи не зміг вийти сухим з води".

"Ми - твоя підтримка під час випробувань. Це наш обов'язок - захищати тебе і твоїх друзів, включно з дядьком Семом".

"Що ви з ним зробили?" - перепитав він, коли у двері подзвонили. Він не рухався, він чекав відповіді на своє запитання. Дзвінок пролунав знову. "Секундочку", - сказав він. "Скажіть мені, що ви з ним зробили. НЕГАЙНО!"

"Я стерла йому свідомість", - прошепотіла Рейкі.

"Що ти зробила?"

"Ми мусили, щоб захистити тебе і твою місію", - додав Хадз.

Пі-Джей і Арден увійшли на кухню. "Двері були незамкнені", - сказав Арден.

"Так, ми вчора сказали Сему, що заберемо тебе сьогодні вранці.

"І тобі доброго ранку". Він виштовхнув себе з-за столу.

"Нам треба поговорити, приятелю. Але ми поспішаємо."

Він схопив свій рюкзак і ланч. Вони підійшли до вхідних дверей. На вершині сходів стілець рвонувся вперед - ніби хотів полетіти вниз. Він попросив друзів допомогти йому з'їхати з пандуса. Арден і Пі Джей допомогли йому сісти на заднє сидіння автомобіля. Арден поклав інвалідний візок у багажник.

"Доброго дня, місіс Лестер", - сказав І-Зі, коли троє хлопців сіли на заднє сидіння автомобіля.

"Доброго ранку", - відповіла вона, а потім увімкнула радіо. Диктор говорив про новий рецепт.

"Коли вони вже їхали, - прошепотів Пі-Джей, - що ти робив минулої ночі?"

"Нічого особливого. Їла. Спав. Як завжди."

"Покажи йому."

P.J. передав свій телефон і натиснув "play".

Це було відео з YouTube. Він у своєму інвалідному візку летить по небу, везучи поранених людей. Його крісло було криваво-червоним, воно рухалося так швидко, наче пляма у вогні. Було видно його білі крила. А контраст чорної смуги на його світлому волоссі підкреслював його зовнішність.

"Не розумію", - сказав І-Зі, чухаючи голову, не маючи жодного зрозумілого пояснення. Він чекав, що прилетять ангели і зітруть пам'ять його друзів, але вони не прилетіли. Він чекав, що світ зупиниться, але цього не сталося. Він запитував себе, чи побачить він коли-небудь знову своїх батьків? Чи не було це випробуванням? Він закрив телефон і повернув слухавку.

"Чувак", - сказав Арден, коли його мати заїхала на місце для паркування.

"Поспішай, бо запізнишся", - сказала вона, відкриваючи багажник.

"Побачимося пізніше", - сказав Арден, коли його мати від'їжджала.

Троє друзів попрямували до школи, не розмовляючи. Останній дзвінок мав пролунати з хвилини на хвилину.

Е-Зі котився коридором, посміхаючись сам до себе і водночас хвилюючись, хто ще побачить цей кліп. Хоча це було дивовижно - бачити себе в дії. Як крутого Супермена. Справжнім героєм. Він рятував людей. Рятував життя. Він і його інвалідний візок були непереможні. Вони були динамічним дуетом. Він замислився, чи потрібна їм взагалі допомога цих двох янголят. Йому було добре. Кожну мить. Порятунок. Порятунок. Успішне завершення чергового випробування. Приголомшливо. Якби ж то він міг відкрити свою таємницю найкращим друзям.

"І. З. Діккенс!" гукнула місіс Клаус, його вчителька.

"Так, пані", - відповів І-Зі, перегортаючи сторінку, щоб прочитати урок. Він дивувався, чому марнує час у школі. Він більше не потребував цього.

$$* * *$$

В ін намагався не дрімати під час уроку. Пані Клаус стежила за ним більше, ніж зазвичай. Щоразу, коли він засинав, вона підвищувала голос. Він прокидався, не розуміючи, про що вона говорить.

Після того, як пролунав дзвінок і урок закінчився, учні розступилися, щоб дати йому змогу першим вийти за двері. Він глянув на кількох своїх однокласників, щоб подякувати. Мало хто подивився йому в очі. Більшість відвернулися. Вони ще не звикли до його нового статусу - поки що.

У коридорі на нього чекав натовп однокурсників і шанувальників. Спалахи спалахували, фотографували фотоапарати та телефони. Він сподівався, що шкільна газета була там. Може, вони навіть напишуть про нього статтю. Зачекайте хвилинку. Він більше ніколи не побачить своїх батьків - якщо всі дізнаються! Як таке могло статися!? Він проштовхнувся. Вони продовжували аплодувати, з часом стаючи дедалі гучнішими. Дехто вигукував: "Промову!"

PJ підійшов збоку і запитав: "Ти бачив Facebook останнім часом?"

І-З знизав плечима.

"Поглянь на останні новини", - сказав Пі-Джей, показуючи другові заголовки.

"Місцевий герой в інвалідному візку". Він перестав рухатися і натиснув на кліп. У ньому йшлося про те, що місцевий герой відвідував школу Лінкольна в Гартфорді, штат Коннектикут. І-3 незабаром зрозумів, що учні вважали його героєм - він ним і був - але вони не могли цього знати. Вони не повинні були знати нічого з цього. Вони повинні були стерти собі пам'ять, як це зробили з дядьком Семом. Але це не мало значення - він не жив у Гартфорді, штат Коннектикут. Вони помилилися. Чому ж тоді його однокласники аплодували?

Він проштовхнувся, вони відступили. Він вийшов прямо під проливний дощ. І-Зі замислився, чи може він використати новознайдену владу свого крісла для власної вигоди. Навіть якби не було ніякої кризи чи судового процесу, чи міг би він чаклувати, чи ритуально повернутись додому? Він думав про це, продовжуючи котитися тротуаром. Його стілець колись допоміг йому врятувати маленьку дівчинку, ще до того, як у нього з'явилися якісь особливі сили.

Він думав про магічні слова, такі як біббіді-боббіді-бу та експелліармус. Він спробував обидва на своєму візку, але жодне з них нічого не дало. Він озирнувся через плече і почув кроки, що наближалися ззаду. Він очікував побачити когось зі своїх друзів, але це був молодший учень, який запитав: "Де твої крила?".

Е-Зі засміявся: "У мене немає крил". За командою у нього з'явилися крила і понесли його в небо. Спочатку він подумав: "О, ні!", але вирішив не зупинятися і помахав хлопчикові рукою, щоб той повернувся на тротуар. Малюк був настільки схвильований, що навіть не подумав дістати свій телефон, щоб зафіксувати цей момент. "Додому!" - скомандував він. Спалах червоного світла поніс його по небу, прямо до його будинку, тому що крісло мало бути в іншому місці.

Вони продовжували летіти, поки не опинилися прямо над торговим центром. Він відчував, як повітря вібрує, підтягуючи його ближче до місця, де він був потрібен. Крісло спрямувалося вниз, опускаючи його в банк, а потім зупинилося в повітрі. Клієнти внизу продовжували кружляти - він був поза їхньою увагою. Він все ще не мав жодного уявлення, чому він тут.

Це ще один судовий процес? запитав він. Він чекав, але відповіді не було. Якщо це було чергове випробування, то час між ними ставав все меншим і меншим. Де були ті два ангели - хіба вони не повинні були прикривати його спину? Він подумав про інші випробування. Більшість з них відбувалися вночі. У темряві. Може, несправжні ангели не могли виходити на світло, як вампіри? Він сміявся з цього дивного зв'язку і сподівався, що це правда. Чомусь він не зважав на те, що цього разу тут були лише він і його крісло. І-3 повернувся до того моменту. Покупці кричали всередині торгового центру. Він вилетів вперед, вибіг з банку і влетів у сусідній універмаг. Там було майже безлюдно.

Коли він приземлився, колеса самі по собі повернулися, ведучи його за собою. І-Зі намагався взяти ситуацію під контроль. Але його інвалідний візок також хотів контролю. Він прискорювався, все швидше і швидше. Зрештою, він дозволив йому домінувати, боячись скалічити пальці.

Візок повністю зупинився, коли розпластався на землі на відстані близько 4 футів перед ними були клієнти. Більшість з них були розкинуті на підлозі обличчям донизу. Дехто тримав руки на потилиці, дехто - закинувши руки за спину.

У різних положеннях він помітив камери спостереження, які показували лише статичне зображення. Поганий знак.

Інвалідний візок знову смикнувся вперед до молодої жінки. Вона була одягнена в камуфляжну форму і насунутий на очі капелюх. Вона була світловолосою, ймовірно, блондинкою, з блакитними очима, модельного типу. В одній руці вона розмахувала гвинтівкою, а в іншій - мисливським ножем. Її спокійне поводження зі зброєю занепокоїло його. А ще її надмірне використання червоної помади кольору цукеркового яблука. Вона була розмазана, перетворюючи моторошну посмішку на загрозливу гримасу.

Е-3і розглядав тих, хто лежав на підлозі в небезпеці. Як довго вони там лежали? Чого вона чекала? Чи вимагала вона грошей? Хто за межами магазину знав, що розігрується сцена із заручниками, адже камери не працювали?

Один з хлопців на підлозі привернув його увагу. І-3і приклав палець до його губ. Хлопець повернувся в інший бік, і тоді він помітив на підлозі телефон з пульсуючим червоним індикатором. Він записував звук. Він сподівався, що дівчина не помітила - вона виглядала так, ніби могла втратити його будь-якої миті.

Крісло Е-Зі злетіло з місця, як гарматний постріл, і незабаром опинилося над дівчиною. Її пістолет полетів в один бік, а ніж - в інший. Металевий каркас стільця впав донизу.

"Дзвоніть 911", - крикнула І-Зі. А відвідувачам на підлозі: "Забирайтеся звідси!"  Вони побігли, не озираючись. Тепер він залишився наодинці з божевільною дівчиною. "Навіщо ти це зробила?" - запитав він.

Вона наспівувала слова пісні, яку він чув раніше: "Я не люблю понеділки", потім посміхнулася, закотила очі і сказала: "До того ж, це лише гра". Вона знову почала наспівувати пісню кілька секунд із заплющеними очима. Потім розплющила їх і з дикими очима та сміхом сказала: "О, і якщо тобі потрібен професіонал, щоб пофарбувати волосся як слід, я знаю декого".

"О, дякую", - сказав він, проводячи пальцями по волоссю.

Він згадав пісню, яку співала його мама. Реальна історія, про стрілянину. Гурт називався на честь мишей чи щурів.

Він похитав головою. Дівчина перед ним нагадувала персонажа з гри, в яку він грав кілька разів. Навіть розмазаною помадою. Він не міг пригадати, з якої саме, але був упевнений, що вона імітує гравця. "Гра - це одне, коли ніхто не постраждає. А це реальне життя. Якщо тобі щось не подобається - перестань це робити! Не кривдь інших".

"Відвали", - відповіла вона, - "ніби у мене був вибір".

Приїхала поліція, і йому довелося піти.

Вони знайшли дівчину зі зброєю, зав'язаною у вузли, в проході безпеки за ігровою приставкою.

Він попрямував додому, чекаючи, коли жахливе печіння від його крил вразить його. Він пройшов весь цей шлях, поки що все було добре. Але він був такий голодний, що не міг дочекатися, щоб з'їсти все, що потрапить йому до рук.

У холодильнику лежала половина курчати, яку він з'їв, поки чекав, поки сир розплавиться на сковорідці. Він з'їв смажений сир. Потім зробив ще один, поки жував яблуко. Коли він доїв яблуко, він зачерпнув ложкою морозиво з ванночки. Біль так і не пройшов, але він мав би серйозні проблеми з вагою, якби продовжував так харчуватися.

"Дядьку Семе?" - покликав він, перевіряючи, чи немає його в будинку - його не було. Він пішов до свого кабінету і зробив домашнє завдання, а потім пограв у кілька ігор. Все ще ніяких ознак Сема. Жодної смс. Ні дзвінків, ні голосових повідомлень. Сем завжди давав йому знати, коли повертався додому пізно. Дивно. Де він був?

# РОЗДІЛ 17

Було вже за північ, а дядька Сема все ще не було видно. Це був перший раз, коли він пропустив приготування вечері, не кажучи вже про те, що не сказав І-Зі, де він знаходиться. Він знав, яким тривожним ставав його племінник, коли щось виходило з-під його контролю. У такі моменти шкіра підлітка свербіла, наче його кров кипіла під поверхнею.

Сидячи в інвалідному візку, він робив еквівалент кроків. Котив візок по коридору і спускався назад. Найскладніше було розвернутися, що він і зробив у своєму кабінеті. На зворотному шляху до кухні він увімкнув телевізор, щоб створити трохи білого шуму. Він зупинився, щоб подивитися, перш ніж повернутися в коридор, і позатілесний досвід захопив його.

Він сидів у вітальні в інвалідному візку і дивився на себе по телевізору, сидячи в інвалідному візку. Е-Зі похитав головою, намагаючись зрозуміти, що відбувається. Чому Хадз і Рейкі не стерли свої спогади? Потім це сталося - репортер назвав його ім'я і справжню адресу, включно з передмістям. Цього разу він все зробив правильно - і не зупинився на досягнутому.

"Тринадцятирічний І-Зі Діккенс хотів стати професійним бейсболістом. І у нього були здібності. Але нещасний випадок забрав у нього батьків - і ноги. Сирота, який став супергероєм, тепер живе зі своїм єдиним родичем Семюелем Діккенсом".

Він хотів розбити екран телевізора. Вони сказали це, просто так. Ніби всі супергерої мусили бути сиротами. Ніби це було обов'язковою умовою. Коли задзвонив телефон, він сподівався, що це Сем, але це був Арден.

"Ти дивишся?" - запитав він. "Вони всім розповіли, де ти живеш!"

"Я знаю", - відповів І-Зі. "Найгірше те, що дядько Сем у самоволці. Він завжди дзвонить мені, незважаючи ні на що".

Арден поговорив з батьком. "Залишайся там, ми з татом зараз прийдемо. Ти можеш залишитися з нами, поки ви з Семом не вирішите, що робити. Залиш йому записку."

"Дякую, але мені і тут буде добре."

"Тато каже, ніяких "якщо", "і" чи "але". Він каже, що репортери накинуться на тебе, як білі на рис, що б це не означало."

"Я не думав, що сюди приїдуть репортери. Гаразд, піду збиратися".

Він пішов до своєї кімнати, зібрав речі, потім на кухню, щоб написати записку і почепити її на холодильник. На вулиці раптово зупинився автомобіль, заскреготівши шинами. Грюкнули двері, потім пролунали постріли, уламки скла вилетіли з вікон. Вхідні двері зірвалися з петель, а його крісло відлетіло в бік стрільця, який відкрив вогонь, коли вони наблизилися.

"Він просто дитина", - сказав І-Зі, скориставшись його ваганнями. Він схопив пістолет, зав'язав його у вузол і жбурнув через галявину.

Хлопчик, який був молодший за Ю-Зі, використав секунди, поки він кидав пістолет, щоб звалити його на землю.

"Не круто", - сказав Ю.-З., коли стілець відштовхнув його і впустив металеву клітку на дитину, яка схлипувала і кликала маму. "Відійди", - сказав І-Зі кріслу.

Дитина була згорнута у позі ембріона, тряслася і плакала. Крісло відсунуло клітку: хлопчик не рухався.

Повернувшись у свій візок, Є-Зі запитав: "Хто тебе сюди привіз? І чому стріляли?"

"Нічого особистого, - пояснив хлопець. "Я мусив це зробити. Голос у моїй голові сказав мені, що я повинен це зробити. Інакше вони вб'ють мене і мою сім'ю. Тому я вкрав татові ключі і швидко навчився водити машину".

"Ти ніколи раніше не водив?"

"Тільки в іграх."

Знову ігри. "Про кого ти говориш? Як їх звати?"

"Я не знаю. Я граю в кілька ігор онлайн. У гру заходила жінка, казала, що вб'є мою сестру. Я переключався на іншу гру; інша жінка казала, що вб'є моїх батьків. У грі, в яку я грав сьогодні, третя жінка сказала мені, що якщо я не вб'ю дитину, яка живе за цією адресою, будуть жахливі наслідки". Хлопець побіг до E-Z, але не встиг далеко. Крісло штовхнуло його і опустило штангу.

"Забери мене звідси!" - зажадав хлопець.

І-З розсміявся; у хлопця були яйця. "Відійди", - сказав він своєму кріслу і допоміг хлопцеві встати на ноги. Хлопець подякував йому, плюнувши йому в обличчя. Він стиснув кулаки і думав про те, щоб відірвати йому голову, але не зробив цього. Замість цього він обійняв його. Хлопець знову почав плакати, його сльози падали на плечі та крила І-Зі.

"Дякую, Чувак", - сказав хлопець. Він відступив назад, поклав руку на серце і зник.

Коли поліція нарешті приїхала, Ю-Зі сидів у своєму кріслі на узбіччі. А потім не сидів. Він знову опинився всередині силосу, відчуваючи клаустрофобію в цілковитій темряві.

***

Раніше, коли він був у металевому контейнері, він міг пересуватися. Тепер він був у своєму інвалідному візку і ледве міг пересуватися. Він намагався поворушити пальцями ніг у взутті - не відчував їх. Якщо його ноги тут не працювали, то він був радий, що опинився в інвалідному візку. Зрештою, вони були командою: як Бетмен і Бетмобіль. У відповідь на його думки візок рвонувся вперед, наче мастиф на повідку.

"Забери нас звідси", - скомандував І-Зі.

Він відчув рух над собою. Зрушення світла, як хмара, що просувається по небу. Якби тільки він міг злетіти вгору і втекти через дах, але його крилам не було місця для розгортання.

Його шкіра почала пузиритися, і він почав свербіти. Де ж тепер був той заспокійливий лавандовий спрей?

ПФФФ.

"О, дякую", - сказав він. Навіть ця штука тепер могла читати його думки.

Його плечі розслабилися, коли він сформулював список вимог:

Номер один. Він хотів розповісти дядькові Сему все. І він мав на увазі все. Нічого не упустити.

Номер два. Він хотів, щоб P.J. і Arden знали. Не все, як дядько Сем. Але достатньо, щоб вони зрозуміли, під яким тиском він перебуває. Достатньо, щоб вони могли підтримати його і підбадьорити. Він ненавидів брехати їм. Йому потрібно було, щоб вони знали про випробування. Чому він їх проводив. Наче у нього був якийсь вибір у цьому питанні.

Третє. Він хотів, щоб вони запитали його дозволу, перш ніж викрадати його. Так він знав би, чого очікувати далі. Він ненавидів, коли його кидали в цю штуку.

Четверте. Він хотів знати, де він знаходиться. Чому його завжди кидають в один і той самий контейнер. Чому іноді його ноги працювали, а іноді ні. Чому іноді його крісло було з ним, а іноді ні.

"Час очікування - дванадцять хвилин", - сказав жіночий голос. "Хочете чогось випити?"

"Води", - відповів він, і метал праворуч від нього виплюнув полицю зі склянкою води на ній. "Дякую." Він кинув його назад. Склянка знову наповнилася доверху. Він відклав її на потім.

Тепер він був більш розслаблений, і в його голові зазвучала пісня. Його батько любив її. Візок гойдався вперед-назад, поки він наспівував слова. Крісло набирало обертів, ніби намагалося вирватися на волю.

Через кілька секунд він опинився вдома, у своїй спальні, де скрізь було розбите скло. На стінах пульсували сині та червоні вогники. Тепер через розбите вікно він виглянув назовні.

"Він там, нагорі!" - крикнув репортер.

 **✳✳✳**

"Tільки не це!" - кричав він, повертаючись до металевого контейнера. "Випустіть мене звідси!" Він вдарив ногою по стіні силосу. "Ой!" - закричав він. Потім він посміхнувся, щасливий, що знову відчуває свої ноги, і підвівся. Він підняв кулак вгору: "За кого ви мене сюди привезли, за кожну вашу забаганку!"

"Час очікування - шість хвилин, будь ласка, залишайтеся на місці".

Зі стін перед ним, позаду нього, по обидва боки від нього з'явилися ремені. Він був прив'язаний до місця. Він боровся, щоб вирватися, але шкіряні ремені тільки затягувалися. Незабаром він міг рухати лише головою та шиєю.

ПФФФ.

"Ах, лаванда", - сказав він. Під ним інвалідний візок почав трястися і тремтіти. "Все буде добре." "Ви, боягузи, занадто боїтеся спуститися сюди і зустрітися зі мною?"

ПФФФ.

ПФФФ.

Він відключився.

✳✳✳

Він міцно спав, аж поки дах силосу не розкрився, як Х'юстонський астрокупол. І щось поглинуло світло. Він відчув це ще до того, як побачив. Забираючи світло з його світу. Під ним здригнувся інвалідний візок, коли те, що було вгорі, пішло у вільне падіння.

Воно зупинилося, як павук на кінці своєї прив'язі.

Люцифер?

Сатана?

Він чекав, занадто наляканий, щоб говорити.

"Привіт - о - о - о", - заревіла крилата істота, її голос відбивався від стін.

Йому так хотілося затулити вуха.

Потвора посміхнулася, вишкіривши гострі, як бритва, зуби, випускаючи при цьому смердючий гнильний сморід.

Він задихався, кашляв і хотів затулити ніс.

Звір розсміявся ревом, який пролунав у його металевій в'язниці, наче луснув попкорн. Він нахилився ближче до обличчя підлітка, вивергаючи: "Я не розмовляю вашою мовою, сер?"

І-Зі не відповів. Він не міг. Він почувався дуже негероїчно. Той факт, що його інвалідний візок, здавалося, тремтів під ним, не додавав йому впевненості.

"ТИ НЕ РОЗУМІЄШ МЕНЕ?" - проревіла потвора, потрясаючи металеву в'язницю до самих основ. Потвора підступила ще ближче: "ЗРОЗУМІЙ. ТИ. НЕ. ЧУЄШ. МЕНЕ?"

Це було схоже на балакучу хмару з головою в центрі, яка готувалася обрушитися на нього з громом і блискавками. Впиваючись нігтями в підлокітники, він знайшов у собі мужність сказати: "Так". Він прокрутив у голові список своїх вимог.

Звір заревів, і з його пащі вилетів вогонь. На щастя для І-З, спека піднялася. Раптом він відчув сильний голод, йому захотілося бекону.

"Я люблю бекон", - зізналося створіння.

І-Зі здивувався, чи не сказав він про бекон вголос. Навіть зважаючи на його підвищений рівень страху, він знав, що не говорив цього. Це означало одне: кожен міг прочитати його думки! Він випростався і спробував захистити себе, закривши свій розум. Його думки линули до їжі, млинців у кафе Енн, густого шоколадного коктейлю, маслянистого сиропу. Що завгодно, аби вгамувати страх і зменшити тривогу. Це було катуванням, ця штука могла прочитати його думки і ув'язнити його назавжди. Чи існував Союз Супергероїв, до якого він міг би приєднатися?

"Ба, ха, ха!" - ревіла потвора зі сміху.

І-Зі так хотів би дотягнутися до вух, але не міг, що втішився тим, що принаймні у нього є почуття гумору. "Чому я тут?"

Потвора не відповіла одразу, тож він спробував вивести її з рівноваги поглядом. Особливо важко було втримати погляд, бо крісло все намагалося його з нього викинути. Він стиснув кулаки, пускаючи кров.

Істота рухалася зі зміїною спритністю, її пінистий язик пускав струмені туди-сюди, коли вона лизала кулаки Е-Зі.

"Фу!" - закричав він. "Яка гидота!"

"Ще, будь ласка!" - вимагала потвора, а кров на її язиці мерехтіла, наче краплі дощу.

І-Зі і раніше був наляканий, але тепер він був більше, ніж наляканий. Скоріше скам'янілий - але ж він був супергероєм. Він мусив звідкись черпати сили - навіть якщо крісло було марним.

"Не, не, не, не, не, не, не", - співала потвора, то наближаючись, то віддаляючись, то знову наближаючись. Воно відскакувало від стін.

Через кілька миттєвостей істота влаштувалася на місці. Він схрестив ноги в повітрі. Потім він поклав свій довгий кістлявий палець на його щоку. Здавалося, він сподівався на дружню розмову.

"Хадза і Рейкі відсторонили від твоєї справи, - прошепотіла істота. "Ці двоє були імбецилами. Менш ніж марними. Я твій новий наставник".

Темна істота перехрестилася. Він пурхнув угору, з розмахом виконав напівпоклон і піднявся вище в контейнері.

І-Зі подумав кілька секунд, перш ніж відповісти. Ці дві істоти були віддані йому. Вони допомагали йому і піклувалися про нього - і найголовніше, вони не пили людської крові.

"Ми можемо це обговорити?" запитав І-Зі. Він спробував посміхнутися. Він не знав, як це виглядало з іншого боку.

"НІ!" - сказала істота, просуваючись ближче до виходу.

І-Зі дивився, як воно дрейфує вгору. Безпорадне. Безнадійно.

"Стій!" - закричав він, коли істота була наполовину в контейнері, наполовину поза ним. "Я наказую тобі чекати!" сказав І-Зі, коли дах почав зачинятися, а потвора в одну мить опинилася перед його обличчям.

"І-З?" - запитало воно.

"Я хочу поговорити з твоїм босом про те, щоб повернути Рейкі і Хадз. Вони більше підходять для моїх випробувань. За успіх випробувань".

"Я тобі н-не подобаюсь?" - закричала істота голосом, схожим на цвяхи на шкільній дошці.

"Зупинись! Будь ласка!"

"Про повернення цих двох ідіотів не може бути й мови", - крутилося воно, як хом'як у колесі.

"Припини! У мене паморочиться в голові! Забери мене звідси!"

"Гаразд", - сказало воно, схрестивши руки і кліпаючи, як жінка в старому телевізійному шоу "Я мрію про Джинни".

Силосна яма зникла, а І-Зі та його крісло залишилися падати на землю.

"А-а-а!" - закричав він.

Потім його інвалідний візок зник.

І, продовжуючи падати, він потряс кулаками істоту над ним. Він приготувався до падіння.

"До речі, мене звуть Еріель".

"Аррррр!" - вигукнув він.

Він знову опинився в інвалідному візку і тримався за своє життя. Вони все ще падали.

# **РОЗДІЛ** 18

К РАЗ!

Прямо через дах його будинку. Його інвалідний візок нахилився вперед і скинув його на ліжко. Потім покотився на підлогу. З ними обома все гаразд. Нічого страшного не сталося.

Над ним дірка, яку вони зробили, залаталася сама собою.

"О, ось ти де!" сказав Сем. "Ласкаво просимо додому."

І-Зі навіть не помітив його. Він міцно спав у кріслі в кутку.

Сем потягнувся і позіхнув. Потім, похитуючись, пройшов через кімнату, де на нього чекав глечик з водою. Він ковтнув повну склянку, а потім простягнув чашку племіннику.

"А як же той злий Еріель?" - запитав Сем. сказав Сем.

І-З мало не виплюнув воду.

"Хто? ЩО?"

продовжував Сем. "Цей Еріель - найбрудніша, найогидніша літаюча істота-переросток, яку я ніколи не сподівався зустріти!" Він стиснув кулаки. "Сподіваюся, ти мене чуєш, де б ти не був! Я не боюся тебе!"

Щелепа І-Зі мало не впала на підлогу.

Сем продовжував. "Ця тварюка замкнула мене в металевому контейнері. Тепер я знаю, чому тобі наснився поганий сон. Це дійсно було схоже на силосну яму. Він сказав мені, що я маю передати йому твою опіку, інакше тебе застрелять".

"А, це", - сказав І-Зі. "Гадаю, ти бачила все розбите скло. Це був хлопець, він намагався мене вбити".

"Я все про це знаю. Я спостерігав за всім зсередини силосу. Ти знав, що там був великий телевізор? І досить хороша звукова система."

"Що? Я щойно був там, і Еріель нічого не казав мені про тебе чи про те, що ти береш на себе опікунство". Він перетнув кімнату, подивився в стелю: "Це перевірка, Еріель? Якщо я щось скажу, ти скасуєш пропозицію? Дай мені знак".

"З ким ти говориш? Еріеля тут немає. Якби він був, ми б відчули його сморід за милю. Ні, ми самі - хоча я підняв на нього кулаки. Я не сподівався, що він мене почує".

"У нього, напевно, всюди є очі і вуха".

"Кажуть, що Бог має очі і вуха всюди. Якщо він існує."

"Що ще він тобі казав про мене?"

"Він сказав, що ти мав померти разом з батьками. Він і його колеги врятували тебе - і тепер ти маєш пройти низку випробувань".

"Це правда. Я присягався зберігати таємницю, тому мені цікаво, чому він розкрив цю інформацію тобі".

"Спочатку він намагався залякати мене, але ви з дитиною викрутилися з тієї халепи. Він привіз мене сюди, в будинок, і я ніде не міг тебе знайти".

"Так, тому що він тримав мене в контейнері."

"Він кілька разів витягав мене звідти, але я відмовлялася відмовитися від твоєї опіки. Після другого чи третього разу він сказав, що ви просили, щоб мені все розповіли, і..."

"Я придумала план, як його про це попросити. Я не сказала йому, що це було, але він, як і більшість інших останнім часом, може читати мої думки".

"Що ти маєш на увазі, всі інші?"

"Ну, до Еріеля було двоє ангелів, яких звали Хадз і Рейкі".

"О, він згадував про двох імбецилів. Сказав, що їх понизили до роботи в алмазних копальнях.

"На небесах є копальні?"

"Сумніваюся, що це було з небес, якщо вони взагалі існують".

"Не проти, якщо ми підемо на кухню перекусити?" запитав І-Зі. Вони пройшли коридором, Сем поставив гриль і приготував хліб з сиром і маслом. "Поки ти спав, я провів деякі дослідження про Еріеля. Довелося трохи покопатися, щоб знайти його, але як тільки я звузив пошук, я знайшов золото". Він перевернув бутерброди на тарілки і поніс їх до столу.

"Дякую, не можу дочекатися, щоб почути все про це. Не заперечуєш, якщо я відразу почну?"

"Ні, приступай". Сем побачив, як племінник відкусив чотири шматочки, а потім бутерброд зник. Він переклав свій бутерброд, бо вже не відчував голоду. "Я почав шукати, ввівши в пошуковик ім'я Еріель. Нічого не з'явилося. Тоді я набрав "Архангели", і ім'я Уріель з'явилося вгорі сторінки".

"Думаєш, це одне і те ж?" Він відкусив ще один шматочок.

"Спочатку я теж так подумав. Потім я знайшов список архангелів і ім'я Радеріель в єврейській міфології. Коли я ознайомився з його описом, то побачив, що він може створювати менших ангелів одним лише словом".

"Ти маєш на увазі Хадза і Рейкі? Хвилинку, якщо він їх створив, то, мабуть, саме тому він зміг відправити їх у шахти".

"Саме так я і думав. Отже, я думаю, виходячи з цієї інформації, ми тепер знаємо, що Еріель, він же Радуеріель, є архангелом".

І-Зі кивнув.

"Я продовжив копати і знайшов ось це. "Принц, який вдивляється в таємні місця і таємні таємниці. Також великий і святий ангел світла і слави".

"Ого, та він справжній крутелик!

"А ще він може створювати щось з нічого, проявляючи це з повітря."

"Я так розумію, що він може змінювати свою зовнішність, а також зовнішність інших людей.

"Саме так. І я записав кілька слів. Він штовхнув папірець через стіл. "Але не вимовляй їх вголос. Якщо ти це зробиш, то покличеш його". На папері були такі слова:

Рош-Ах-Ор.А.Ра-Ду,І,Е,Ель.

"Запам'ятай слова на цьому папірці, на випадок, якщо тобі коли-небудь знадобиться покликати його до себе".

"А як ми дізнаємося, що вони спрацюють?"

"Використовуйте їх тільки в разі потреби. Не варто викликати його сюди - хіба що в крайньому випадку".

"Згоден." Повторюючи ці слова знову і знову в думках, він відчував комфорт, знаючи, що архангел не читає його думки безперервно, зрештою.

"Еріель сказав, що я повинен допомогти тобі з випробуваннями. Гадаю, врятувати ту маленьку дівчинку було першим випробуванням, яке ти мав виконати?"

"Так, я вже врятував кілька. Перше - так, дівчинка. Друге - я врятував літак від катастрофи."

"Ого! Я б хотіла дізнатися більше про те, як ти це зробив. Дивно, що тебе не показували в новинах".

"Був, але ви не могли сказати, що це був я. Третій - я зупинив стрільця на даху будівлі в центрі міста. По-четверте, ще одного стрільця в торговому центрі із заручниками, а по-п'яте, хлопця на вулиці, який намагався мене вбити".

Сем зібрав тарілки і відніс їх до посудомийної машини. "Не можу передати, як я тобою пишаюся. Все це відбувалося, а я не мав жодного уявлення".

"Я присягнувся зберігати таємницю. Якби я комусь розповіла, вони б..."

"Переконатися, що ти більше ніколи не побачишся з батьками - так він мені сказав. Як на мене, це звучить трохи підозріло. Еріель не з сентиментальних, він був схожий на великий клубок гніву, що чекає на мішень".

"Я зачепила його почуття, коли він подумав, що я його не люблю".

Сем насміхався. "Уяви собі цю штуку, яка має почуття". Він підвівся. "Хочеш кави?"

"Я б віддав перевагу какао". Він позіхнув. "Це був дуже довгий день."

"Ми можемо поговорити про це вранці, але як ви ставитеся до дедлайну? Ви завершили п'ять випробувань, за скільки днів?"

"Вони були випадкові. Я нічого не знаю про чіткий дедлайн".

"Еріель сказав мені, що за тридцять днів потрібно пройти дванадцять досліджень. Якщо ви вже пройшли два тижні, то їм доведеться прискорити темп - сильно прискорити".

"Вперше таке чую".

"Він сказав, що якщо ти не пройдеш їх вчасно - ти помреш."

"Що?"

"А також, що всі, кого ти врятував, загинуть". Сем зупинився, думка про те, що він втратить його зараз, коли все тільки почалося, не давала йому спокою. Його життя знову стане порожнім, тільки робота, дім, робота, дім. І-Зі дивився на нього, чекаючи. "Вибач, я просто думав про те, як багато ти для мене значиш, хлопче. Але він сказав мені ще дещо, він сказав, що ти помреш разом зі своїми батьками. Це означатиме, що все, що ми зробили, весь час, який ми провели разом, зникне. І я не кажу, що можу чи хочу коли-небудь замінити твоїх батьків, але ти розумієш, про що я, правда? Я люблю тебе, дитинко".

"І я тебе", - відповів І-Зі. Він хотів обійняти Сема, і Сем хотів обійняти його, він міг це сказати, і все ж вони розтиснулися. Він глибоко вдихнув: "Це різко. Це більше схоже на Еріеля".

"І ще одне, він сказав, що кожного разу, коли ти проходиш випробування, твоя душа зростає. Коли тобі виповниться дванадцять, вона досягне оптимального значення. Душевна валюта, яку ти зможеш використати, щоб знову побачити і поговорити з батьками".

Стілець Е-Зі від'їхав від столу, коли вхідні двері зірвалися з петель, і він злетів у небо.

"Аррррррр!" закричав Сем з-за його спини. Він чіплявся за стілець і крила свого племінника, як норовливий повітряний змій.

"Тримайся!" сказав І-Зі. "Здається, Еріель кличе".

І вони полетіли.

# **РОЗДІЛ** 19

"Тримайтеся, ми заходимо на посадку". Його інвалідний візок поїхав вниз.

"Шкода, що у мене немає ременя безпеки!" вигукнув Сем, обіймаючи племінника за шию.

"Не хвилюйся, це буде безпечна посадка".

"Якщо я не відпущу до цього! Аррррр!"

Коли вони спускалися вниз, Е-Зі помітив коло статуй. Не маючи іншого заняття, він порахував їх - їх було сто з чимось посередині. Дивно, він багато разів бував у центрі міста, але не пам'ятав цієї групи бетонних блоків. Колеса крісла торкнулися землі, але Сем все ще тримався за життя.

"Тепер усе гаразд, - сказав І-Зі. "Можеш розплющити очі".

Він розплющив. "Я вб'ю цього Еріеля, коли побачу його наступного разу!"

"Ш-ш-ш. Це може статися швидше, ніж ти думаєш." Те, що він помітив у центрі статуй, було Еріелем у людській подобі, за фізичними рисами, але не за розміром. Більше того, він сидів в інвалідному візку, який ширяв, як чарівний трон.

Його волосся було чорним, як смола, і спадало на плечі до пояса. Його очі були як вугілля, а колір обличчя - як алебастр. Підборіддя було вкрите щетиною, наче шестигодинна тінь, хоча було вже ближче до полудня. Губи були дуже червоні, наче він нафарбувався свіжою помадою. А ніс був схожий на ніс футболіста, якому його не раз ламали. З одягу на ньому була біла футболка, чорні джинси, а на ногах пара сандалій з Ісусом.

Є-З повернувся по колу, знову дивлячись на сто десять чоловіків. Всі вони були одягнені в сучасний одяг. Більшість були в окулярах і силових костюмах. Тоді він зрозумів правду: Еріель перетворив сто десять живих, дихаючих людей на статуї.

І це було ще не все. Він зрозумів, що, хоча вони перебували в центральному діловому районі, не було жодного звичного звуку. У звичайний день автомобілі, що застрягли в пробці, сигналили б, а вихлопні гази наповнювали б повітря.

Тиша була тривожною, але свіже чисте повітря змушувало його вдихати глибше. Це заспокоювало його. Він знав, що це затишшя перед бурею.

Він подивився в небо. Пасажирський літак зупинився в повітрі. Поряд з ним лежали птахи, які перестали літати. На тлі хмари. Нерухомі. Нерухомі.

Потім все над ним змінилося з блакитного на чорне.

І колись моторошна тиша розірвалася.

На зміну їй прийшли стогони. Стогони. Наче коріння дерев висмикували з землі.  А повітря згущувалося і намотувалося на їхні горлянки. Крадучи їхнє дихання.

І під їхніми ногами земля почала тремтіти. Вона розверзлася. Землетрус. Розриви. Розриваючи.

І сонце, і місяць, і зірки засяяли всі разом, але лише на секунду. Потім вони розірвалися і розлетілися на мільйон шматочків.

"Чому ви перетворили людей на статуї? І чому ти намагаєшся знищити світ?" запитав І-Зі. "І чому ти плаваєш там в інвалідному візку?"

"О ні", - закричав Сем, розмахуючи кулаками в повітрі.

Еріель розсміявся: "Ти саме вчасно прийшов сюди, протеже. Як ти смієш говорити зі мною, ставити мені запитання? Я великий і могутній, але я справжній, а не фальшивий, як Чарівник з країни Оз. Ти існуєш тільки тому, що я вирішив тебе врятувати".

"Коли Офаніель говорила зі мною в Бібліотеці Ангелів, вона навіть не згадала про тебе".

Еріель засміявся і показав кістлявий палець, який простягнувся вниз і торкнувся носа E-Z. "Твою справу віддали мені, після того, як ці два ідіоти Хадз і Рейкі не впоралися зі своїми обов'язками".

"Не торкайся мене!" Палець втягнувся. "Я ще раз запитую, що ти робиш на моїй території і чому ти в інвалідному візку?"

"Все буде пояснено", - сказав Еріель. Він підняв свої ноги і посміхнувся до них. "Мені подобаються ці черевики, вони дуже зручні".

"Це не туфлі, це сандалі", - сказав Сем, підходячи ближче до завислого крісла.

"Стій, дядьку Сем, стань за мною".

Еріель закинув голову назад і розсміявся. "Правда - це собака, яку треба приручити" - це цитата з Шекспіра, яка означає, що твого дядька треба приручити.

"Чому ти!" крикнув Сем, піднявши кулак у повітря.

" "Важко перемогти людину, яка ніколи не здається" - це цитата Бейба Рута, одного з найвідоміших бейсболістів в історії". Крісло І-Зі відірвалося від землі і підлетіло ближче до Еріеля.

"Бейсбол - це гра на рівновагу", - сказав Еріель. "Це цитата з письменника Стівена Кінга". Він завагався, а потім посміхнувся такою широкою посмішкою, що, здавалося, його щоки ось-ось розваляться, коли стілець І-Зі впав, наче зроблений зі свинцю. "Упс", - сказав Еріель, ревучи від сміху.

Не минуло багато часу, як Е-Зі впорався зі своїм кріслом, і воно піднялося, наче ліфт. Він спробував взяти ситуацію під контроль своїми крилами. Але на це не було часу, бо він перетворився на дзиґу і почав кружляти по колу.

"Аррррр!" - закричав він, впиваючись нігтями в підлокітники крісла. Обертання припинилося, крісло знову впало, як свинцева кулька, а потім зупинилося.

Він знову спробував змусити крила працювати. Вони не піддавалися, і наступне, що він зрозумів, - його знову почало крутити. Але цього разу проти годинникової стрілки.

"Хххххххххххххх!" - закричав він.

Еріель засміявся так голосно, що аж земля затряслася.

Внизу Сем підняв каміння з тротуару і кинув його в Еріеля, який ухилився і відскочив від більшості з них. Один великий камінь все ж таки влучив у ніс істоти. "Нападай на когось ближче до свого віку!" вигукнув Сем.

Коли кров потекла по його обличчю, Еріель поставив дядька Е-Зі на місце.

"Неееееееееееееееееееееее!" кричав І-Зі, продовжуючи крутитися. Коли він зупинився, перевернувшись догори дном, те, що він побачив внизу, не могло бути помилкою. Дядько Сем тепер був однією зі статуй у колі: там стояли сто одинадцять чоловіків. У нього так паморочилося в голові, що йому спала на думку цитата, і, оскільки це було все, що у нього було, він вигукнув її так голосно, як тільки міг: "Це ще не кінець, поки це не кінець!

ХЛОПОК.

ХЛОПОК.

Хадз сів на одне плече підлітка, Рейкі - на інше.

"Це цитата з Йогі Берри, а це - від мене і дядька Сема!"

Тепер він тримав у руках найбільшу у світі біту, копію 54-унцевої біти Бейба Рута, і вона сліпуче сяяла діамантовим пилом. Він навіть не уявляв, наскільки вона важка, коли замахнувся на Еріеля, що сидів на троні в інвалідному візку, і відправив його летіти з ніг на голову. Він вигукнув: "Передавай привіт людині з Місяця, коли зустрінеш її!"

Вдалині лункий голос Еріеля сказав: "Випробування завершено!"

Хадз і Рейкі зааплодували. Так само, як і сто одинадцять чоловік, які повернулися до своїх людських форм, включно з дядьком Семом.

"Звичайно, ви знаєте, що він повернеться, - сказав Хадз. "І він буде дуже розлючений!"

"Дякую за вашу допомогу!" сказав І-Зі, коли вони з Семом летіли додому.

Рейкі та Хадз стерли свідомість ста десяти, а потім повернулися до роботи в шахтах і сподівалися, що ніхто не помітив, як вони з'ясували, як втекти.

Еріель продовжував виходити з-під контролю, розробляючи план помсти.

# ЕПІЛОГ

Після кількох напружених днів Ю-Зі нарешті добре виспався. Йому наснився бейсбол, і наступного дня Арден і Пі-Джей прийшли, щоб взяти його на гру. "Я не хочу сьогодні грати, але піду з вами заради морального духу", - сказав він.

"Звичайно", - відповіли його друзі.

Як тільки вони вивели І-Зі на поле, вони наполягли на тому, щоб він грав. Їм потрібно було, щоб він ловив м'яч, і він погодився. Коли він вперше опинився на полі, йому захотілося самому вдарити по м'ячу. Він схопив свою улюблену біту і поїхав до тарілки. Перша подача була високою, і він пропустив її. Його зона подачі була дуже вузькою, оскільки він сидів.

"Перший страйк", - вигукнув суддя.

І-Зі відкотився від тарілки. Він зробив ще кілька тренувальних замахів, а потім повернувся назад. На наступній подачі він відбив її, і вона вийшла в аут.

"Другий страйк", - оголосив суддя.

"Не відбив, не відбив", - гомоніли хлопці на полі.

Пітчер кинув кручений м'яч, І-Зі нахилився до поля і відбив його. М'яч полетів за межі поля. Через паркан. За межі парку.

"На базу", - сказав суддя. "Ти заслужив це, хлопче".

I-Зі кружляв навколо баз, стримуючи свій стілець від польоту. Коли його стілець з'єднався з домашньою базою, його товариші по команді зібралися навколо нього, аплодуючи. Він насолоджувався цим, поки це тривало.

Аж поки не приземлився назад у металевий контейнер - тільки цього разу він був згорнутий у клубок - і залишився без стільця. Як новонароджене немовля, він глибоко дихав, бо це було єдине, що він міг зробити. Зачекайте. Немовлята можуть перевертатися. Все, що він мав зробити, це зосередитися, зосередитися.

Так, він зробив це. Єдина проблема полягала в тому, що йому не стало легше. Він все ще був згорнутий, у темряві. Замкнений у просторі без світла і можливості рухатися, майже не маючи можливості рухатися. Насправді, форма металевого контейнера цього разу була іншою. Він був тонший з одного кінця, схожий на кулю.

Усвідомлення цього не допомогло, оскільки його клаустрофобія і тривога перейшли на вищу передачу. Йому було цікаво, як довго він зможе дихати в цьому обмеженому просторі. Недовго. Повітря закінчиться в найкоротші терміни, і він помре. Він глибоко вдихнув, намагаючись знизити рівень тривоги.

Одне було безсумнівним, Еріель ніяк не міг поміститися в цій штуці разом з ним. Хіба що він рознесе стіни навстіж - що, можливо, було б не такою вже й поганою ідеєю.

І-Зі стукав у стіни та стелю. Він кричав. Кричав. Він згадав про свій телефон. Чи міг він до нього дотягнутися? Його там не було. Він поклав його в спортивну сумку, щоб дотриматися правила "жодних телефонів на полі".

Ззовні контейнера долинали тривожні звуки. Шкрябання. Щури? Ні, не щури. Він міг мати справу з багатьма речами, але не зі щурами. "Випустіть мене!" - закричав він.

Запрацював двигун. Стара машина, схожа на вантажівку. Підлога під ним почала трястися і деренчати, коли куля котилася вперед і відскакувала.

Зовні контейнер відскакував від стін. Всередині він був у такому обмеженому просторі, що не міг рухатися. Це була одна з переваг у тому, що він опинився в пастці кулі.

Машина наїхала на щось, і голова Е-Зі з'єдналася з верхньою частиною цієї штуки. Він закричав, але звук стих. Металевий контейнер знову рушив убік. Він у щось врізався, а потім повернувся у вихідне положення. Від удару у нього боліло плече.

Е-Зі замислився, чи не було це завданням Еріеля, але вирішив, що це неможливо. Він почав робити висновки, що його викрали і тримають у полоні. Але чому саме зараз?

"Гей!" - крикнув він, коли металевий предмет прокотився і приземлився на плоске дно - там, де був його зад. Тепер вага була розподілена більш рівномірно. Йому було зручно. Або настільки комфортно, наскільки він міг почуватися за даних обставин. Тож він залишався дуже нерухомим, поки транспортний засіб не зупинився і він не перекинувся з боку на бік.

Він глибоко вдихнув, заспокоївся і промовив слова вголос,

"Рох-Ах-Ор, А, Ра-Ду, ЕЕ, Ель".

Зачекавши, він запитав: "Де ти, Еріель?

Рох-Ах-Ор, А, Ра-Ду, ІЕ, Ель?"

"Ти викликав мене?" відповів Еріель. Його голос був дзвінким і чистим, але його не було видно.

"Так, Еріель, я думаю, що мене викрали. Я в контейнері. Ти можеш мені допомогти?"

"Я знаю, де ти завжди знаходишся, - сказав Еріель. "Питання, яке ти маєш запитати, чи допоможу я тобі".

"Я не знав, що ти стежиш за мною 24 години на добу!" вигукнув І-Зі, з кожною миттю все більше злячись. Він зробив кілька глибоких вдихів і заспокоївся. Йому потрібна була допомога Еріеля, і архангел не збирався полегшувати йому завдання. "Я не бачу водія цієї штуки і не можу розправити крила. І де моє крісло? У мене закінчується повітря. Якщо ви хочете, щоб я закінчив ці випробування для вас, то краще витягніть мене звідси і швидко".

"Спочатку ти ображаєш мене, ставлячи під сумнів, чи я ангел, чи ні, а потім благаєш допомогти тобі. Люди - дуже мінливі створіння".

"Я знаю. Мені дуже шкода. Будь ласка, допоможи мені".

"А ти не думав, - запропонував Еріель. "Що це випробування? Що ти повинен подолати себе?"

"Ти хочеш сказати, що це точно випробування?"

"Я не кажу, що так. І я не кажу, що це не випробування", - сказав Еріель з усмішкою.

І-Зі був роздратований. Він так сумував за Хадзом і Рейкі.

"Так сумно, що ти все ще думаєш про цих двох ідіотів. І-Зі, якби це був судовий процес, то як би ти з нього виплутався?"

"По-перше, вони врятували мене, коли ти ледь не знищив Землю. По-друге, це не може бути випробуванням, тому що мені нікому допомогти".

Еріель розсміявся. "Ти вважаєш себе ніким? Еріель зробив паузу. "Сьогодні ти рятуєш себе і тільки себе. Використовуй інструменти, які є в твоєму розпорядженні". Він завагався, а потім знову засміявся. "Думай поза межами металевого контейнера". Його сміх був таким гучним всередині металевої кулі, що боляче вдарив по вухах Еріеля. Він затулив їх. Тоді він більше не чув Еріеля.

Ю-Зі заплющив очі і зосередився. Він вирішив стиснути кулаки і спробувати розсунути стіни. Як би він не старався, вони не зрушили з місця. План Б полягав у тому, щоб викликати своє крісло, що він і зробив. Він уявив, що воно десь недалеко. Можливо, воно висіло вгорі, чекаючи, поки Е-3 покличе його. Він так зосередився на виклику свого крісла, що не помітив, як хтось вийшов на вулицю. Кроки на тротуарі. Один чоловік, стукіт чобіт. Чоловік обходив машину ззаду, до задньої частини. Заскреготів ключ. Дверцята відкотилися.

"Він тут крутився", - сказав чоловік.

Сміх. Не сміх Еріеля. Сміх іншого чоловіка.

Потім крик.

Потім ще крики.

Потім біг. Втеча.

Знову крики.

Потім рух. Контейнер рухається. Його піднімають в інвалідний візок.

Потім піднімають вгору, вище і вище. До безпечного місця.

"Дякую", - сказав І-Зі своєму кріслу. "А тепер відвези мене додому, до дядька Сема".

І-Зі знав, що дядько Сем зможе витягнути його з контейнера. Йому знадобиться гігантський консервний ніж, але якщо він буде, то дядько Сем знайде його.

Однак його інвалідний візок помчав у зворотному напрямку.

# КНИГА ДРУГА:

## ТРИ

# РОЗДІЛ 1

Далеко-далеко від місця, де жив Е.-З. Діккенс, танцювала маленька дівчинка. Її уроки балету проходили в маленькій студії в центральному діловому районі Нідерландів.

Вона була гарненькою дитиною, із золотистим волоссям і смужкою веснянок, що тягнулася через ніс і щоки. Найбільше мені запам'яталися її горіхово-зелені очі. Вони були такого ж кольору, як у її бабусі. Вона мріяла одного дня стати найвідомішою балериною Нідерландів.

Її рожева пачка була зроблена з тюлю. Це була легка тканина, схожа на сітку, яку дизайнери використовували для професійних танцюристів. Її пачку розробила і пошила для неї няня. Костюм балерини - сам по собі витвір мистецтва - настільки, що кожна дитина в класі хотіла мати такий самий.

Ганна, няня Лії, отримала багато прохань від інших батьків пошити своїм донькам таку ж пачку. Вона твердо сказала дітям, їхнім батькам, вчителям і багатьом іншим, що не має часу брати на себе додаткову роботу. Хоча гроші їй би не завадили.

Все, що Ганна робила, вона робила, тому що любила свою підопічну Лію. Лію, яку вона називала своєю kleintje, що в перекладі означає маленька.

Коли балетки (в перекладі: балетний клас) майже закінчилися, Лія спакувала свої туфлі. Вона розтирала хворі ноги.

Усі баллетдансери - навіть такі семирічні діти, як Лія, - повинні були тренуватися щонайменше двадцять годин на тиждень.

Ця додаткова робота, на додачу до повної шкільної програми, вимагала відданості та самовіддачі. Дітям, які не встигали, швидко вказували на двері. Незалежно від того, скільки грошей пропонували заплатити батьки, щоб залишити їх у програмі.

Лія сподівалася, що одного дня зустрінеться зі своїм кумиром Ігоне де Йонг, найвідомішою нідерландською балериною всіх часів і народів. Після того, як її кумир пішла на пенсію, Лія дивилася її виступи по телебаченню.

Ганна доглядала за Лією в будні дні. Мати Лії, Саманта, протягом тижня їздила у справах.

Вийшовши з танцювальної студії, Ганна та Лія сіли в "Фольксваген Гольф". Незабаром вони мали бути вдома.

"У тебе є домашнє завдання?" запитала Ганна.

Лія кивнула.

"Goed", що в перекладі означає "добре". "Іди і починай, коли я приготую вечерю", - сказала Ханна.

"Oke", що перекладається як "добре", - відповіла Лія.

Лія одразу ж пішла до своєї кімнати, де повісила балетну форму, а потім сіла за робочий стіл.

У школі вони вивчали легенду про Відьмине дерево. Їхнім завданням було намалювати дерево і створити в ньому щось магічне. Вона мала намір намалювати контур крейдою. Потім використати очищувачі для труб для коріння і блискітки на листі для магічного елементу.

Хоча вона мала природний талант до мистецтва, вона не отримувала задоволення від його створення. Вона віддавала перевагу танцям. Вона не скаржилася і не відмовлялася від завдань, які їй не дуже подобалися. Бути непокірною чи руйнівною було не в її характері.

Хоча Лія жила в Зумберті, Нідерланди, вона відвідувала міжнародну школу. Її англійська була відмінною. Сам Зумберт був відомий у всьому світі як місце народження Вінсента Ван Гога. Лія знала про Ван Гога все, оскільки в їхніх жилах текла одна і та ж кров.

Виконавши домашнє завдання, вона відкрила комп'ютер. Вона ввімкнула гру. Перехід на наступний рівень зайняв лише кілька хвилин. Незабаром Ханна покличе її на авондетен (вечерю).

Ніхто не повинен про це знати, - промовив крихітний голос у глибині її свідомості. Лія прислухалася до цього голосу, але щоб ніхто не дізнався, зачинила двері своєї спальні.

Коли її пальці клацнули по клавіатурі, лампочка над столом з тріском згасла. Вона закрила ноутбук і знову відчинила двері. Вона подивилася вниз по коридору, де стояли запасні галогенні лампочки. Няня тримала запас у шафі для білизни нагорі сходів. Все, що Лії потрібно було зробити, це вийти, взяти одну, повернутися і самостійно замінити лампочку. Тоді вона мала б більше часу на свою гру.

Повернувшись до кімнати, вона оцінила ситуацію. Їй довелося стати на стілець, який був на коліщатках. Вона щільно присунула його до ліжка, щоб зафіксувати. Так, це має спрацювати.

Стілець закріпився під світильником, і вона вилізла на нього. Тримаючи нову лампочку під підборіддям, вона викрутила стару. Перегорілу лампочку вона кинула на ліжко. Взявши іншу лампочку з-під підборіддя, вона вкрутила її.

ТРІСК!

Нова лампочка вибухнула.

З неї розлетілися осколки скла, здебільшого розміром з хвилину. В обличчя та очі маленької дівчинки.

Лія не закричала одразу, бо синє світло заповнило кімнату, змусивши час зупинитися. Світло оточило її, піднявшись до рівня її обличчя.

СВИСТ!

З'явилася крихітна ангельська істота, яка оглянула очі дівчинки. Вирішивши, що вони пошкоджені безповоротно, вона прошепотіла: "Чи будеш ти однією з трьох?"

"Ja", що в перекладі означає "так", - відповіла Лія, і час зупинився.

Прилетів ангел, якого звали Ганіель. Він заспівав Лії заспокійливу колискову пісню, поки вона виймала склянку.

Англійською мовою слова пісні були такими:

"Маленька сумна дівчинка сіла

На березі річки.

Дівчинка плакала від горя

Тому що обидва її батьки померли".

Голландською мовою слова пісні звучали так:

"Asn d'oever van de snelle vliet

Eeen treurig meisje zat.

Het meisje huilde van verdriet

Omdat zij geen ouders meer had."

На щастя, маленька Лія спала і не злякалася слів колискової.

Коли Ганіель закінчив обробку найважчої частини рани Лії, вона поклала руки на стегна і перестала співати. Завдання майже виконано, тепер їй залишалося лише закласти основу для нових очей своєї протеже.

Дві маленькі долоньки Лії були згорнуті в кульки. Стиснуті маленькі кулачки. Ганіель дозволила своїм крилам ніжно пестити зімкнуті пальчики, вмовляючи їх розтиснути.

Коли долоньки Лії розтулилися, ангел Ганіель вказівним пальцем окреслила на обох долоньках форму ока. На пальцях вона провела по одній лінії, яка вела від долоні вгору до кінця пальця. Виконавши своє завдання, ангел Ганіель ніжно поцілував Лію в чоло, а потім з

СВИСТ!

і вона зникла.

Час відновився, а наша хоробра маленька Лія все ще не кричала. Шок робить це з вашим тілом як захисний механізм, і, зупинивши час, біль також зупинився. Коли Лія нарешті закричала, вона вже не могла зупинитися. Ні коли приїхала швидка допомога. Чи коли її заносили на ношах у машину, і до її криків приєднувалася сирена. Або коли її штовхали на каталці в лікарню. Не тоді, коли їй посвітили в обличчя великим ліхтарем, який вона відчувала, але не бачила.

Вона перестала кричати, коли їй дали заспокійливе. Потім за допомогою новітніх технологій видалили решти скла.  Однак кожен шматочок скла вже був видалений. Хірурги продовжили і перев'язали їй очі, а потім відвезли її в палату для відновлення.

Після операції приїхала мама Лії, Саманта. Вона прилетіла з Лондона нічним рейсом. Вона зустрілася з хірургом, поки її донька спала.

"Мені шкода, але вона більше ніколи не побачить", - сказав він.

Мати Лії затулила рота кулаком, борючись із бажанням заплакати.

Лікар сказав: "Вона може вивчити шрифт Брайля і відвідувати школу для людей з вадами зору. У неї чудовий вік для навчання, і вона буде вбирати знання. За короткий час жестове спілкування стане для неї другою натурою".

"Але моя донька хоче стати балериною. Ви коли-небудь бачили або чули про незрячих професійних танцюристів?"

"Алісія Алонсо була частково сліпа. Вона не дозволила цьому завадити їй".

Мати Лії поплескала по руці сплячу доньку. "Дякую, я дізнаюся про неї в інтернеті. Сім років - це надто мало, щоб змушувати її відмовлятися від мрії".

"Згодна. А тепер ти теж трохи відпочинь. Лія скоро прокинеться, і їй потрібно, щоб ти був сильним заради неї. Коли ти їй скажеш. Якщо ти захочеш, щоб я теж був тут, дай мені знати."

"Дякую, докторе, але спочатку я спробую впоратися сама".

Коли двері зачинилися, мати Лії доторкнулася до слідів на обличчі доньки. Відбитки, що залишилися, були схожі на злі краплі дощу. Потім вона подивилася на сплячу няню Лії, Ганну. Коли вона проходила повз неї, щоб набрати води, вона випадково навмисно штовхнула свою ліву туфлю, щоб розбудити її. "На вулицю!" - сказала вона, коли Ганна позіхнула.

Тепер у коридорі мама Лії, Саманта, дала волю своїм емоціям, не стримуючись. "Як ви могли дозволити цьому статися з моєю дитиною? Як ти могла!? Одну хвилину я була на діловій зустрічі, а потім мені довелося перервати відрядження і вилетіти першим же рейсом з Лондона! Що сталося? Як це сталося?"

"Ми щойно повернулися з балетного класу. Я готувала вечерю, а Лія закінчувала домашнє завдання. Мабуть, перегоріла лампочка. Вона взяла іншу з шафи в коридорі і спробувала замінити її сама, і вона вибухнула. Коли вона закричала, я був там за лічені секунди, і швидка допомога приїхала в найкоротші терміни. Я молилася, щоб з її очима все було гаразд, щоб з нею все було добре".

"Ти молишся уві сні, так?" запитала Саманта, не дочекавшись відповіді. "Арсени (лікарі) кажуть, що вона більше ніколи не побачить", - сказала Саманта з недоброю отрутою в голосі.

✳✳✳

Тим часом Лія бачила сон, у якому вона літала з ангелом. Вона обняла його за шию, притулившись до його грудей. Рух інвалідного візка в повітрі гойдав і заспокоював її.

Потім її свідомість перевернулася, і вона побачила зверху металевий контейнер. Контейнер стояв на сидінні інвалідного візка з крилами. Її везли кудись, куди вона не знала.

Вона підняла праву руку, а потім ліву, і з їх допомогою побачила, що всередині контейнера сидить ангел/хлопчик. У нього було добре обличчя, очі блакитні, як небо, з вкрапленнями золота, які змушували їх виблискувати, навіть якщо він був у темряві. Волосся в нього було переважно світле, хіба що трохи сивіло на скронях. Але найдивнішою річчю була чорна смуга посередині. Вона робила хлопчика старшим.

Ангел/хлопчик у контейнері, що сидів на сидінні інвалідного візка, підлетів ближче до дівчинки уві сні. Вона доторкнулася до контейнера, і коли вона це зробила, то змогла відчути і почути серцебиття ангела/хлопчика всередині. Мало того, вона також могла читати його думки та емоції.

Лія прокинулася і закричала: "Мамо! Ханна! Приходьте швидше!"

"Я тут, люба", - сказала її мати, повертаючись до ліжка доньки.

Ханна витерла очі і знову увійшла в кімнату.

"Твоя мати не має часу звинувачувати Ганну. Це був нещасний випадок. Крім того, потрібна наша допомога. Будь ласка, знайди мені папір і олівці - НЕГАЙНО".

"Вона марить!" вигукнула Саманта. Вона перевірила температуру на лобі доньки. Здавалося, вона була нормальною.

Ганна дістала зі своєї сумки необхідні предмети і вклала їх в руки Лії.

Лія, не вагаючись, почала малювати. Вона дряпала папір, як натхненний художник. Саманта і Ханна з цікавістю спостерігали за нею.

Першим малюнком, який вона намалювала, був хлопчик всередині металевого контейнера у формі кулі. Контейнер стояв на сидінні інвалідного візка, а візок мав крила. Крила ангела. Лія перегорнула сторінку і намалювала другий малюнок хлопчика/ангела всередині з усіх боків. З усіх боків. Після першого малюнка вона маніакально намалювала ще багато, а потім підкинула їх у повітря.

Малюнки, наче підхоплені поривом вітру - танцювали по кімнаті, злітаючи то вгору, то вниз, то по всьому периметру. Немов під магічним заклинанням. Одна з картинок погналася за нянею, і та з криком вибігла з кімнати.

Лія міцно стиснула кулачки, а потім пробурмотіла якісь невиразні слова.

"Викликати лікаря?" - запитала її істерична мати. "Моя дитина, о ні, моя бідна дитина!"

Ганна повернулася, тремтячи, дивлячись на Лію, яка знову заснула.

Дві жінки сіли біля ліжка дитини. Вони дивилися, як вона мирно спить, поки врешті-решт і самі не поринули в сон.

Лія не могла бачити своїми карими очима, з якими вона народилася. Їх замінили очі на долонях.

Її нові очі на долонях містили кожну нормальну частину ока. Такі як зіниця, райдужна оболонка, склера, рогівка і слізний канал. Кожне око на долоні мало повіки.  Верхня починалася там, де закінчувалися пальці. Нижня закінчувалася там, де починалося зап'ястя.

Щодо вій, то на кожному пальці була витатуйована лінія росту волосся.  Від верхньої повіки до початку нігтя, як і на великому пальці.

І це було добре, бо жодна молода дівчина не захоче мати пальці з волоссям, що росте на них.

Особливо така маленька дівчинка, як Лія, яка сподівалася одного дня стати великою балериною.

# РОЗДІЛ 2

Коли вона прокинулася, її долоні дуже свербіли. Насправді, вони свербіли більше, ніж будь-коли раніше. Це нагадало їй слова її бабусі, сказані колись. Бабуся казала, що коли свербить права рука, це означає, що ти отримаєш гроші, і багато грошей. Якщо ж свербить ліва рука, то це означає, що ти втрачаєш гроші. Вона ніколи не казала, що буде, якщо свербітимуть обидві долоні одночасно.

Спалах ангела/хлопчика, що опинився в пастці в контейнері, повернув її до реальності. Вона розкрила долоні, готуючись почухатися. Натомість була шокована, побачивши в них своє відображення. Вона посміхнулася, ніби позувала для селфі.

Все ще не будучи впевненою на сто відсотків, що це сон, вона відвернула обидві долоні від себе. Її наміром було зробити панорамний знімок кімнати.

Кімната була оформлена так, ніби вона плавала в акваріумі. Рибки-клоуни і золоті рибки були зайняті тим, що ганялися за хвостами одна одної. Вона продовжувала водити руками по кімнаті, поки не знайшла Ганну. Потім вона знайшла свою маму. Вона завищала від захвату.

Мама Лії, Саманта, підскочила, як і Ханна.

"Що з тобою, крихітко?"

"Мамо? Я тебе бачу."

"Звичайно, ти можеш, моя люба."

"Ти мені віриш?"

"Так, звичайно, я тобі вірю. Але скажи мені, чому ти намалював інвалідний візок з крилами? Інвалідні візки не мають крил".

Вона не бачить моїх нових очей, подумала Лія. "Я люблю тебе, мамо, але деякі інвалідні візки мають крила, і деякі ангели літають у візках з крилами".

"Я теж тебе люблю, крихітко", - відповіла вона. "Який хлопчик/ангел? Тобі приснився сон?"

"Є хлопчик-ангел", - сказала Лія.

"Хлопчик-ангел? Де він?"

Лія розкрила долоні і почала думати про хлопчика-ангела. Вона думала так сильно, що могла бачити його, чути його, відчувати його присутність у своїй свідомості. "Ангел/хлопчик йде сюди, щоб побачити мене", - сказала вона.

"Сюди, люба?" - запитала її мати, дивлячись у бік няні, яка знизала плечима.

"Так, хлопчик-ангел потребує моєї допомоги. Він приїхав до мене аж з Північної Америки".

"Коли ти малювала малюнки, - запитала Ханна, - ти малювала зі спогадів про ангела/хлопчика?"

"Чи зі сну?" - запитала її мати.

"Спочатку це був сон, але тепер я бачу його, коли не сплю".

"Якщо ти мене бачиш, дитинко, то в що я одягнена?"

"Я бачу тебе, мамо, але не своїми старими очима. А новими. На тобі червона сукня, а на шиї перли".

Літній пацієнт, проходячи повз її палату, зупинився на місці, побачивши дитину, яка тримала перед собою розкриті долоні. Він подумав, що це вона, і щоб переконатися в цьому, йому не довелося довго чекати. Бо Лія, відчувши чужу присутність, повернула ліву долоню в бік дверей. Старий побачив, як її долоня блимнула, а потім зникла з її поля зору.

"Вона гадає", - припустила Ганна, відволікаючи увагу Лії від дверей.

Прибула медсестра, і Лія, яка ніколи не бачила її раніше, сказала: "Доброго дня, медсестра Вінке".

"Ми зустрічалися раніше?" запитала медсестра Хейді Вінке.

Лія хихикнула. "Ні, але я можу прочитати ваш бейджик".

"Вона каже, що бачить новими очима", - сказала мама Лії.

"Тихо, тихо", - відповіла сестра Вінке, доглядаючи за матір'ю, а не за маленькою дівчинкою. Дитина не заперечувала, коли медсестра Вінке вивела матір на вулицю, щоб поговорити з нею наодинці.

"Це нормально, що ваша донька використовує свою уяву за таких обставин, вона втратила зір. Вона щаслива дівчинка, навіть незважаючи на те, що з нею сталася жахлива подія".

Саманта кивнула, і вони повернулися до Лії.

"Ти, мабуть, втомилася, дитино", - сказала медсестра Вінке, перевіряючи пульс дівчинки.

"Ні, - відповіла Лія. "Я щойно прокинулася і не хочу знову засинати. Якщо я посплю зараз, то можу за ним скучити".

"За ким?" запитав Вінке, вкладаючи дівчинку в ліжечко.

"За хлопчиком-ангелом", - відповіла Лія. "Він уже близько. Майже тут - і йому потрібна моя допомога. Я не можу дочекатися зустрічі з ним. Він подолав довгий-довгий шлях, щоб побачити мене".

"Тихіше, тихіше, дитино", - воркувала Вінке. Вона вколола Лії в руку голку зі снодійним.

Лія запротестувала, але одразу ж заснула.

"На добраніч, на добраніч, дитинко", - воркувала її мати.

***

Л ітній чоловік повернувся до своєї кімнати, одразу ж підняв слухавку і попросив з'єднати його з зовнішньою лінією.

"Вона тут, - прошепотів він у слухавку.  "Я бачив її на власні очі - прямо тут, у лікарні, в коридорі від моєї палати".

Була тиша, потім клацання на тому кінці дроту. Старий ліг у ліжко. Він увімкнув телевізор за допомогою пульта.

Його улюблену програму: "Зараз або ніколи" (також відома як "Фактор страху") якраз починалася. Він хотів побачити, що ці божевільні дурні витворятимуть у новому випуску цього тижня.

# РОЗДІЛ 3

Усе ще затиснутий у срібній кулі, Е-Зі вже не відчував себе таким самотнім. Адже подумки він розмовляв з маленькою дівчинкою.

Вона з'явилася в його уяві разом зі спалахом світла та криком. Вона була поранена. Він бачив, як ангел Ганіель допомагав їй. Він слухав, як Ганіель співав пісню маленькій дівчинці, поки вона витягала скло.

Те, що сталося далі, було несподіваним. Ангел Ганіель намалював лінії на долоні та пальчиках дівчинки. Ганіель подарував дитині новий вид зору. І долоневі очі.

Він одразу зрозумів, що доля дівчинки пов'язана з його долею.

Спочатку, хоча він і бачив її подумки, але не міг спілкуватися з нею. Це було схоже на те, що він дивився телевізійну програму в голові без звуку. Потім, коли дитина заснула, вона прийшла до нього і поклала свої руки на кулю, в якій він застряг. Тоді він знав, що вона знає, а вона знала, що він знає, і вони були пов'язані між собою.

Перші слова, які вона сказала йому, були: "Я не люблю темряву".

І-Зі відповів: "Не бійся. Я тут. Мене звуть Е-Зі. А як тебе звати?"

"Мене звуть Сесілія", - відповіла дитина. "Але мої друзі звуть мене Лія. Можеш називати мене Лія. Мені сім років. А тобі скільки?"

Е-Зі думав, що дитина молодша. "Мені тринадцять", - сказав він. "Я з Північної Америки.

"Я живу в Нідерландах", - відповіла Лія.

Обидва мовчали, поки Лія дивилася на нього очима з долонь, що були всередині сталевої кулі.

"Що ти там робиш?" - запитала вона.

Е-Зі подумав, перш ніж відповісти. Він не хотів лякати дитину правдивою історією про те, що його викрав архангел для випробування. Він хотів розповісти їй правду, але не був упевнений, що вона зможе її витримати, оскільки була ще такою маленькою.

Він сказав: "Я не зовсім впевнений, чому я потрапив сюди, але я думаю, що це так, що я потрапив сюди, щоб зустрітися з тобою". Він завагався, почухав голову і запитав: "Ти знаєш Еріеля?"

Лії було приємно, що він прийшов до неї, але вона була стурбована тим, що його перевозили таким чином заради її блага. "Мені дуже шкода, якщо ви змушені проти своєї волі долати такий шлях, щоб зустрітися зі мною. І ні, це ім'я мені не знайоме".

Е-Зі був дуже зацікавлений Лією. Оскільки вона сказала, що вона голландка, він був надзвичайно вражений тим, наскільки чудово вона розмовляла англійською.

"Я відчував тебе, але не міг бачити, поки не виросли очі, мої нові очі. До цього я могла читати твої думки.

Чи могли б ви прочитати мої? О, і дякую за мою англійську".

"Я бачив, що з тобою сталося, нещасний випадок. Мені дуже шкода, що ти постраждав. Я не зміг тобі допомогти через цю штуку". Він бив кулаками по стінах. Він затулив вуха, коли стукіт відлунював. "Коли ти спав, ти був зі мною. У моїй голові."

Лія стиснула правий кулак, залишивши лівий відкритим і торкнувшись зовнішньої стіни. Її долоня блимала, відкриваючись і закриваючись, відкриваючись і закриваючись. Вона нічого не говорила, але дивилася вперед, як людина, що перебуває в трансі.

В цей час Е-Зі вирішив розповісти їй свою історію.

"Мої батьки загинули в автокатастрофі. І я втратив ноги".

Він зупинився на цьому. Роздумуючи, як багато він повинен їй розповісти.

Це вагання прийняло рішення за нього.

Вона міцно спала.

# РОЗДІЛ 4

У лікарні чергував новий лікар. Він побіжно подивився на карту Лії. Побачивши, що Сесілія все ще спить, він прошепотів її матері.

"Нам потрібно відвести вашу доньку на другий поверх, для ще одного сканування".

"Це терміново?" запитала мати Лії. "Вона так мирно спить, шкода її будити".

Лікар, чий бейджик був прикритий коміром медичної куртки, посміхнувся. "Не треба її будити. Ми можемо засунути її в апарат, поки вона спить. Деякі пацієнти, особливо молоді, віддають перевагу саме такому способу".

Саманта подивилася на годинник. "Звісно, я піду з нею".

"Не треба, - відказав лікар. "Зараз прийдуть мої асистенти. Скористайтеся часом, щоб з'їсти бутерброд або випити чашку ромашкового чаю - моя дружина обожнює його. Допомагає їй розслабитися і заснути".

"Дякую", - сказала Саманта, коли з'явилися двоє санітарів. Двоє кремезних чоловіків у вуличному одязі підняли Лію з ліжка і поклали на каталку на коліщатках. Лікар витягнув ковдру з-під каталки і накинув її на Лію.

"Ми зігріємо її і повернемося в найкоротші терміни. Не забудьте скористатися цим часом, щоб пригостити себе чаєм або кавою".

Поки Ханна спала, Саманта спостерігала за санітарами та лікарем. Вони штовхали її доньку по коридору. Вона продовжувала спостерігати за ними, поки вони чекали на ліфт. Коли ліфт з її дочкою зачинив двері, вона вийшла з палати. Відчуваючи голод, вона дочекалася другого ліфта і спустилася до кафетерію.

Кафетерій був зайнятий. Переважно працівниками в халатах. Вона спостерігала за лікарями, санітарами та іншими людьми, які пересувалися.

Коли вона потягувала чай, їй спало на думку, що ніхто з персоналу не носить вуличного одягу.

"Вибачте, - звернулася вона до одного з лікарів. "Що на другому поверсі? Це там роблять рентген і сканування тіла?"

Він похитав головою: "Другий поверх - це пологове відділення".

Саманта підвелася зі стільця, перекинувши гарячий чай і розливши його собі на коліна. На її крик з усіх боків збіглися помічники.

"Моя дочка!" - кричала вона. "Лікар з двома асистентами щойно вивезли мою доньку Лію на каталці. Сказали, що везуть її на другий поверх на якісь аналізи. Якщо другий поверх - це пологове відділення, то навіщо вони її забрали?

Її спалах привернув багато уваги. Тож лікар, до якого вона звернулася спочатку, вмовив її вийти на вулицю.

Вони повернулися до палати Лії. Саманта пояснила все більш детально. Добре, що вона подивилася на годинник і змогла назвати точний час, коли все сталося.

"Це дуже серйозна справа", - сказав доктор Браун. "Довіртеся мені. У нас по всій лікарні встановлені камери спостереження. Можливо, ви погано почули про другий поверх? Можливо, вона на сьомому поверсі проходить сканування прямо зараз, поки ми говоримо. Залиш це мені. Посидьте тут, а я повернуся до вас якнайшвидше".

Саманта сіла і все пояснила Ганні. Вони з'їли по бутерброду з тунцем і намагалися не хвилюватися.

***

Поки Лія спала, чоловік, який насправді не був лікарем, та інтерни, які не були інтернами, вийшли з будівлі. Вони пішли до машини, що чекала на них. Залишили каталку на парковці.

Лікар Браун скликав нараду з адміністратором. За допомогою відеоспостереження вони стали свідками викрадення Лії. Вони сповістили поліцію, надавши опис автомобіля. На жаль, камери не зафіксували деталі номерного знаку.

"Давайте трохи почекаємо", - сказала Хелен Мітчелл, адміністратор лікарні. Вона виходила на пенсію всього за кілька днів. "Перш ніж ми повідомимо матір дівчинки. Ми не хочемо її хвилювати".

"Я не можу цього зробити", - сказав доктор Браун.

"Поліція може повернути дитину назад у найкоротші терміни.

"Сподіваюся, ви маєте рацію. Але все одно, я хвилююся. Сподіваюся, вони не втечуть далеко".

Пролунав телефонний дзвінок, це була поліція. Вони розшукували дівчинку за всіма прикметами. Вони попросили її свіжу фотографію.

"Їм потрібна свіжа фотографія", - сказала Хелен Мітчелл.

"Єдиний спосіб отримати її - це попросити її матір", - сказав доктор Браун.

Хелен кивнула, коли Браун повернувся, щоб піти.

"Скажіть їм, що ми надішлемо її факсом якнайшвидше".

"Я пришлю когось із травматологічної бригади", - сказала Хелен. Потім до поліції по телефону: "Вона сліпа і їй лише сім років. Чому ці троє чоловіків пішли на такі хитрощі, щоб викрасти її з лікарні?"

"Я не можу сказати", - відповів офіцер на тому кінці дроту.

# РОЗДІЛ 5

Е-Зі одразу зрозумів, що з його новою подругою Лією щось не так. Вона мала спати на своєму лікарняному ліжку, але її ліжко рухалося. Що ж це таке?

Він думав розбудити її, але що вона зможе зробити, навіть якщо прокинеться? Ні, краще їй спати далі - поки він не знайде її і не врятує. Наразі ж вона бачила уві сні, як виконує балетний танець. Він ніколи раніше не звертав уваги на балет, але йому здалося, що ця маленька дівчинка талановита. І вона танцювала, використовуючи очі в руках, коли рухалася по сцені.

Е-Зі без особливих зусиль переніс подумки до її місця. Вона була там, міцно спала на задньому сидінні автомобіля, що рухався. Вона виглядала такою умиротвореною, бо подумки займалася улюбленою справою - танцювала.

Він розширив свій погляд і побачив три голови. Той, що був за кермом, був нормального розміру і зросту. Тоді як двоє інших чоловіків були схожі на футболістів.

"Швидше!" скомандував Є-Зі своєму кріслу, але воно вже зробило це.

Як він міг їй допомогти, коли сам все ще був у пастці срібної кулі? Йому потрібно було розбити її на друзки - і якнайшвидше. Поки що всі спроби розбити її не давали результату.

Йому було цікаво, чому чоловіки забрали її. Чи знали вони про її здібності? Звідки вони могли знати? У більшості лікарень є відеоспостереження, чи могли вони стежити за нею? Але це не мало жодного сенсу. Вона була семирічною сліпою дівчинкою. Що вони хотіли від неї?

Коли E-Z зі швидкістю мчав по небу, він не міг не задатися питанням, навіщо вони її викрали. Можливо, вони збиралися попросити грошей, перш ніж повернути її?

У будь-якому випадку, якщо це те, що вони хотіли, це мало більше сенсу для нього. Краще, ніж те, що вони знали, що вона була зрячою. Та ще й з особливими здібностями. Проте, його пріоритетом номер один було врятуватися від кулі.

Він закричав. Як він робив багато разів раніше: "ДОПОМОЖІТЬ!"

ХЛОПОК.

"Привіт", - сказав Хадз, сидячи на плечі І-Зі. "Якого біса ти тут робиш? Це місце замале для тебе". Хадз закотила очі.

І-Зі був більш ніж трохи схвильований, побачивши Хадз. Він схопив маленьку істоту і міцно пригорнув її до своїх грудей.

"Обережно, крильця", - сказав Хадз.

І-З відпустив істоту. "Дякую, що прийшов і відповів на мій поклик. Мені дуже потрібно, щоб ти допоміг мені з'ясувати, як вибратися з цієї штуки. Я знаю, що тебе відсторонили від моєї справи, але є маленька дівчинка на ім'я Лія, і вона в небезпеці, і я їй потрібна. Ви просто зобов'язані допомогти. Я впевнена, Еріель зрозуміє."

"То ти не хочеш брати участь у цій справі?" запитав Хадз.

"Ні, я не хочу бути тут. Я хочу вийти, але як?"

"Просто зроби це", - сказав Хадз.

"Я вже все перепробував. Стіни не зрушуються з місця. Я покликав Еріеля, щоб він допоміг мені, але він сказав, що тут я сам по собі".

"Ах, йому 6 це не сподобалося. Я не маю права допомагати, але одне можу тобі сказати: зважай на своє оточення".

"Це не допоможе", - сказав І-Зі, намагаючись не втратити самовладання. "Я попросив крісло відвезти мене до дядька Сема. Він би напевно витягнув мене з цієї штуки. Але крісло проігнорувало моє прохання. Тепер маленька дівчинка в біді, і їй потрібна моя допомога. Якщо я не зможу вибратися, я не зможу допомогти собі, а якщо я не зможу допомогти собі, я не зможу допомогти їй. Будь ласка. Скажи мені, як звідси вибратися. Вируби мене абощо."

Істота похитала головою, потім підлетіла до верхівки кулі. Доторкнулася до кінчика. "Подумай про фізику. Якщо ти всередині кулі, а саме на це схожа ця штука, то тебе треба вистрілити. Вистрілити. Правильно?"

І-Зі обмірковував свої варіанти. Він міг би попросити крісло скинути його, запустивши його до землі. Земля зупинить його падіння. Чи розірве вона кулю наскрізь? Він вирішив, що варто ризикнути. "Гаразд, - сказав І-Зі, - мені потрібно, щоб стілець мене скинув, так?"

Істота розсміялася. "Ти кумедний, І-Зі. Якщо ти впадеш з цієї висоти, ця штука вріжеться в землю. Це за умови, що вона не вибухне від удару. І з тобою всередині". Вона знову засміялася. "Або ти не загинув при падінні. Якби ти помер, то не зміг би врятувати маленьку дівчинку. До речі, про яку дівчинку ти говориш?"

"Її звуть Сесілія, Лія, і вона в Нідерландах, недалеко від того місця, де ми зараз знаходимося".

Хадз намацав кінчик контейнера, якого Е-Зі не бачив і до якого не міг дотягнутися. Істота штовхнула його. Циліндр звільнився і розкрився, як тюльпан. Хадз допоміг Е-Зі вибратися з кулі, і незабаром він сидів у своєму кріслі, тримаючи істоту на колінах. Крила Е-Зі розкрилися. Було приємно розправити їх.

Е-Зі злетів у небо, несучи циліндр, який він впустив у Північне море.

Трійця - Е-Зі, стілець і Хадз - полетіла на великій швидкості в напрямку Північної Голландії, де мчав автомобіль.

"Дякую", - сказав І-Зі.

"Нема за що", - відповів Хадз. "Я буду поруч, якщо знадоблюся".

"Круто!"

# **РОЗДІЛ** 6

-Зі наздоганяв машину, яка вже наближалася до Заандама. Він перевірив - Лія все ще спала на задньому сидінні. Але вона вже не бачила снів, тож він занепокоївся, що вона скоро прокинеться.

Його інвалідний візок змінив курс, прискорився і націлився на машину, а потім завис над нею. Фальшивий лікар, який був за кермом, помітив у боковому дзеркалі інвалідний візок, що їхав позаду них.

"Що це за дивний пристрій?" - запитав він. (Переклад: Що це за літаюча штуковина?"

Двоє бандитів повернули голови.

Один сказав: "Ik weet het niet, maar versnel het!" ( Переклад: Я не знаю, але давай швидше!".

Другий бандит засміявся, а потім дістав пістолет з dashboardkastje. (Переклад: бардачок.) Він перевірив, чи є набої. Закрив його і клацнув защіпкою.

Інвалідний візок Е-Зі з брязкотом приземлився на дах автомобіля.

Водій різко загальмував, від чого візок ковзнув вперед. Він ковзнув по лобовому склу вперед, а потім по капоту.

Е-Зі відірвався, завис і повернувся до них обличчям.

"Що за?" - закричав водій, втративши контроль над машиною, через що її занесло і вона пішла зигзагом.

І-Зі та інвалідний візок піднялися, даючи задній хід, і вхопилися за бампер автомобіля, що призвело до його повної зупинки.

Миттєво відчинилися пасажирські двері і пролунали постріли.

На задньому сидінні хропіла Лія.

Головорез з пістолетом викотився з дверей, а потім на колінах приготувався вистрілити в Е-Зі.

Хадз з'явилася з нізвідки і вибила пістолет з руки бандита. Потім вона зв'язала йому руки за спиною і ноги за спиною, як теляті на родео.

Другий бандит пішов прямо на Е-Зі, яка накинула на нього ласо своїм ременем. Бандит впав, тому він міг легко обмотати ремінь навколо його ніг.

Хлопець спробував зістрибнути, але далеко не втік. Тепер, коли його зупинили, вони взялися за лікаря, використовуючи механізм фіксації крісла. Лікаря спіймали і знерухомили.

Лія проспала все це, навіть коли Хадз витягнув її з машини і відніс у безпечне місце.

І-З поклав трьох чоловіків пліч-о-пліч на заднє сидіння машини.

"На кого ви працюєте?" - запитав він.

Хадз пролетіла повз: "Вони не розуміють англійської". Чоловікам вона переклала запитання Е-Зі. Після того, як фальшивий лікар відповів, Хадз переклала. "Він каже, що вони не знають, на кого працюють".

"Це смішно. Вони викрали дитину з лікарні. Запитайте їх, куди вони її везли? І як вони про неї дізналися?"

Хадз переклав. Фальшивий лікар знову відповів: "Нам сказали відвезти її в док, і там на неї хтось буде чекати. Це все, що ми знаємо".

Є-3 не повірив їм, але Хадз підтвердив, що вони дійсно говорять правду. "Що ви хочете з ними зробити?" - запитала вона.

"Ти можеш стерти їхні думки? І свідомість тих, з ким вони пов'язані? Ці троє - гвинтики в машині. Ми хочемо стерти свідомість людини в доках. Щоб усі забули про неї - назавжди".

"Зроблено", - сказала вона.

"Ого, а ти швидка!"

І-Зі та Хадз у кріслі повернулися до лікарні, саме тоді, коли Лія почала прокидатися. Вона поворушила головою, відчула, як вітер розвіває її волосся, і притулилася до грудей І-Зі. Вона відкрила праву долоню і подивилася на свого друга, хлопчика-ангела. Вона засміялася і міцно обійняла його. Коли вона помітила маленьку казкову істоту на плечі Ю-Зі, вона подивилася на неї очима долоньки.

"Ти така маленька і мила", - сказала вона.

"Мені дуже приємно", - відповів Хадз. "І дякую тобі".

Вони полетіли до лікарні.

"Тепер ти в безпеці", - сказав І-Зі.

"І ти більше не в тій штуці", - сказала Лія.

"Хадз допоміг мені вибратися", - сказав І-Зі, махаючи крилами.

"Звідки вони у тебе?" запитала Лія. "Можна мені трохи?"

І-З посміхнувся. Він не був упевнений, як багато він повинен їй розповісти. Він хвилювався, що скаже Еріель, якщо він розповість занадто багато. "Я отримав їх після смерті моїх батьків".

"Але чому?" - запитала маленька Лія.

"Я почав рятувати людей", - відповів І-Зі.

"Ти хочеш сказати, що я не перша людина, яку ти врятував?"

"Ні, не перша".

Хадз прочистила горло, що було сигналом для І-З припинити розмову.

Вони полетіли далі мовчки. Маленька дівчинка обіймала груди Е-Зі. Візок знав, куди йому треба їхати. Хадз знову відчував себе потрібним.

Е-Зі занурився у свої думки. Він задавався питанням, чи було головним випробуванням порятунок Лії. Чи врятування від кулі було завершенням завдання. Чи, можливо, він зробив два завдання одночасно? Скільки б це було тоді? Він мусив їх записувати, щоб відстежувати. Саме це він і робив у своєму щоденнику, але останнім часом у нього не було часу на записи.

"Я чую твої думки", - сказала Лія. Вона тримала обидві долоні відкритими. Вона спостерігала за І-Зі ззовні, слухаючи, про що він думає всередині. "Я хочу дізнатися більше про ці випробування. І я хочу знати, чому я можу бачити руками, а не очима. Як ти думаєш, цей Еріель дізнається?"

ПОП

Хадз не став чекати на відповідь.

"Лікарня внизу", - сказав І-Зі.

Крісло повільно опустилося, і вони зайшли до лікарні. І-Зі та крила крісла зникли. Він проштовхався коридором і знайшов палату Лії. Там на нього чекала мати.

"Арештуйте цього хлопця", - закричала мати Лії.

Ю-Зі був приголомшений. Чому вона хотіла, щоб його заарештували? Він щойно врятував її доньку.

"Але мамо", - почала Лія.

Увійшла поліція. Вони підійшли до Ю-Зі ззаду і закували його руки в наручники.

Перед тим, як вони їх закрили, Лія закричала. Потім вона розтулила долоні і витягнула їх перед собою. З очей її долонь вийшло сліпуче біле світло, яке змусило всіх у кімнаті, окрім неї та Е-Зі, зупинитися в часі. Маленька Лія зупинила час.

"Круто! Як ти це зробила?" вигукнув І-Зі, коли наручники з брязкотом впали на підлогу.

"Я, я не знаю. Я хотів захистити тебе. Врятувати тебе." Вона зупинилася, прислухалася. "Хтось іде, тобі треба забиратися звідси. Я відчуваю, що хтось іде, і ти маєш піти."

"Хтось?" перепитала І-Зі. "Ти знаєш, хто?"

"Не знаю. Все, що я знаю, це те, що хтось іде, і тобі потрібно йти - негайно".

"З тобою все буде гаразд? Вони тебе не скривдять?

"Зі мною все буде добре, вони прийшли за тобою, а не за мною. Забирайся звідси, негайно."

"Коли я тебе знову побачу?" запитав Е-Зі, розбиваючи вікно лікарні, вилітаючи назовні і чекаючи на її відповідь.

"Ти завжди будеш бачити мене, Ю-Зі. Ми пов'язані між собою. Ми друзі. Ти забирайся звідси, а я подбаю про все інше". Вона послала йому поцілунок.

Лія лягла в ліжко, натягнула ковдру до шиї і прикинулася, що міцно спить, перш ніж знову змусити світ рухатися.

"Що сталося?" - запитала її мати.

Все знову було добре. Лія лежала в ліжку неушкоджена.

Світ продовжував жити, як і раніше, а E-Z знову летів додому на крилах.

"Дякую, Хадз, що допомогла", - сказав І-Зі, хоча вона вже пішла. Якимось чином він знав, що де б вона не була, вона його чує.

# РОЗДІЛ 7

Коли E-Z летів небом, він зрозумів, що вмирає з голоду. Під ним був Біг-Бен. Він вирішив приземлитися і купити собі англійську рибу з чіпсами.

Коли крісло опускалося, він помітив білий фургон, що швидко рухався дорогою. Він рухався паралельно школі. Він побачив батьків у машинах і пішки, які чекали, щоб забрати своїх дітей.

Коли фургон повернув за ріг, він набрав швидкість.

Його інвалідний візок нахилився вперед і опинився позаду автомобіля. Наближаючись до школи, водіння ставало все більш необережним. З неї почали виходити діти.

Ю-Зі вхопився за задню частину фургона. Зібравши всі свої сили, він з вереском потягнув його до повної зупинки.

Водій натиснув на газ, намагаючись виїхати. Йому не пощастило. Вони не могли бачити, що або хто їх утримує.

І-З зламав замок на багажнику, заліз всередину і витягнув кабелі перемички. Крісло нахилилося вперед і приземлилося на дах автомобіля. Е-Зі використав перемички, щоб зв'язати двері кабіни. Водій не міг вибратися.

Звуки сирен наповнили повітря.

Е-Зі піднявся в повітря і, помітивши, що кілька людей знімають його на свої телефони, полетів все вище і вище.

У шлунку забурчало, і він згадав про рибу з картоплею. Не маючи британської валюти, він все одно не міг заплатити за них, тому попрямував додому.

Подумавши про те, що його дядько здивується, де він, він вирішив залишити повідомлення і почав його писати: "Я їду додому".

Клік.

"Де ти?" запитав дядько Сем. Це було зовсім не повідомлення.

"Я просто пролітаю над Британією. Приємний день для польотів, тобі не здається?"

"Що? Як?"

"Це довга історія, поясню, коли повернуся".

"Ти в літаку?"

"Ні, тільки я і моє крісло".

Внизу Е-Зі бачив, як люди фотографують його. Коли він помітив місцевий літак 747, що прямував до нього, він зрозумів, що потрапив у халепу. Не встиг він піднятися вище, як камери вже почали фотографувати його і, ймовірно, викладати в соціальні мережі.

"Вибач, Еріелю, - сказав він, піднімаючись вище. "Знаєте приказку, що будь-яка реклама - це хороша реклама? Так от..." І-3 розсміявся. Якщо Еріель міг бачити його щодня і щогодини, то навіщо йому було кликати його на допомогу? Щось тут не зовсім сходилося. Не я, а архангели хотіли, щоб він завершив випробування.

Його пройняв холодок, коли небо змінилося, коли чорні хмари закрутилися і запульсували навколо нього. Він летів далі, намагаючись прискорити темп, але тут почалися блискавки, і йому потрібно було ухилятися від них. Тоді він згадав про літак. Він побачив, що літак здійснив успішну посадку і люди не постраждали. Він продовжив рух у напрямку до дому.

Після бурі з'явилися зірки. Його крісло продовжувало махати крилами, поки Ю-Зі дрімав.

"І-ЗІ?" промовила Лія в його голові. "Ти тут?"

Він смикнувся, забув, що сидить у кріслі, і випав з нього. Він почав падати, але крила підхопили його, і незабаром він знову опинився в кріслі.

"Все гаразд, малий?" - запитав він.

"Так. Вони думають, що це був сон, що я розмовляла з тобою. Малював твої малюнки. Мама знає правду, але не хоче визнати її."

"О, це тебе турбує?"

"Ні. Мої сили зростають. Я відчуваю їх і знаю, що щось наближається. Щось, у чому тобі знадобиться моя допомога. Я скоро поїду додому. Я запитаю маму, чи можемо ми приїхати до тебе в гості. Скоро."

"Що? Може, твоїй мамі варто подзвонити моєму дядькові Сему, і вони зможуть поговорити?"

"Так, це розумна ідея. Мама бачила фотографії і зустрічалася з тобою, але не пам'ятає. Це схоже на те, що її свідомість прочистили або її спогади про тебе сплять".

"Ти впевнена, що це правильно?"

"Впевнена. Я маю бути там, де ти. Я маю допомогти тобі."

В голові Ю.-З. потемніло. Лії більше не було.

Підліток думав про Лію, про те, як вона приїхала до Північної Америки. Так, вона була маленькою дівчинкою, так, вона бачила руками, але як вона могла йому допомогти? Вона допомогла йому втекти, але він був збентежений її участю. Він не хотів наражати її на небезпеку. Він знову покликав Еріеля. Він викликав пісню, але нічого не відбулося.

Він подивився на краєвид. Він був майже вдома. Слава Богу, що його крісло було модифіковане, і він міг їхати дуже швидко!

# РОЗДІЛ 8

Прямо перед собою І-Зі побачив берег. Він зітхнув з полегшенням, аж поки не помітив великого птаха, що прямував прямо до нього. Коли він наблизився, він зрозумів, що це був лебідь. Але не звичайний лебідь. Він був величезним, як і розмах його крил, який він оцінив у понад сто п'ятдесят сантиметрів. Це був той самий лебідь, який розмовляв з ним раніше. І не тільки це, але він також помітив яскраве червоне світло, що мерехтіло на плечі птаха.

Лебідь відхилився, а потім важко приземлився йому на плечі. Він потрапив у потяг.

"Ну, привіт", - сказав І-Зі, дивлячись на прекрасне створіння, що врівноважувалося.

"Ху-ху", - відповів лебідь. Потім він похитав головою, відкрив дзьоба і сказав: "Привіт, Ю-Зі".

"Гадаю, я повинен тобі подякувати", - сказав він.

"О, будь ласка. Сподіваюся, ти не проти, що я тебе підвіз, - сказав лебідь, розпушивши пір'я. - Нічого страшного.

"Без проблем", - відповів І-Зі.

"Це моя наставниця Аріель", - сказав лебідь.

УПС!

На місці червоного світла з'явився ангел.

"Привіт", - сказала вона, сідаючи Ю.-З. на коліно.

"Приємно познайомитися", - сказав він.

"Чим можу бути корисним?" - запитав він.

"Я сподіваюся, що ви з моїм другом лебедем зможете стати партнерами.

"Яким чином?" - запитав він.

"Мій протеже пройшов через багато чого. Він може розповісти тобі про деталі, коли буде готовий, але зараз мені потрібно, щоб ти допоміг йому, дозволивши йому допомогти тобі з випробуваннями. Тобі не завадить допомога, так?"

"Наскільки я розумію, - сказав він, звертаючись до Аріеля. Потім до лебедя: "Нічого не маю проти тебе, друже". Тепер до Аріеля: "Ніхто не може допомогти мені в моїх випробуваннях. Це прийшло безпосередньо від Еріеля та Офаніеля".

"Я все з ними обговорив. Отже, якщо це твоє єдине заперечення, - вона зробила паузу, - то

ВУУП!

і вона зникла.

Після цього І-Зі та лебідь продовжили свій шлях через Атлантичний океан до Північної Америки. Він завжди мріяв побачити Великий Каньйон. Йому доведеться побачити його іншим разом. Лебідь захропів і притулився до шиї Ю-Зі.

Ю-Зі сягнув рукою до кишені і витягнув телефон. Він зробив селфі з лебедем. Він тримав телефон у руці, плануючи записати лебедя, коли той заговорить наступного разу. Йому потрібен був доказ того, що він не божеволіє.

Через деякий час І-Зі націлився на його будинок. Був шкільний день, але він був надто втомлений, щоб йти до школи. Коли крісло почало опускатися, лебідь прокинувся. "Ми вже прилетіли?"

"Так, ми біля мого будинку", - відповів І-Зі, натискаючи кнопку запису на телефоні. "Хочеш, щоб я тебе десь висадив?

"Ні, дякую. Я залишуся з тобою", - сказав лебідь, витягнувши шию, щоб поглянути на будинок, в якому він зупиниться. "Нам з тобою треба поговорити".

І-З натиснув кнопку відтворення, але це було мертве повітря. Лебідь не міг бути записаний. Дивно.

Вони приземлилися біля вхідних дверей. І-Зі вставив ключ у замок, але не встиг його відкрити, як там з'явився дядько Сем. Він міцно обійняв племінника і сказав: "Ласкаво просимо додому". Він почухав підборіддя і трохи занепокоївся, коли побачив супутника Ю-Зі, надзвичайно великого лебедя.

"Радий повернутися", - сказав Ю-Зі, пробираючись всередину.

Лебідь пішов за ним, перебираючи перетинчастими лапами.

"А хто твій пернатий друг?" запитав дядько Сем.

Ю-Зі зрозумів, що навіть не знає імені лебедя.

Лебідь відповів: "Альфред, мене звуть Альфред".

І-З зробив формальне представлення.

Потім лебідь попрямував коридором до кімнати Ю-Зі і злетів на його ліжко, щоб подрімати на заслуженому відпочинку.

Ю-Зі пішов на кухню з дядьком Семом на колесах.

"Що цей лебідь тут робить?" Він зупинився, дістав з холодильника молоко. Налив племіннику повну склянку. "Він не може тут залишатися. Треба покласти його у ванну. Якщо поміститься. Це найбільший лебідь, якого я коли-небудь бачив.  Де ти його знайшов і навіщо приніс сюди?"

Ю-Зі ковтнув молоко. Він витер молочні вуса. "Я не знайшов його, він знайшов мене. І воно вміє розмовляти. Він був там, коли я врятував ту маленьку дівчинку і коли я врятував той літак. Він каже, що нам треба поговорити".

Дядько Сем нічого не відповів і пішов коридором. І-Зі йшов слідом за ним, не розмовляючи.

"Говори!" зажадав дядько Сем.

Лебідь Альфред розплющив очі, позіхнув, а потім знову заснув, не видавши жодного звуку.

"Я сказав, говори", - сказав дядько Сем, пробуючи ще раз.

Лебідь Альфред відкрив дзьоба і пирхнув.

"Усе гаразд, Альфреде, - сказав І-Зі. "Це мій дядько Сем.

"Він мене не розуміє. І я не думаю, що він коли-небудь зможе. Я тут для тебе і тільки для тебе", - сказав лебідь Альфред. Він пирхнув, потім загорнувся в ковдру і знову поринув у сон.

Дядько Сем дивився на нього, а лебідь не спав і пильно дивився на І-З.

Вони з дядьком Семом зачинили за собою двері і повернулися на кухню, щоб поговорити.

Ю-Зі так втомився, що ледве тримав очі відкритими.

"Це не може почекати до ранку?" - запитав він.

Сем похитав головою.

"Гаразд, почнемо. Спочатку я відбив бейсбольний м'яч за межами парку. І я бігав або катався навколо баз. Потім я опинився в пастці всередині кулеподібного контейнера, з якого не було виходу. Потім я зміг поговорити з маленькою дівчинкою в Нідерландах. Я поїхала туди, щоб врятувати її. Її звуть Лія, до речі, її мама вам зараз зателефонує. У Лондоні, в Англії, я зупинив машину, яка наїхала на дітей. Потім я зустрів лебедя-трубача Альфреда. А тепер, коли ти вже в курсі подій, можна я піду спати?"

"А що я маю сказати, коли вона подзвонить?" запитав Сем. "Ми навіть не знаємо цих людей, але ми повинні дозволити їм залишитися тут, у будинку, з нами. З нами і лебедем Альфредом?"

"Так, будь ласка, погоджуйся. У нас є план, і я ще не знаю всіх деталей. Лія має здібності, у неї очі в долонях, вона може читати мої думки і зупиняти час. Лебідь Альфред теж має здібності, він може читати мої думки і розмовляти. Я думаю, що ми троє якимось чином пов'язані, можливо, через випробування. Я не знаю. Що завгодно може статися, коли Еріель шпигує за мною 24 години на добу", - сказав І-Зі.

Йдучи коридором, вони почули шльопання лебединих лапок, коли він човгав по коридору. "Я надто голодний, щоб спати", - сказав лебідь Альфред.

"Що ти їси?

"Кукурудза - це добре, або ти можеш випустити мене на задній двір, і я знайду собі травичку".

"А у нас є кукурудза?" запитав Ю-Зі.

"Тільки заморожена", - відповів дядько Сем. "Але я можу покласти зерна в теплу воду, і вони будуть готові за мить".

"Передай йому подяку", - сказав лебідь Альфред. "Це дуже люб'язно з його боку".

Дядько Сем поклав кукурудзу на тарілку, і Альфред з'їв усе, що йому запропонували. Але він все ще був голодний, і йому потрібно було спорожнити сечовий міхур, тому він попросився на вулицю. Поки він був надворі, він сидів на галявині.

Ю-Зі та дядько Сем кілька секунд спостерігали за лебедем.

"Сподіваюся, сусідська чихуахуа не заскочить до нас у гості", - сказав дядько Сем. "Цей лебідь такий великий, що налякає його до смерті".

І-3 розсміявся. "Уяви, що б він зробив, якби собака розумів його так, як я?"

Лебідь Альфред відчув себе як вдома. Він був упевнений, що буде тут щасливий.

# РОЗДІЛ 9

Пізніше лебідь Альфред попросив поговорити з Є-3 наодинці.

"Тут ти можеш говорити все, що завгодно", - сказав І-Зі. "Дядько Сем тебе не розуміє, пам'ятаєш?"

"Так, я знаю. Але це питання манер. Не можна розмовляти з людиною в присутності іншої людини, особливо в гостях у чужому домі. Це було б, ну, досить неввічливо. Насправді, дуже грубо".

Є-3 тільки тепер зрозумів, що лебідь Альфред говорив з британським акцентом.

"Вибачте, я можу піти?" запитав Ю-Зі.

Дядько Сем кивнув, і Ю-Зі пішов до своєї кімнати, а лебідь Альфред пішов слідом за ним.

"Гаразд, - сказав І-Зі. "Розкажи мені, чому Аріель послала тебе сюди і що саме ти маєш намір зробити, щоб допомогти мені?"

Коли Ю-Зі опинився у своєму ліжку, лебідь закружляв навколо нього, вминаючись у ковдру, намагаючись влаштуватися зручніше.

"Можеш спати внизу ліжка", - сказав І-Зі, кидаючи туди подушку.

"Дякую", - відповів лебідь Альфред. Він заліз на подушку і збивав її своїми перетинчастими лапками, поки вона не стала зручною. Потім присів навпочіпки.

"А тепер почнемо", - сказав Альфред.

Ю-Зі, тепер уже в піжамі, слухав, як Альфред розповідав свою історію.

"Колись я був чоловіком".

Ю-Зі затамував подих.

"Краще не перебивай, поки я не закінчу", - вилаявся лебідь. "Інакше моя історія буде продовжуватися і продовжуватися, і ніхто з нас не зможе заснути".

"Вибач", - сказав Ю-Зі.

Лебідь продовжив. "Я жив зі своєю дружиною і двома дітьми. Ми були неймовірно щасливі, поки не налетів буревій, який зніс наш будинок і вбив їх усіх. Я вижив, але без них не хотів. Тоді до мене з'явився ангел, Аріель, з якою ви вже зустрічалися, і вона сказала мені, що я зможу побачити їх усіх знову, якщо погоджуся допомагати іншим. Мені подобається допомагати іншим, і це дало б мені мету. Крім того, у мене не було іншого виходу, і я погодився".

"У вас є випробування?" запитав Е-Зі. Він помилково вважав, що розповідь Альфреда завершилася.

"Моя історія ще не закінчилася", - відповів лебідь Альфред досить сердито. І продовжив. "Ось у чому суть моєї історії. У мене немає випробувань, тому що я не ангел, який навчається. Мої крила не схожі на твої. Я лебідь, хоча й більший за звичайного лебедя. Моя порода називається Cygnus Falconeri, яка також відома як гігантський лебідь. Мій вид вимер дуже давно. Моє призначення було невизначеним. Я застряг посередині, дрейфуючи в часі, бо припустився помилки. Але зараз я не хочу про це говорити. Коли я побачив, як ви врятували ту маленьку дівчинку, я подзвонив Аріель і запитав, чи можу я працювати з вами. Вона насварила мене за те, що я втік, і мене відправили назад у "між". Я знову втік звідти і допоміг вам з літаком, і Аріель попросила Офаніеля дати мені ще один шанс. Тепер у мене є мета - допомогти вам".

"І Офаніель погодився? А як же Еріель?"

"Спочатку вони не погодилися. Тому що Хадз і Рейкі донесли на мене за те, що я допомогла тобі, викликавши моїх друзів-птахів. Коли я почула, що їх відправили на рудники, і вони знову втекли, Аріель висунула мою кандидатуру, і Офаніель погодився. Я не знаю про Еріеля. Він твій наставник?"

"Так, він замінив Хадза і Рейкі. Вони то з'являлися, то зникали, а він каже, що завжди бачить, де я і що я роблю".

"Це звучить як перебір. Тим не менш, я хотів би зустрітися з ним одного дня. А поки що ми - команда. Я можу допомогти тобі, щоб одного дня я теж знову був зі своєю сім'єю. Тож, куди ти, І-Зі, туди і я".

Ю-Зі поклав голову на подушку і заплющив очі. Він був вдячний за будь-яку допомогу. Адже лебідь допоміг йому в минулому з літаком.

"Я не буду тобі заважати", - сказав лебідь Альфред. "Я знаю, ти думаєш, що ми нелогічна пара, а коли прилетить Лія, ми станемо ще більш нелогічним тріо, але..."

"Зачекай", - сказав І-Зі. "Ти знаєш про Лію? Звідки?"

"О так, я знаю все про тебе, і я знаю все про неї, і я також знаю більше. Що ми троє пов'язані між собою. Нам судилося працювати разом". Він витягнув щелепи, ніби намагаючись позіхнути. "Я надто втомився, щоб говорити сьогодні." Невдовзі лебідь Альфред вже хропів.

І-З перебрав у пам'яті все, що він знав про лебедів. А це було небагато. Вранці він збирався провести деякі дослідження про вид Альфреда.

Йому було цікаво, як Пі-Джей і Арден ставитимуться до Альфреда. А може, не варто було їх знайомити? Альфред може бути таємницею.

Він збивав подушку кулаками і готувався до сну.

Це розбудило Альфреда, і він розсердився.

"Це обов'язково?" - запитав Альфред. запитав Альфред.

"Вибач", - відповів Ю-Зі.

# РОЗДІЛ 10

Наступного ранку Ю-Зі прокинувся від того, що дядько Сем грюкав у його двері. "Прокидайся, Ю-Зі! Пі-Джей і Арден вже їдуть, щоб відвезти тебе до школи".

Ю-Зі позіхнув і потягнувся. Він одягнувся, а потім маневрено сів у крісло. Оскільки Альфред ще спав, він вислизав і зустрічався з ним після школи.

"Ти нікуди не можеш без мене піти!" казав Альфред. Він трусив пір'ям, а потім зістрибнув на підлогу.

"Ти не можеш піти зі мною до школи. Тварин туди не пускають."

"І-З, давай, хлопче!" крикнув дядько Сем з кухні. "Інакше пропустиш сніданок".

У шлунку Ю-Зі забурчало, коли в його бік понісся запах тостів. "Іду!"

Не маючи часу на суперечки, Ю-Зі відчинив двері. Він зайшов на кухню якраз тоді, коли з'явилися Арден і Пі-Джей. Сигнал ззовні сповістив його, що вони вже там.

"Гаразд, гаразд!" вигукнув Ю-Зі, хапаючи шматок тосту. Він попрямував коридором, а його новий павутиноногий компаньйон тягнувся позаду нього.

Пі-Джей вийшов з машини, щоб допомогти І-Зі сісти, і закріпив його інвалідний візок у багажнику. Коли він закривав багажник, то помітив Альфреда, який намагався залізти в машину.

"Ця тварюка не може залізти в машину", - вигукнув Пі-Джей.

Арден опустив вікно.

"Що це в біса таке? Я що, пропустив повідомлення про те, що у нас сьогодні "Покажи і розкажи"?" Він хихикнув.

"Це що, лебідь?" запитала мати місіс Хендл Пі-Джей.

"Чи ця істота - президент твого фан-клубу?" запитав PJ з посмішкою.

Опинившись у машині, E-Z відповів. "Ми вже застарі для показухи", - засміявся він. "Лебідь - це мій проект. Експеримент, як собака-поводир для сліпого. Він мій супутник в інвалідному візку". Він пристебнув Альфреда ременем безпеки.

Пі-Джей сів спереду, поруч з матір'ю.

Лебідь Альфред сказав: "Ти не збираєшся мене представити?"

Місіс Хендл вивела машину, і вони поїхали до школи.

"Альфреде, - І-Зі глянув на друзів, - познайомся з місіс Гендл. І два моїх найкращих друга - Пі-Джей і Арден. Знайомтеся, це Альфред, лебідь-трубач". І-Зі схрестив руки.

Альфред сказав: "Ху-ху". До Е-Зі він сказав: "Я неймовірно радий познайомитися з тобою. Ти можеш перекласти для мене".

"Звідки ти знаєш його ім'я?" запитав PJ.

"Ти ж не перетворюєшся на того, як там його звали, хлопця, що вміє розмовляти з тваринами, правда, Ю-Зі? Будь ласка, скажи мені, що ні. Хоча, це може стати справжньою дійною коровою. Ми могли б продавати твій талант. Ставити запитання і публікувати відповіді на нашому власному каналі на YouTube. Назвемо його "І-Зі Діккенс - заклинатель лебедів".

"Чудова ідея!" сказав Пі-Джей, коли його мати зупинилася на пішохідному переході. "Якби це було кілька років тому, ми б, напевно, заробили мільйони на YouTube. Зараз заробити там гроші досить складно. Вони справді притиснули нас до землі".

"Не будьте грубим, - сказала місіс Гендл, коли вона їхала далі.

"Він має на увазі доктора Долітла", - запропонував Альфред. "Це була серія романів з дванадцяти книг, написана Г'ю Лофтінг. Перша книга була опублікована в 1920 році, а за нею вийшли інші, аж до 1952 року. Г'ю Лофтінг помер у 1947 році. Він також був британцем. Він народився і виріс у Беркширі".

"Я знаю, кого вони мають на увазі", - сказав І-Зі Альфреду. "І ні, я не знаю".

Арден сказав: "Сподіваюся, твій лебідь-компаньйон не вкраде у нас сьогодні всіх дівчат. Ти ж знаєш, як дівчатка люблять пернатих".

Місіс Гендл прочистила горло.

"Свого часу я був справжнім вбивцею жінок", - сказав Альфред, після чого вигукнув ще одне "Ху-ху!", яке він спрямував на Пі-Джея та Ардена.

PJ сказав: "Твій супутник лебідь дійсно мене смішить".

Арден запитав: "Який фільм про птахів отримав "Оскар"?"

Пі Джей відповів: "Володар крил".

Арден запитав: "Куди птахи інвестують свої гроші?"

Пі Джей відповів: "На лелечому ринку!"

"Твоїх друзів легко розвеселити", - сказав Альфред. "Вони два дурники, зліплені з одного тіста. Я розумію, чому вони тобі подобаються. Мені подобається місіс Гендл. Вона тиха і чудовий водій".

І-3 розсміявся.

"Радий, що тобі подобається ранковий гумор", - сказав Пі-Джей.

"Не дуже", - відповів Альфред. "До того ж, ви двоє - справжні придурки".

Арден і Пі-Джей зробили подвійний дубль.

І-Зі також зробив подвійний дубль на їхніх дублях. "Що?"

"Ви що, не чули?" - відповіли вони в унісон. "Лебідь може говорити - і з британським акцентом. О Боже, дівчаткам він дуже сподобається".

Місіс Гендл похитала головою. "Не вдавайте з себе дурних жебраків!"

І-3 подивився на лебедя Альфреда, який здавався розгубленим.

Альфред спробував свій власний жарт, щоб побачити, чи зможуть вони його зрозуміти. "Чому колібрі гудуть?" - запитав він.

Троє хлопчиків переглянулися, і стало зрозуміло, що і Арден, і Пі-Джей тепер його розуміють.

Альфред сказав кульмінаційну фразу: "Тому що вони не знають слів, звичайно".

Пі-Джей і Арден начебто розсміялися, але здебільшого вони були налякані.

"Як так сталося, що вони тепер і тебе розуміють?" запитав Ю-Зі. "Спочатку не могли, а тепер можуть. Ти ж казав, що це тільки я. А чому дядько Сем не міг тебе зрозуміти?"

Тепер, коли вони могли зрозуміти його, Альфред відчув сором. Він прошепотів І-Зі: "Чесно кажучи, я не знаю. Хіба що те, заради чого я тут, має якесь відношення до них".

"І не включає дядька Сема? Або місіс Хендл?"

"Мабуть, ні", - відповів Альфред.

"А де ти знайшов цього лебедя, що розмовляє?" запитав Арден.

"І навіщо ти приніс його до школи?" запитав PJ.

Місіс Гендл надулася. "Ви всі дуже дурні. І-З каже, що він лебідь-компаньйон. Він не вміє розмовляти".

"По-перше, він не просто лебідь, він Cygnus Falconeri. Також відомий як гігантський лебідь, вид, який вимер вже багато століть тому".

"Я не бачив багато лебедів у реальному житті, - сказав Арден.  "Ті, яких я бачив на каналі про природу, не здавалися такими великими, як він. У нього величезні ноги! А що станеться, якщо він захоче, ну, знаєте, в туалет?"

"У середньому гігантський лебідь має довжину від носа до хвоста 190-210 сантиметрів, - запропонував Альфред. "А якщо так, то я скористаюся травою - на спортивному майданчику має бути достатньо місця, щоб поїсти і зробити свої справи, якщо і коли це буде потрібно".

"Ти маєш на увазі, що ти їси траву, а потім ходиш по траві?" запитав Пі-Джей.

"Фу!" сказав Арден.

Вони були вже дуже близько до школи, тож І-З пояснив. "Я не можу розповісти тобі подробиць, бо я їх не знаю. Все, що я знаю напевно, це те, що Альфред тут, щоб допомогти мені, і ти будеш часто його бачити".

"Я не думаю, що його пустять до школи, - сказав Арден.

"Це не буде проблемою, адже я твій компаньйон", - сказав Альфред.

Пі-Джей, Арден і Альфред сміялися, коли машина зупинилася біля школи.

"Подзвони мені, якщо захочеш, щоб я забрала тебе після школи", - сказала місіс Хендл.

"Дякую", - відповів той.

Після того, як крісло І-Зі дістали з багажника, місіс Хендл від'їхала від бордюру.

Друзі допомогли йому сісти в нього, а Альфред підлетів і сів на плече. Вони попрямували до входу в школу, де директор Пірсон запрошував учнів до зали.

"Доброго ранку, хлопці", - сказав він з широкою посмішкою на обличчі. Аж поки не помітив лебедя Альфреда. "Що це таке?" - запитав він.

"Це лебідь-компаньйон", - відповів І-Зі.

"Якщо бути точним, то соколине соколине господарство", - сказав Арден.

"Він з нами", - сказав PJ.

Директор Пірсон схрестив руки. "Ця штука, цей Цигнус, як його там, сюди не зайде!"

Альфред сказав: "Все гаразд, І-З. Не будемо влаштовувати сцен. Я буду тут, коли закінчаться твої заняття. Побачимося пізніше". Альфред злетів і приземлився на даху будівлі. Він насолодився краєвидом, перш ніж полетіти вниз, на футбольне поле. Там було багато трави, яку можна було жувати. Коли він наїдався, то знаходив тінисте місце під деревом і дрімав.

Директор Пірсон похитав головою, а потім притримав двері для І-Зі та його друзів. Усередині пролунав п'ятихвилинний дзвінок.

Цей навчальний день пройшов для Ю-Зі та його друзів без особливих подій.

Від Еріеля досі не було жодної звістки про нові випробування.

# РОЗДІЛ 11

Альфред пристосувався до нового життя. Діти в школі познайомилися з ним - хоча тільки Ю-Зі та його друзі знали, що він вміє говорити.

Того дня біля школи Альфред чекав на Ю-Зі і запитав: "Ми можемо поговорити?".

Ю-Зі озирнувся; він все ще не хотів, щоб інші учні підслухали його розмову з лебедем. Він прошепотів: "А це не може почекати, поки ми не повернемося додому?"

"О, я розумію", - сказав Альфред. "Ти все ще соромишся, коли ми розмовляємо. Це зрозуміло, але діти мене тут люблять. Вони шикуються в чергу, щоб погладити мене, погодувати. Крім того, хіба дядько Сем не повернеться додому? Мені треба поговорити з тобою наодинці".

"Оскільки він все одно тебе не розуміє, ти розмовляєш зі мною наодинці, навіть коли ми вдома".

"Але це питання викликає певне занепокоєння, і воно досить чутливе до часу", - сказав Альфред.

Пі-Джей зупинився біля них на узбіччі. Арден запитав, чи не підвезти їх додому.

"Хлопці. Вибачте, але сьогодні я піду додому з Альфредом пішки. Він має повідомити мені життєво важливу інформацію".

Пі Джей і Арден похитали головами. Арден сказав: "Ми очікували, що одного дня нам перекинуть дівчину, а не пташку". Він хихикнув.

"А як же гра?" запитав Арден.

"Сьогодні - це сьогодні, а гра буде тільки завтра. Вибачте, хлопці." І-З прискорив крок. Машина поповзла поруч із ним, а потім зі скрипом шин помчала геть.

"Бовдури", - сказав Альфред.

"Вони хочуть як краще. Що тут такого важливого?"

"Ти щось чув від Лії останнім часом? Я хвилююся за неї." Альфред пошкутильгав поруч з І-З, на ходу зриваючи голівку з кульбаби.

"Чому ти хвилюєшся? Відсутність новин - це хороша новина, чи не так?"

"Ну, взагалі-то, я отримав від неї звістку, і там стався, ну, загадковий новий розвиток подій".

І-З зупинився. "Розкажи мені більше."

"Продовжуй йти", - сказав Альфред, відриваючи голівку від маргаритки. "Лія з матір'ю вже на шляху сюди. Вони повинні прибути десь завтра."

"Що за великий поспіх? Я маю на увазі, так, це несподіванка. Ми знали, що вони приїдуть - можливо, скоро. Що тут дивного?"

"Це не те, що дивує."

"Перестань тягнути час і виказуй!"

"Лії вже не сім років, а десять."

"Що? Це неможливо."

"Думаєш, вона б збрехала?"

"Ні, я не думаю, що вона збрехала б, але це не має жодного сенсу. Люди не виростають з семи до десяти років за кілька тижнів".

"Вона сказала, що пішла спати. Наступного ранку вона зайшла на кухню поснідати, а її няня почала кричати. Так вона дізналася, що за ніч постаріла на три роки".

"Ого!" вигукнув І-Зі.

"І це ще не все."

"Більше. Я не можу уявити собі нічого більшого."

"Вона змогла переконати свою матір, що їй не потрібно залишатися тут на весь візит. Вона зайнята ділова жінка. Треба було досить багато переконувати. Лія сказала, що їй буде краще, враховуючи досвід Сема з вами і судовими процесами. Її мати погодилася, але за певних умов".

"Яких?"

"Що їй подобається дядько Сем.

"Усім подобається дядько Сем."

"А ще, щоб ви пояснили їй, як її донька могла так постаріти за одну ніч".

"І як саме я маю це зробити?"

"Чесно кажучи, - сказав Альфред, - я й гадки не маю. Саме тому я хотів поговорити з тобою наодинці. Дядько Сем знає, що Лія приїжджає, так?"

І-Зі кивнув: "Думаю, так, якщо вони вже в дорозі".

"Але він очікує на семирічну дівчинку, коли на його порозі з'явиться десятирічна.

І-Зі знову зупинився. Дядько Сем. Він навіть не думав про те, що дядькові Сему доведеться мати справу з десятирічною дівчинкою. "Я не впевнений, що коли-небудь говорив йому про вік Лії. Може, і не говорив, і ми даремно хвилюємося".

Альфред продовжував. "Я чув, що люди швидко старіють. Є така хвороба, яка називається прогерія. Це генетичне захворювання, досить рідкісне і досить смертельне. Більшість дітей не доживають до тринадцяти років, а Лії вже десять, тож ми повинні з цим розібратися".

"Як називається те, що ви сказали?"

"Прогерія."

"Так, прогерія, як вона передається?" запитав Е-Зі.

"Наскільки я розумію, це відбувається протягом перших кількох років. І діти, як правило, спотворені".

"Лія понівечена через скло, а не через хворобу. Це можна вилікувати?"

"Ніяких ліків. Але є ще дещо. Це якось пов'язано з очима в її руках. Вони нові, і хвороба нова. Занадто багато збігів, тобі не здається?"

Ю-Зі обміркував це і вирішив, що Альфред мав рацію. Це був занадто великий збіг. Але що він збирався з цим робити? Зателефонувати Еріелю? "Ти знаєш Еріеля?"

Альфред сповільнив крок, і Ю.-З. теж. Вони були майже вдома, і їм потрібно було обговорити все до зустрічі з дядьком Семом. "Так, я чув про нього. Але, як ти знаєш, Еріель не мій ангел. Ви зустрічалися з моєю наставницею Еріель, а вона - ангел природи, тому я і перебуваю в стані рідкісного лебедя. Можливо, вона зможе допомогти, але для цього треба дочекатися її наступної появи".

"Ти маєш на увазі, що не можеш її викликати?"

Альфред кивнув. "А ти можеш викликати Еріель за власним бажанням?

І-З розсміявся. "Не зовсім за бажанням, але він доступний. Хоча, він сам знаєш, що не любить, коли його кличуть або викликають". Ю-Зі замислився, і Альфред теж. Їхній будинок вже було видно, і дядько Сем був удома, оскільки його машина стояла на під'їзній доріжці. "Думаю, нам варто зачекати і подивитися, що станеться з Лією".

"Згоден", - сказав Альфред, зійшовши зі стежки, висмикнув із землі травинку і пожував її. І-З спостерігав за ним. "Я вважаю за краще не їсти занадто багато трави, я маю на увазі газонну траву. Це те, що я їм цілими днями, коли ти в школі - окрім кількох квіточок, які я можу знайти. Зараз мені хочеться з'їсти щось мокре, що росте під водою. Вони свіжіші та соковитіші".

"Я повністю це розумію", - сказав І-Зі. "Я люблю їсти салат, коли він свіжий і хрусткий. Мені не дуже подобається, коли він продається в пакетах, і єдиний спосіб його з'їсти - це вмочити його в салатну заправку".

"Я сумую за людською їжею".

"За чим ти сумуєш найбільше?"

"Без сумніву, за чізбургерами та картоплею фрі. О, і кетчупу. Як я любив цей густий, червоний липкий соус, який мастив усе навколо".

"Може, на траві було б не так погано?" Ю-Зі розсміявся, але Альфред замислився.

"Я б не відмовився спробувати."

"Давай запишемо це в твій список бажань", - сказав І-Зі.

"А що таке список бажань?" запитав Альфред.

# РОЗДІЛ 12

E-Z замислився над запитанням Альфреда. Альфред не знав, що таке bucket list... а ця фраза була вигадана у 2007 році. В однойменному фільмі Ніколсона і Фрімена. Він пояснив, не вдаючись у подробиці.

"Це дійсно цікава ідея, - сказав Альфред, розпушуючи пір'я. - Але в чому сенс? "Але який сенс вести список бажань? Ти ж не забудеш нічого з того, що справді хочеш зробити?"

"Знаєш, Альфреде, я точно не знаю. Гадаю, це може бути пов'язано з віком. Старієш і втрачаєш пам'ять."

"Має сенс."

Вони продовжили свою подорож і повернулися додому. Коли І-Зі виїхав на пандус, Альфред застрибнув на нього. Лебідь змахнув крилами, щоб допомогти з висхідним імпульсом. Нагорі, коли Е-Зі відчинив двері, вони почули незнайомий голос.

"О ні, вони вже тут!" сказав Альфред.

"Ти міг би попередити мене!" відповів Ю-Зі, вішаючи свою сумку на гачок на шляху до вітальні.

"Звичайно, я б попередив, якби знав!"

Лія стояла. Десятирічна Лія виглядала напрочуд інакше, доки не підняла свої відкриті долоні. Вона заверещала, коли побачила Е-Зі, підбігла до нього і міцно обійняла. Потім вона обійняла Альфреда і сказала, що неймовірно щаслива, що нарешті з ним познайомилася.

Мама Лії, Саманта, теж стояла і дивилася, як її донька обіймає хлопчика, який врятував їй життя. Ангел/хлопчик в інвалідному візку. Її донька згадувала про Альфреда, але не про те, що він був велетенським лебедем.

Дядько Сем підвівся і сказав: "О, ти вдома". Він наблизився до племінника. Потім незграбно запропонував їм пройти на кухню. Підкріпитися.

"Нам і так добре", - сказала Саманта.

Сем наполягав, щоб вони все одно пішли на кухню.

"Е-е, - заїкнувся І-Зі. "Я хотів би випити.

Сем зітхнув.

"Не турбуйся про нас", - сказала Саманта.

"Це зовсім не проблема", - сказав Сем, штовхаючи стілець І-Зі до виходу з вітальні.

"Ліє, ти дуже красива", - сказав Альфред, схиливши голову, щоб вона могла його погладити.

"Дякую", - почервоніла Лія. Коли вони виходили з кімнати, вона подивилася в бік І-Зі, але він не помітив, бо був зосереджений на дядькові.

Коли вони опинилися на кухні, Сем припаркував племінника. Він відкрив холодильник і знову закрив його. Потім підійшов до шафи, відчинив дверцята і знову зачинив.

"Що сталося?" запитав І-Зі.

"Я не чекав їх так швидко, та й взагалі, що люди з Нідерландів їдять і п'ють? Не думаю, що у мене вдома є щось підходяще. Може, мені варто піти і купити щось?"

"Вони такі ж люди, як і ми, я впевнений, що вони спробують все, що у вас є. Не думай про це занадто багато."

"Допоможи мені, дитино. Що нам подати? Сир і крекери? Щось гаряче, бутерброди з сиром на грилі? У нас є вода, сік і безалкогольні напої."

"Гаразд, давай поки що зробимо сир і крекери. Подивимося, що з цього вийде. І тацю з різноманітними напоями".

Сем зітхнув і поставив усе це на тацю. "О, серветки!" - сказав він, дістаючи з шухляди цілу пачку.

"Все готово?" запитав І-Зі.

"Дякую, малий", - відповів Сем, підхопивши тацю з їжею та напоями. Він попрямував до вітальні, а племінник пішов слідом за ним. Сем поставив усе на стіл, потім підхопився і сказав: "Тарілки!" - і вийшов з кімнати, незабаром повернувшись зі згаданими предметами.

Відпиваючи свій напій, І-Зі подивився в бік Лії. Він все ще бачив у ній маленьку дівчинку, хоча вона вже не була нею. Її волосся було довшим.

Мама Лії виглядала ще більш незручно, ніж дядько Сем. Вона вовтузилася з крекером, але не кусала його. Вона пересувала склянку з напоєм вперед-назад, але не пила з неї. Час від часу вона поглядала в бік дядька Сема, але недовго. Потім дуже голосно зітхнула і повернулася до своєї їжі.

"Як долетіла?" запитав І-Зі.

"Легше легкого в порівнянні з тим, як я летіла з тобою", - відповіла Лія. Вона розсміялася, і безалкогольний напій мало не полився з її носа. Незабаром вони всі сміялися і відчували себе більш невимушено.

Альфред вільно розмовляв, знаючи, що тільки Лія та І-З можуть його зрозуміти. "Тепер ми разом, Троє. Як і повинно було бути".

Лія та І-Зі обмінялися поглядами.

Альфред продовжив. "Я не перестаю дивуватися, чому нас звело разом. І-Зі, ти можеш рятувати людей і ти супер-пупер сильний, до того ж ти вмієш літати, як і твоє крісло. Ліа, твої здібності проявляються в твоєму погляді. Ти можеш читати думки. З того, що І-З сказав мені, ти володієш силою світла і можеш зупиняти час.

"Я можу подорожувати, літати в небі і іноді можу сказати, коли щось станеться, ще до того, як це станеться. Я також можу читати думки, але не завжди. Крім того, більшість людей люблять лебедів. Дехто каже, що ми ангельські. Є навіть ті, хто вірить, що лебеді мають силу перетворювати людей на ангелів. Не знаю, чи це правда. Я сама здатна допомогти всьому живому, дихаючому зцілитися".

Остання частина була новою для Е-Зі. Він хотів знати більше.

Альфред зголосився: "Здатися - це перший крок".

І-Зі та Лія занурилися в роздуми над зізнанням Альфреда.

"Що нам тепер робити?" запитала Лія.

"Кожній команді потрібен лідер, капітан. Я пропоную кандидатуру Ю-Зі", - сказав Альфред.

"Я підтримую цю кандидатуру", - сказала Лія.

Лія та Альфред підняли келихи за Ю-Зі. Дядько Сем і мама Лії Саманта приєдналися до тосту.  Хоча вони й гадки не мали, за кого вони всі п'ють.

І-Зі подякував їм усім. Але в глибині душі йому було цікаво, як все це буде відбуватися. Як він збирається вести маленьку дівчинку і лебедя-трубача? Як він збирається тримати їх у безпеці і захистити від небезпеки?

Дядько Сем і Саманта запропонували прибрати, а трійця повернулася до вітальні.

"Це буде гарна нагода для них познайомитися ближче", - сказав Альфред.

"Так, мама ще ніколи так не хвилювалася. Через свою роботу вона зустрічається з багатьма людьми і розмовляє з ними, навіть із зовсім незнайомими, так, ніби завжди їх знала. Думаю, це один із секретів її успіху. А от із Семом вона тиха, як миша, і нервова".

"Може, це через різницю у часі", - припустив І-Зі.

Альфред засміявся. "Ні, їх тягне одне до одного. Ви обидва занадто молоді, щоб це помітити, але в повітрі відчувалася якась атмосфера".

"Справді, моя мама закохана в Сема?"

"Дядько Сем теж був досить незграбним, але він не часто зустрічається з дівчатами, оскільки працює вдома і проводить більшу частину часу, допомагаючи мені. Я голосую, міняємо тему".

"Я теж", - сказала Лія.

"Ви двоє зовсім не веселі".

"Гадаю, настав час покликати Еріеля", - сказав І-Зі. "Він, мабуть, той, хто зібрав нас усіх разом. Ми повинні бути посвячені в план. Знати, що від нас очікується і коли".

"Хто такий Еріель?" запитала Лія. "Я пам'ятаю, ти питала мене раніше, чи знаю я його".

"Він Архангел, і він був наставником у моїх випробуваннях. Ну, принаймні, останні кілька".

"Мого ангела, того, що дав мені дар ручного зору, звуть Ганіель. Вона теж архангел. Вона доглядає за землею".

Це здивувало Е-Зі. Якщо вони всі працювали на своїх власних ангелів, то чому їх зібрали разом? Чи був один ангел могутнішим за іншого? Хто був головним ангелом? Хто кому підпорядковувався?

"Я б дуже хотів знати, що відбувається", - сказав Альфред.

"Все, що я знаю, - сказала Лія, - це те, що після аварії мене запитали, чи буду я однією з трьох. І ось, вуаля, ми тут".

До кімнати зайшли дядько Сем і Саманта. Вони ще трохи поспілкувалися, поки Саманта, втомлена перельотом, не пішла до своєї кімнати. Дядько Сем також пішов до своєї кімнати.

"Ходімо в мою кімнату і поговоримо", - сказав Ю.-З.

Лія і Альфред пішли за ним. Після кількох годин дискусії трійця зрозуміла, що у них багато запитань, але мало відповідей. Лія пішла до своєї кімнати, яку вона ділила з матір'ю. Альфред спав на краю ліжка Ю-Зі. Ю-Зі хропів. Завтра був новий день - тоді вони все з'ясують.

# РОЗДІЛ 13

Наступного ранку Лія винесла миски з кашею на задній двір. Сонце піднімалося на небо, день був безхмарний, і наближалася 10-та година ранку. Альфред їв на траві біля доріжки.

Лія передала Е-Зі його миску, потім сіла під парасолькою у внутрішньому дворику і взяла ложку кукурудзяних пластівців.

"Північноамериканські кукурудзяні пластівці відрізняються на смак від тих, що ми їмо в Нідерландах".

"А в чому різниця?" запитав Е-Зі.

"Тут все солодше на смак".

"Я чула, що в різних країнах використовують різні рецепти. Хочеш чогось іншого?" Вона відмовилася, похитавши головою. "Я не міг заснути минулої ночі", - сказав І-Зі, беручи ще одну ложку "Капітан Хруст".

"Вибач, я надто сильно хропів?" запитав Альфред, ткнувшись обличчям у росяну траву.

"Ні, все було гаразд. У мене було багато думок на думці. Я маю на увазі, ми всі тут. Троє - а у мене вже давно не було суду... З тих пір, як Хадза і Рейкі понизили в посаді, я не знаю, що відбувається. Після останньої битви з Еріелем - яку я, до речі, виграв - я нічого не чув від Еріеля. Це змушує мене нервувати. Цікаво, що він вигадує, щоб зробити моє життя нещасним".

Альфред пошкутильгав далі в саду, коли на траву приземлився єдиноріг.

"До ваших послуг", - сказала маленька Дорріт.

Єдиноріг притулився до Лії, а вона стояла і цілувала його в чоло.

Над ними почалася блакитна смуга небесного письма. На ній були написані слова:

ІДИ ЗА МНОЮ.

Стілець І-Зі піднявся, "Ходімо!" - вигукнув він.

Маленька Дорріт вклонилася, дозволяючи Лії сісти на неї.

Альфред змахнув крилами і приєднався до інших.

"Є ідеї, куди ми летимо?" запитав Альфред.

"Все, що я знаю, це те, що ми повинні поспішати! Вібрації зростають, отже, ми вже близько".

"Подивися вперед", - вигукнула Лія. "Думаю, ми потрібні в парку розваг".

І тут же для Е-З стало очевидно, навіщо вони потрібні. Американські гірки зійшли з рейок. Вагони висіли наполовину на рейках, наполовину поза ними. Пасажири різного віку кричали. Один малюк так непевно звисав ногами через борт візка, що було ясно, що він впаде першим.

"Ми схопимо дитину", - сказала Лія, злітаючи. Вони з маленькою Дорріт кинулися прямо до хлопчика. Він відпустив його, впав і благополучно приземлився перед Лією на єдинорога.

"Дякую", - сказав хлопчик. "Це справді єдиноріг, чи я сплю?"

"Це справді єдиноріг", - сказала Лія. "Її звуть маленька Дорріт".

"У моєї мами є книжка з такою назвою. Здається, Чарльза Діккенса."

"Точно", - сказала Лія.

"А в "Маленькій Дорріт" є єдинороги? Якщо так, то я мушу її прочитати!"

"Я не можу сказати напевно", - сказала Лія. "Але якщо дізнаєшся, дай мені знати".

І-З хапав одну за одною вагони, що нависали над головою. Йому довелося докласти чимало зусиль, щоб збалансувати їх, адже спочатку вони були схожі на слинки, нахилені в один бік. Але його досвід роботи з літаком допоміг і надихнув його, коли він підняв вагони назад на рейки. Він тримав їх рівно, поки всі пасажири не опинилися в безпеці всередині.

Завдяки допомозі Альфреда цей процес пройшов гладко. Альфред, використовуючи свої крила, дзьоб і величезний розмір, зміг витягнути їх у безпечне місце.

"З усіма все гаразд?" запитав Е-Зі під гучні оплески всіх пасажирів.

Завдання було успішно виконано, і Альфред підлетів до Лії та інших пасажирів. Це було чудове місце для спостереження.

"Тепер ми можемо забрати хлопчика?" - запитала Лія. запитала Лія.

І-Зі підняв догори великий палець.

Внизу привезли кран для того, щоб підняти його вгору для порятунку. Він ще не був готовий. Він дивився, як робітники снують навколо у своїх жовтих касках.

І-Зі свиснув хлопцеві, який керував американськими гірками, щоб той запустив їх.

Машиніст запустив двигун. Спочатку вагончики трохи рвонули вперед, а потім зупинилися. Пасажири закричали, боячись, що атракціон знову зійде з рейок. Дехто тримався за шиї, які були травмовані під час попередньої події.

Е-Зі поставив свій інвалідний візок перед вагонами, щоб спостерігати, чи не змінилося їхнє положення. Він помітив, що вітер посилюється, оскільки волосся пасажирів розвівається по вагонах. Один літній чоловік загубив свою бейсбольну кепку "Лос-Анджелес Доджерс". Всі дивилися, як вона падає на землю.

"Спробуй ще раз", - крикнув І-Зі, сподіваючись на краще, але про всяк випадок придумавши план Б.

Оператор запустив двигун. Американські гірки знову рушили вперед. Цього разу трохи далі, але знову докотилася до повної зупинки.

Підліток гукнув до маленької Дорріт: "Можеш покласти Лію на землю. Потім візьми якусь ланку ланцюга з гачками на обох кінцях і принеси мені?"

Єдиноріг кивнув, і натовп, що зібрався внизу, почав вигукувати "ой" і "ай". Один хлопець спробував схопити її і підвезти, але вона відштовхнула його носом, і поліція оточила територію.

"Сюди!" - сказав будівельник. Він чув, про що просив Е-Зі. Він поклав частину ланцюга до рота маленької Дорріт, а решту обкрутив навколо її шиї.

"Він не надто важкий?" - запитав він, коли маленька Дорріт без жодних проблем злетіла і на крилах піднялася туди, де Альфред чекав на І-Зі.

Альфред дзьобом зачепив гак за передню частину вагончика американських гірок. Він закріпив його на місці і прикріпив до інвалідного візка Ю-Зі.

"Будь ласка, залишайся на місці, - покликав І-Зі. "Я збираюся спустити тебе вниз, повільно, але впевнено. Намагайся не рухатися занадто сильно, я хочу, щоб вага була рівномірно розподілена. На рахунок три, котимося, - сказав він. "Один, два, три". Він потягнув, виклавшись на повну, і машина покотилася разом з ним. Спускатися вниз було легко, а піднімаючись, він мусив стежити, щоб візок не набрав занадто велику швидкість і не перекинувся знову. Маленькі Дорріт і Альфред летіли поруч з машиною, готові діяти, якщо щось піде не так.

Лія була дуже налякана, знервована і схвильована.

"Ти зможеш, І-Зі!" - кричала вона, забувши, що може промовляти слова в голові, і він їх почує.

"Дякую", - відповів він, зберігаючи повільний і рівний темп. Хоча Е-Зі і втомився, він повинен був виконати поставлене перед ним завдання. Коли машина завернула за ріг і зупинилася, вона повернулася назад у тунель. Туди, звідки почалася його подорож.

"Спасибі!" - вигукнув оператор.

Пожежники, парамедики та медсестри приготувалися до навали пасажирів. Висадка відбувається одночасно.

"E-Z! I-З! E-Z!" - скандував натовп, з піднятими телефонами, знімаючи весь інцидент.

"Як ти думаєш, у нас є час, щоб захопити жувальну нитку?" - запитала Лія. запитала Лія.

"І карамельної кукурудзи?" сказав Альфред. "Я не впевнений, що мені сподобається, але я готовий спробувати!"

"Звісно, - сказав І-Зі, - я піду і принесу тобі і те, і інше, не хвилюйся! Може, навіть візьму собі солодке яблуко".

Коли він пішов за покупками, то помітив, що прибули репортери. Вони зібралися навколо дуже високого чоловіка з чорним, як смола, волоссям. Чоловік тримав перед собою капелюх і був схожий на Авраама Лінкольна. Придивившись ближче, він зрозумів, що це був переодягнений Еріель. Він підійшов ближче, щоб прислухатися.

"Так, я той, хто зібрав це динамічне тріо. Лідером є І-Зі Діккенс, йому тринадцять років і він суперзірка. Крім того, що він найдосвідченіший учасник The Three, він ще й лідер. Як ви, мабуть, помітили, він може впоратися майже з усім. Він чудовий хлопець!"

Ю-Зі відчув, як у нього запалали щоки.

"А як щодо дівчини з єдинорогом?" - вигукнув репортер.

"Її звуть Лія, і це була її перша пригода у світі супергероїв. Її єдиноріг - маленька Дорріт, і вони - чудова команда. Вона врятувала того хлопця", - він схопив хлопчика. Він поставив його перед камерами.

Коли всі погляди були прикуті до нього, він закінчив своє речення. "З легкістю. Лія і маленька Дорріт - чудове доповнення до команди, і вони будуть величезною допомогою для E-Z у всіх його майбутніх починаннях".

"Як це було?" - запитав хлопчика репортер.

"Лія була дуже милою", - відповів хлопчик.

Темна постать відштовхнула хлопчика. Він обтрусився.

"Лебедя-трубача звати Альфред. Це була його перша можливість допомогти E-Z. Він хоробро ризикував собою. Альфред - ще один чудовий член цієї супергеройської команди Трьох. У майбутньому ти побачиш багатьох з них". Він завагався: "О, і мене звати Еріель, на випадок, якщо ви захочете процитувати мене у своїй статті".

Тепер E-Z шкодував, що погодився збирати карнавальні частування. Він принишк, відійшов убік, сподіваючись, що його не помітять.

"Он він!" - вигукнув хтось.

Інші, що стояли в черзі за ним, підштовхнули його до початку черги.

"Це за рахунок закладу", - сказав продавець, простягаючи йому по одному з усього.

"Дякую", - сказав він, піднімаючись.

"Це він! Хлопчик в інвалідному візку! Наш герой!" - крикнув хтось знизу.

"Ось він, сфотографуйте його".

"Поверніться для селфі, будь ласка!"

E-Зі подивився туди, де був Еріель, але тепер, коли його помітили, він нікого не цікавив. Наступної миті Еріеля вже не було.

"Ходімо звідси!" сказав Ю-Зі, гадаючи, куди саме їм слід йти. Якщо вони підуть до його будинку, то репортери та фанати, швидше за все, підуть за ними. У певному сенсі він сумував за тими днями, коли

Хадз і Рейкі стирали свідомість усіх причетних. Це, безумовно, все спрощувало.

Повертаючись назад, Е-Зі не міг не задатися питанням, що ж задумав Еріель. Адже ніхто не повинен був знати про його випробування. Це було дуже дивно - але він був надто виснажений, щоб говорити про це з друзями. Натомість він замислився над тим, чому вже не так важливо тримати його випробування в таємниці - і як це все змінить. Добре, що його крила більше не горіли, а крісло, схоже, не було зацікавлене в тому, щоб пити кров.

"Ну, це було досить легко", - сказав Альфред.

Лія розсміялася: "І це було весело, бачити тебе в дії від А до Я".

"А як щодо мене, я теж допоміг!"

"Звичайно, допоміг", - сказав І-Зі. "І маленька Дорріт, дякую тобі! Без тебе я б не впорався!"

Маленька Дорріт розсміялася. "Рада була допомогти".

"Ти була неперевершена!" сказала Лія, погладжуючи її по шиї.

Але щось їх непокоїло. Було очевидно, що E-Z міг би зробити все це сам. Йому не потрібна була допомога.

Альфред особливо відчував, що, будучи лебедем-трубачем, він зробив усе, що міг. Але від нього було небагато користі в такому порятунку. Не так, як міг би допомогти той, у кого є руки. Він доклав максимум зусиль, але чи цього було достатньо? Чи був він найкращим вибором для того, щоб стати членом Трійці?

Лія подумала, що маленька Дорріт могла б приземлитися під хлопчиком і врятувати його і без її присутності на спині. Єдиноріг був розумним і міг би слідувати інструкціям І-Зі. Вона відчувала, що пройшла весь цей шлях, і заради чого? Це не мало жодного сенсу.

Вони знову повернулися додому. Хоча вони разом зробили щось чудове, їхній настрій був пригнічений.

Маленька Дорріт пішла і поїхала туди, де вона жила, коли в ній не було потреби.

Е-Зі одразу ж пішов до свого офісу, де трохи попрацював над книгою. Він давно хотів оновити список випробувань, щоб побачити, на якому етапі він знаходиться. Він вирішив надрукувати їх усі з самого початку:

1/ врятував маленьку дівчинку

2/ врятував літак від катастрофи

3/ зупинив стрільця на даху

4/ зупинив дівчину в магазині

5/ зупинив стрільця біля його будинку

6/ бився на дуелі з Еріелем

7/ ухилився від кулі

8/ врятував Лію

9/ повернув американські гірки на місце.

Він не був упевнений, чи був порятунок дядька Сема випробуванням, чи ні. Хадз і Рейкі стерли йому пам'ять. Інтуїція підказувала І-Зі, що порятунок дядька Сема не був випробуванням.

Він знову сів у крісло. Подумав про те, що його термін наближається. Він мав завершити ще три випробування за обмежений проміжок часу. З одного боку, він хотів покінчити з ними якнайшвидше. З іншого боку, він боявся, що його зобов'язання будуть виконані.

Тим часом Альфред вирішив піти поплавати на озері.

А Лія з матір'ю пішли на прогулянку.

**✳✳✳**

"Т о як це було?" запитала Саманта.

"Це було надзвичайно захоплююче і водночас страшно. E-Z чудовий. Безстрашний", - пояснила Лія.

"А який твій внесок?"

Вони завернули за ріг і сіли разом на лавку в парку. Діти гралися, бігали вгору-вниз і кричали. І мати, і дочка пам'ятали, як Лія так само безтурботно гралася, коли їй було сім років. Тепер, коли їй виповнилося десять, її інтерес до ігор значно знизився.

"Ти сумуєш за цим?" - запитала Саманта. запитала Саманта.

Лія посміхнулася. "Ти завжди знаєш, про що я думаю. Насправді ні, але колись я хотіла б знову спробувати танцювати. Побачити, як і чи зможу я пристосуватися".

Вони сиділи разом і дивилися, нічого не кажучи.

"Щодо мого внеску, то маленький хлопчик звисав з машини і без допомоги маленької Дорріт міг би впасти".

"Міг би?"

"Так, я думаю, що I-3 врятував би його, а потім впорався б з рештою, якби нас там не було. Він звик робити випробування самостійно".

"Ти не думаєш, що ти чи Альфред не були потрібні?"

"Можливо, наша присутність для моральної підтримки була корисною, не знаю. Здається, архангели доклали чимало зусиль, щоб зібрати нас разом. Щоб привезти нас аж з Нідерландів, з нашого дому. Тоді як, виходячи з цього судового процесу, я не думаю, що ми дійсно потрібні".

Саманта взяла доньку за руку, вони піднялися з лавки і повернулися до дому.

"Я думаю, що мати команду, підтримку - це добре, і я впевнена, що І-Зі знає і цінує це. Він не схожий на хлопця-одинака. Він грав у бейсбол, і досі грає, за словами Сема. Він знає, що команди добре працюють разом, спираючись на сильні сторони кожного гравця. Що стосується вас, я б не хвилювався, що ви не були найбільш важливим фактором у цьому процесі. І ніколи не недооцінюй свою цінність".

"Дякую, мамо", - сказала Лія, коли вони завернули за ріг на їхню вулицю. "А тепер давай поговоримо про Сема. Він тобі дуже подобається, чи не так?"

Саманта посміхнулася, але не відповіла.

***

У той самий час Сем перевіряв, як справи у E-Z. " Усе гаразд?" - запитав він, просунувши голову до кабінету племінника.

"Я не впевнений. Ми можемо поговорити?"

"Звісно, малий."

"Зачини двері, будь ласка.

"Що сталося? Перше командне випробування пройшло погано?"

"По-перше, я хочу запитати тебе, що відбувається між тобою і мамою Лії?

Сем шарпнув ногами і протер окуляри. "Давай не будемо робити це про мене і Саманту. Це тільки між нами".

"О, значить, є ще й США?" - посміхнувся він.

"Зміни тему", - сказав Сем.

"Гаразд, як скажеш. Щодо суду, то він пройшов добре, і не думай про мене погано. Я кажу це не тому, що я зарозумілий, але я міг би закінчити його і без інших".

"Розкажи мені, що саме сталося. Яке було твоє завдання? І мушу сказати, що це мене дивує, бо ти завжди був командним гравцем".

"Я знаю. Це мене теж турбує. Це було в парку розваг. Американські гірки зійшли з рейок. Передня частина звисала з краю, а пасажири перекидалися. Тільки один був у реальній небезпеці - дитина, яку Лія зловила за допомогою маленької єдинорожки Дорріт".

"Звучить так, ніби цей порятунок був корисним.

"Так і було, бо дитина майже не встигла, але я був поруч і міг би її врятувати. Потім повернув візок на місце і допоміг іншим зайти всередину. Для мене час ніби зупинився - я легко міг би вирішити цю ситуацію без чиєїсь допомоги".

"Схоже на те, що Альфред не був для тебе корисним. Ти робиш висновок, що міг би обійтися без нього?"

Е-Зі провів пальцями по темній середині свого волосся. Відчуття щетини якимось чином допомогло йому зняти стрес.

"Альфред допоміг. Але я шукав способи, як йому допомогти. Він так старається. Ми так хочемо допомогти, але, чесно кажучи, він досить розумний, щоб зрозуміти, що я заробляю для нього гроші. Тож він міг би допомогти, а я не дуже добре себе почуваю через це".

"Це те, що роблять командні гравці. Вони піклуються один про одного. Допомагають один одному."

"Я знаю, але коли на кону життя людей, я маю переконатися, що ніхто не помре. Якщо я знаходжу завдання для інших, щоб вони відчували себе потрібними, це перешкода, а не допомога". Він глибоко зітхнув, клацаючи пальцями по клавіатурі. Засоромлений, він уникав зорового контакту з дядьком.

Після кількох хвилин мовчання Е-Зі повернувся до роботи над книгою, щоб дати дядькові час на роздуми. Він пройшовся по деталях подій того дня.

Як він доповідав. Розбиваючи все на частини. Розбираючи судовий процес на частини і збираючи його знову, він отримав одкровення. Це було щось, чого він ніколи не робив раніше. Він міг обговорити це питання зі своєю командою. Вони могли розповісти йому, як він впорався, внести пропозиції, щоб він міг вдосконалитися. Так, було багато переваг у тому, що він був одним із трьох. Він почувався розслабленим і щасливим, знаючи це.

"Я думаю, що ти повинен дати цій ситуації в команді більше часу, перш ніж щось вирішувати. Тобі має бути корисно знати, що кожен з них має свої особливі здібності, щоб допомагати тобі. У цій ситуації твої навички були на першому плані. Це не означає, що так буде завжди. Для наступного завдання все може змінитися. Все відбувається не просто так".

"Ти думаєш так само, як і я зараз. Завжди краще, коли не доводиться стикатися з проблемою наодинці. Ти мене цьому навчив".

"Хтось ще в цьому будинку голодує?" запитав Альфред, шкандибаючи по коридору.

І-Зі відсунув стілець і відповів: "Я!"

Сем запитав: "Ти що?"

"О, Альфред запитав, чи хтось голодний".

"Я теж!" вигукнув Сем.

"Я", - сказала Лія. "Що на вечерю?"

Саманта запропонувала замовити піцу. Всі зраділи, окрім Альфреда. Він не був фанатом сиру з тягучою скоринкою.

Вечір вони провели разом, наїдаючись досхочу і безперервно дивлячись серіал про зомбі.

"Для тебе це не надто страшно, Ліє?" запитав І-Зі.

"Це занадто страшно для мене!" відповіла Саманта. Сем обійняв її, а Лія хихикнула і взяла маму за руку.

# РОЗДІЛ 14

Наступного ранку Альфред прокинувся від крику. Якщо ви ніколи не чули лебединого крику, то вам пощастило. Він був таким гучним, що розбудив усіх.

Е-Зі намагався заспокоїти Альфреда. Але лебідь лише ще більше змахнув крилами і видав жахливий звук. Це було схоже на те, що його катували. Або це, або кінець світу наближався.

Дядько Сем прибув, щоб перевірити, що відбувається.

"Це Альфред, але не хвилюйся. Я розберуся", - сказав І-Зі.

Незабаром Лія і Саманта прийшли розслідувати. Лія переконала Саманту повернутися до сну.

Лія залишилася, щоб допомогти Е-Зі заспокоїти Альфреда. Той одразу ж підійшов до вікна, відчинив його дзьобом і вилетів у ніч.

Над ними І-Зі та Лія слухали, як Альфред шльопає перетинчастими лапками по даху.

"Чого ви двоє чекаєте!" - крикнув він. "Нам треба йти - НЕГАЙНО!"

Лія вилізла у вікно і стояла, тремтячи, на карнизі. Вона чекала, поки Е-Зі зможе сісти в інвалідний візок і перевести його в завислий стан.

"Зачекай, здається, єдиноріг нарешті в дорозі", - сказав Альфред. "Саме тому я тут, нагорі. Щоб побачити, чи вона йде".

Маленька Дорріт приземлилася, ткнулася носом під Лію і перекинула її на спину.

Вони полетіли з Альфредом попереду.

"Повільніше!" крикнув І-Зі. Альфред проігнорував його. Він продовжував летіти, набираючи висоту і швидкість. Крила крісла І-Зі почали тріпотіти так само, як і крила його ангела. Йому довелося працювати швидко, щоб утримувати Альфреда в полі зору.

Лія затремтіла. "Шкода, що я не взяла з собою светр".

"Притиснись до моєї шиї", - сказала маленька Дорріт. "Я тебе зігрію".

І-Зі прискорив крок, наближаючись до них, а потім зрозумів, що Альфред сповільнився. Принаймні, йому так здалося. Натомість він побачив видовище, яке ніколи не зітреться з його пам'яті. Альфред застиг у повітрі, з розправленими крилами і ногами. Ніби він ліпив із себе букву "X".

Потім все його тіло почало тремтіти, яке переросло в дрижання. Це виглядало так, ніби його било струмом. А його обличчя, вираз нестерпного болю на ньому, викликав у друзів сльози на очах.

"Що з ним відбувається?" запитала Лія. "Я більше не можу на це дивитися. Просто не можу, - ридала вона.

"Він ніби в шоці. Хто міг таке зробити?" Коли він це сказав, він знав. Тільки Еріель міг бути таким жорстоким. Еріель викликав їх. Використовуючи цю техніку ураження електричним струмом, щоб змусити їх слідувати за своїм другом Альфредом. Тільки, що, якщо він не переживе шок? Коли він це сказав, жменька пір'я Альфреда від'єдналася від його тіла і злетіла в повітря. Він перестав тремтіти і почав літати. Через плече він сказав: "Давай, не відставай, поки мене знову не вдарило".

"З тобою все гаразд?" запитала Лія.

"Це вже третій, і з кожним разом стає все гірше. Ми повинні дістатися туди, куди вони хочуть, і швидко. Я не знаю, чи зможу витримати ще один - не гірший за попередній. Це було нестерпно".

Вони полетіли далі, розмовляючи на ходу.

"Вибач, що розбудив усіх", - сказав Альфред, коли поштовхи припинилися.

"Ти не винен". відповів І-Зі. "Я майже впевнений, що знаю, хто винен, і коли ми його побачимо, я йому покажу, за що".

"Що ти маєш на увазі?" запитала Лія, притискаючись до шиї маленької Дорріт. Було так темно і холодно, що вона не могла перестати тремтіти.

Альфред сказав: "Нас викликали, посилаючи електричні розряди по всьому моєму тілу. Це було так, ніби моє пір'я горіло зсередини. Так грубо. Дуже грубо, і на хвилину мені здалося, що я знову опинився у проміжному стані".

Все його лебедине тіло затремтіло, коли він подумав про це. "Я дам тому, хто це зробив, те, на що він заслуговує, коли побачу його!"

Альфред продовжував летіти в ногу з іншими. "Раніше Аріель шепотіла мені на вухо, щоб я прокинувся. Потім ми разом обговорювали план. Вона робила це навіть тоді, коли я був у проміжному стані. Вона завжди була ніжною і доброю до мене. Цей виклик був іншим".

"Схоже на те, що робить Еріель, - визнав І-3. - Він не дуже тактовний. "Він не дуже тактовний, може бути трохи мелодраматичним і досить нечутливим. Не кажучи вже про те, що у нього хворе почуття гумору".

"Трохи мелодраматичний, це навіть не поверхнево", - сказав Альфред.

"Тобі доведеться розповісти нам про нього більше колись між справою. Назва звучить мило, але мені здається, що це оксюморон", - сказав І-3і.

"Я не люблю про це говорити, - відповів Альфред.

"Я з нетерпінням чекаю на зустріч з цим Еріелем. НІ". зізналася Лія. "Це все одно, що з нетерпінням чекати зустрічі з Волан-де-Мортом. Його репутація випереджає його".

"А, значить, фанат Гаррі Поттера?" сказав Альфред.

"Безумовно", - зізналася Лія.

Зірки в небі над головою випромінювали уявне тепло. І все ж вони несподівано затремтіли в нічному повітрі.

"Ми вже майже прийшли?" запитав І-3і.

"Я не знаю напевно", - відповів Альфред. "У шоці не було сказано, куди нас покликали, і я не можу вловити жодних вібрацій у повітрі. Єдине, що вкаже на те, що ми не робимо того, чого від нас очікують, - це ще один шок. На жаль."

"Ми не хочемо, щоб це сталося. Давайте прискоримо темп".

"Здається, ми наближаємося." Альфред зупинився в повітрі, повністю розправивши крила. "О ні!" - вигукнув він, чекаючи нового удару. Він чекав і чекав, але нічого не відбувалося. "Здається, ми майже..."

Цього разу тіло лебедя не тільки здригнулося і затремтіло. Тіло Альфреда перерталося знову і знову. Наче він виконував сальто в небі.

Випале пір'я літало навколо нього, танцюючи на вітрі, коли лебідь пішов у вільне падіння.

І-3 пролетів під лебедем-трубачем і зловив його. "Альфред? Альфред?" Бідолашний лебідь знепритомнів. "Еріелю! Ти! Ти, великий волохатий стерв'ятник!" кричав Е-Зі, піднявши кулак до неба. "Ти не мусиш вбивати Альфреда. Скажи нам, де ти, і ми приїдемо, але тільки якщо ти погодишся вимкнути його за допомогою електричних зарядів. Це варварство. Він же лебідь, змилуйтеся над ним. Дайте йому перепочинок".

"Він так і сказав", - відповіла Лія, піднявши відкриті долоні до неба.

На секунду вони зависли, не рухаючись.

Потім по інвалідному візку прокотився удар. Потім він вдарив Дорріт-єдинорога. І всі пішли у вільне падіння.

Сміх Еріеля наповнив повітря навколо них. Світ був його сенсорним оточенням, і він насміхався над Трьома так, як ніхто інший не міг. Або не зміг би.

# РОЗДІЛ 15

Вони продовжували падати досить довго. Ніхто з них не міг контролювати свої особливі здібності або атрибути.

Вони наполовину очікували, що їхні тіла розмажуться по бруківці внизу. Бруківку, яка, здавалося, піднімалася, щоб привітати їх.

Раптом спуск закінчився. Було схоже на те, що всі вони були прикріплені до якогось невидимого ляльковода.

Через кілька секунд рух відновився, але цього разу він був м'яким.

Він вів їх, поки вони не опинилися біля ніг архангелів Еріеля, Аріеля та Ганіеля.

"Гарно долетіли?" запитав Еріель. Він зареготав від сміху. Його супутники дивилися на нього, не сміючись і не розмовляючи.

Альфред, який вже прокинувся, прилетів і приземлився, а за ним маленька Дорріт-єдиноріг, яка несла Лію.

Єдиноріг вклонився, вітаючи інших гостей, а потім відійшов у дальній кінець кімнати.

Еріель, найвищий з трьох інших, стояв, поклавши руки на стегна, щоб не виникало жодних питань щодо того, хто тут головний.

Аріель, навпаки, був схожий на фею.

Ганіель був статний, випромінював красу.

Еріель ступив крок вперед, відірвався від землі і опинився над ними. Він прокричав: "Вам знадобилося багато часу, щоб дістатися сюди! У майбутньому, коли я накажу вам з'явитися, ви будете тут як на долоні!"

Ганіель підлетіла ближче до Альфреда. Вона торкнулася його чола. Потім вона повернулася до І-3 і зробила те ж саме. Вона посміхнулася. "Рада познайомитися з вами обома". Вона повернулася до Лії. Лія відкрила свою долоню, і вони обмінялися дотиками пальців відкритих долонь. Лія кинулася в обійми Ганіеля. Ганіель обхопила її крилами, приймаючи вигляд нової десятирічної дівчинки.

Аріель пурхнула поруч з Е-3і. Вона підморгнула йому і посміхнулася Лії. Вона підлетіла до Альфреда, доторкнулася до нього і полегшила його біль.

"Досить метушні!" скомандував Еріель своїм голосом, який прогримів так голосно, що Е-3 злякався, що він підніме дах.

"Зачекай хвилинку, - сказав Альфред, ступаючи по бетонній підлозі зі звуком перетинчастих ніг, що ляскали по бетонній підлозі. "Мене мало не вдарило струмом, і я хотів би вибачитися".

Еріель широко розправив крила, так широко, як тільки міг. Він завис над Альфредом, який затремтів, але встояв на ногах. Їхні очі зійшлися.

Еріел відчував, що лебідь-трубач Альфред був або дуже хоробрим, або дуже дурним. У будь-якому випадку, він потребував допомоги.

І-З підкотився вперед і поставив свій стілець між ними. "Що зроблено, те зроблено". Він звернувся до Альфреда: "Відійди". Альфред відійшов. Потім до Еріеля: "Я знаю, що ти задирака, і те, що ти зробив з нашим другом, було непростимо і жорстоко. Зараз середина ночі, тож переходь до справи - скажи нам, чому ми тут? Що за надзвичайна ситуація?"

Еріель приземлився, і його крила склалися за тілом. Він прокричав: "Мої спроби зв'язатися з тобою особисто, мій протеже, залишилися без відповіді. Що б я не робив, твоє хропіння не давало тобі прокинутися. Я послав за Лією Ганіель, але вона не змогла розбудити її, не потривоживши матір, яка спала поруч. Тому ми покликали Альфреда, який також довго не відповідав. Його наставниця намагалася підійти до нього у своїй звичній манері - але її шепіт був недостатньо сильним, щоб розбудити його".

"Я хвилювалася за тебе", - сказала Аріель.

"Вибач", - сказав Альфред. "Ліжко Ю-Зі дуже зручне, і він дуже голосно хропе. Я вже давно не спав у справжньому ліжку".

"ТИША!" закричав Еріель.

Альфред відступив назад, в той час як Е-Зі присунув свій стілець набагато ближче до істоти.

Еріел знизив голос. "Ганіель думав, що ти мертвий, лебедю. І тому я скористався цією можливістю, щоб випробувати нашу новітню технологію."

"Раніше її не випробовували на людях, - зізнався Ганіель.

"Ми подумали, що найкраще випробувати її на комусь, хто не є людиною - Альфред, ти підходив під цю роль, і це спрацювало як по маслу. Щоправда, ви всі запізнилися з прибуттям, але все ж таки приїхали. Як то кажуть, краще пізно, ніж ніколи".

"Ви використовували мене як піддослідного кролика?" сказав Альфред, розгойдуючи шиєю вперед-назад, широко розкривши дзьоба і просуваючись по підлозі.

І-Зі знову поставив свій візок між ними. "Відійди", - сказав він Альфреду.

Еріель, Ганіель і Аріель утворили півколо навколо трійці.

"Ти маєш рацію, І-З. Що зроблено, те зроблено. Краще б вони випробували це на мені, ніж на вас двох. А тепер продовжуйте", - сказав Альфред.

"Так, Еріелю, - відповів Ю-Зі, - я знову запитую, чому ми тут?"

"Перш за все, - прокричав архангел, - план полягав у тому, що ви троє повинні були утворити щось на зразок тріо".

"Ми вже самі це зрозуміли", - сказала Лія. Вона тримала долоні відкритими, щоб мати змогу бачити всіх трьох архангелів одночасно. Вона також час від часу озиралася по кімнаті, щоб роздивитися їхнє оточення. Вона виглядала знайомою, з металевими стінами, як та, в якій вона вперше зустріла Е-Зі. Тільки набагато просторіша.

E-Z озирнувся і подивився на Лію. Він думав про те ж саме. Чим більше він дивився на стіни, тим більше вони, здавалося, наближалися до нього. Він відчував холод і клаустрофобію, незважаючи на те, що простір був величезним. Йому хотілося, щоб у його інвалідному візку була кнопка, як у деяких автомобілях, де сидіння можна було б підігріти.

"Тиша!" крикнув Еріель. Оскільки всі мовчали, це здавалося недоречним. Звичайно, вони не врахували, що він також може читати їхні думки.

Альфред розсміявся.

Еріель закрив проміжок між ними, і Альфред відступив назад. Еріель знову закрив проміжок. І так до тих пір, поки Альфред не був притиснутий спиною до стіни. Альфред полетів. Еріель підхопив його своїми кігтеподібними лапами. Підняв його над іншими.

"Еріель, будь ласка", - сказав Аріель. "Альфред - добра душа".

Еріель поставив його на землю, а потім підняв кулаки. З них вилітали блискавки і рикошетили від металевої стелі контейнера. Всі, крім Еріеля, грали в доджем з літаючими електричними зарядами. Еріель спостерігав. Сміявся.

Коли йому набридла ця форма розваги. Коли впевненість Трьох була випробувана, він зловив блискавку. Він зробив з цього велике шоу, коли розкладав їх по кишенях.

"А тепер, - сказав він. "На вас чекає нове випробування. Сьогодні. Один з вас помре".

І-Зі закрутився на стільці. Альфред мимоволі закричав "Ху-ху!", а Лія закричала, як маленька дівчинка.

Еріель продовжував, ігноруючи їхні реакції. "Ви тут, щоб вибрати. Хто з вас помре сьогодні? Після того, як ви виберете, я поясню вам наслідки, з якими ви зіткнетеся через цю смерть". Еріель пролетів за кілька футів від них, а два інших ангели опинилися поруч з ним, по одному з кожного боку.

Спочатку Аріель описав смерть Альфреда:

"Я не можу розповісти вам про жодні деталі цього процесу. Все, що я можу тобі сказати, це те, що Альфред, якщо ти помреш сьогодні, ти не виконаєш свою контрактну угоду. Тому ти більше ніколи не побачиш свою сім'ю, ні зараз, ні коли-небудь. Однак твоя смерть буде прекрасною. Бо, як і в житті, смерть лебедя завжди прекрасна. Велична. Бо коли лебідь помирає, він стає ангелом. Твоє перетворення стало б для тебе новим початком. Твоєю метою буде служіння на благо людей і тварин. Ти отримаєш нове ім'я і нове призначення. Тебе будуть по-справжньому цінувати в усіх відношеннях. І твоя душа повернеться до свого вічного притулку".

Сльози потекли по лебединих щоках Альфреда. Аріель заспокоїла його, обгорнувши своїми крилами.

По-друге, Ганіель розповів про смерть Лії:

"Дитино, що скоро стане жінкою, як і Аріель, я не можу розповісти тобі ніякої інформації про завдання, що стоїть перед тобою. Все, що я можу сказати тобі, люба Сесіліє, також відома як Лія, це те, що якщо ти помреш сьогодні, то тебе більше не буде. У будь-якому вигляді. Твоя смерть буде просто смертю. Остаточною. Це буде так, як було б, коли вибухнула лампочка, ти б померла. Твоє нещасне життя закінчилося б тоді. Але ти зараз тут, і ти можеш багато чого запропонувати світові. Ти ще навіть не подряпав поверхню тих сил, які тобі доступні. Однак, якщо ти помреш сьогодні, ці сили залишаться невитраченими. Ти підеш у землю, порошинка до порошинки. Лише спогад для тих, хто знав і любив тебе. Але твоя душа також повернеться до свого вічного притулку".

Лія закрила долоні, щоб стримати сльози, що котилися з них. Вони також котилися з очей. Її старих очей. Її тіло здригалося, коли вона ридала. Вона була занадто переповнена емоціями, щоб говорити.

Маленька Дорріт присунулася і штовхнула дівчинку в плече. Ганіель також спробував заспокоїти її, поцілувавши в чоло.

А потім Еріель почав розповідати історію Ю-Зі:

"Ю-Зі, ти багато чого досягла з тих пір, як померли твої батьки. На твою долю випало багато випробувань. Іноді, часто нездоланні для людини. Але ти успішно їх долаєш. Ти рятував життя. Ти не розчарував мене. Але ми відчуваємо". Вона завагалася, дивлячись з боку в бік. "Я особливо відчуваю, що ти перешкоджав своїм силам. Іноді навіть заперечувала їх. Ти змарнував час, який ми дали тобі, щоб зробити світ кращим, і змарнував його".

Е-Зі відкрив рот, щоб заговорити.

"Мовчати!" закричав Еріель. "Не намагайся виправдовуватися. Ми бачили, як ти грав у бейсбол і марнував час з друзями, ніби у тебе був увесь час у світі, щоб виконати свої завдання. Що ж, час вийшов. Якщо ти помреш сьогодні, твої випробування будуть незавершеними".

Е-Зі досить добре здогадувався, що буде далі, але йому потрібно було дочекатися, коли Еріель скаже це. Вимовити слова, щоб це стало правдою.

Як він здогадувався, Еріель ще не закінчив. "Ти залишив нас з незавершеними випробуваннями, для яких твоє життя було врятоване. Це було б непростимо. Якби ти помер сьогодні, то втратив би крила. Це для початку. Ті випробування, які тобі ще не були дані - ніколи б не були дані. Бо ти був єдиним, хто міг виконати завдання. Наша єдина надія.

"Тому ті, кого ти міг би врятувати, не будуть врятовані ніким і ніколи. Вони загинуть через тебе. Всі, кого ти коли-небудь врятував під час своїх випробувань, загинуть.

"Це буде так, ніби тебе ніколи не існувало. Їх смерть буде остаточною. Повною. Ніяких шансів на потойбічне життя для жодного з них. Навіть відправити їх у проміжний світ не було б варіантом. Твоя смерть тоді посіє хаос і принесе хаос у світ. Як того дня, коли ми з тобою билися на дуелі. Пам'ятаєш, яким був світ у той день? Такою була б Земля - кожного дня". Еріель відвернувся. Вони дивилися, як він розправляє крила, ніби готуючись до польоту.

Всі мовчали. Роздумуючи над своїми долями.

Через деякий час Еріель порушив тишу. "Аріель, ми з Аніелем поки що залишимо вас. Ви можете поговорити між собою і прийняти рішення. Але покваптеся з цим. У нас немає цілого дня".

Трійця архангелів зникла під стелею.

# РОЗДІЛ 16

Після того, як архангели пішли, Троє були надто приголомшені, щоб щось сказати. Аж поки I-Зі не порушив мовчанку.

"Я не бачу сенсу в тому, що вони зібрали нас усіх тут разом. Щоб вони катували Альфреда. Привезли нас сюди. А потім сказали, що один з нас має померти. І ми повинні вибрати, хто саме. Це варварство - навіть для Еріеля ".

Лія ходила, стиснувши кулаки. Вона була надто розлючена, щоб говорити, і їй було байдуже, якщо вона на щось наткнеться. Насправді, коли вона це зробила, вона штовхнула його ногою.

Альфред втрутився. "Я думаю, що якщо хтось і повинен померти, то це маю бути я. Мої сили вкрай обмежені. Швидше за все, мене перетворять на лебединий суп, враховуючи складність випробувань. Як останнє випробування. Я знаю, що ти допомагав мені з I-З. Це було дуже люб'язно з твого боку, але я знав, що я був лише тягарем".

I-Зі спробував перебити, але Альфред просто продовжував. "Не кажучи вже про те, що я можу стати на заваді. Піддавати когось із вас ризику. Я прожив сумне і самотнє життя відтоді, як у мене забрали мою сім'ю. Іноді самотність стає нестерпною. Приналежність до "Трьох" допомогла мені, але...

"Навіть будучи лебедем, я міг думати про них. Пам'ятати їх, любити їх. Одне лише усвідомлення того, що вони загинули разом і є десь поруч, дає мені спокій. Навіть якщо я не з ними, але, можливо, я буду сьогодні, якщо мені судилося померти. Я готовий піти на цей ризик. До того ж, коли я піду, ніхто на землі не сумуватиме за мною".

"Ми будемо сумувати за тобою!" сказала Лія.

"Звичайно, ми сумуватимемо за тобою!" погодився Е-Зі, перетинаючи підлогу, помітивши стіл, який раніше зливався зі стіною. Він підійшов до нього ближче і побачив стос паперів, які почав гортати.

"Я ціную ваші почуття", - сказав Альфред. "Гей, що ти робиш, І-Зі? Звідки взявся цей стіл?"

Лія витягнула обидві руки перед собою так, щоб бачити і Ю-Зі, і Альфреда одночасно.

І-Зі продовжував гортати сторінки. Незабаром вони вже літали по всій кімнаті. Кружляли в повітрі, наче потрапили в око торнадо.

Троє згрупувалися разом і спостерігали за шквалом паперу. Аж раптом всі вони впали на асфальт.

Лія схопила один з них і прочитала, поки Ю-Зі та Альфред дивилися на це.

"Що це?" - вигукнула вона. "Тут написані наші імена. Тут розказані історії. Наші історії. Про наші смерті."

"Тут написано, що ми вже мертві!" сказав І-Зі, читаючи одну з газет, яку він винюхав.

"О," сказала Лія, зі сльозою, що котилася по її щоці. "Тут також написано, що моя мама померла, як і твій дядько Сем".

І-Зі похитав головою. "Це не може бути правдою. Це неправда. Вони грають з нами." Він озирнувся. Щось у кімнаті змінилося. Стіни. Тепер вони були червоні. "Ми перейшли в інший вимір чи що? Поглянь на стіни? Чи ми десь в іншому місці, де майбутнє вже стало минулим?"

Альфред підняв ще одну зі сторінок, що впали. На ній йшлося про смерть його дружини, дітей і його власну смерть. І все ж, коли він подивився на себе, відчув себе, він був живий, з пір'ям: лебідь-трубач. "Я хочу вийти", - сказав він.

Лія посміхнулася. "Ти маєш на увазі, з цієї кімнати, чи з цього життя? Я теж хочу вийти, тобто з цього моторошного металевого контейнера, але я не хочу вмирати. Бачити світ крізь долоні - це дивно і водночас круто. Вміти читати думки - це теж круто. Але коли я зупинив час, це було приголомшливо. Уявіть, що ви можете викликати цю силу, наприклад, якщо комусь загрожує небезпека або сталася катастрофа. Уявіть, скільки життів можна було б врятувати? А тепер мені десять, і хто знає, які ще сили чекають на мене в майбутньому".

"Божественна", - сказав І-Зі. "Я знаю, що ти відчувала, Ліє. Так само почувався і я, коли врятував ту першу дівчинку, коли врятував інших і коли врятував тебе".

Вони утворили коло і, взявшись за руки, промовили слова: "У нас є сила. Сьогодні ніхто не помре. Що б там не говорили". Вони оберталися, повторюючи свою нову мантру. Поки не були готові знову викликати архангелів.

# **РОЗДІЛ 17**

Еріель прибув першим, з піднятими бровами і скривленими в презирстві губами. Потім з'явилися Аріель і Ганіель. Вони залишилися позаду нього в тіні його величезних крил. Еріель схрестив руки, в той час як два інших архангели піднялися вгору. Вони зависли по різні боки його плечей.

"Ми вирішили", - сказав Е-Зі. "Сьогодні ніхто не помре.

Сміх Еріеля прогримів навколо металевої огорожі. Він піднявся в повітря, а потім схрестив руки на грудях. Аріель і Ганіель мовчали, в той час як сміх Еріеля збільшувався в тональності, досить високо, щоб завдати Альфреду болю у вухах.

Альфред знепритомнів, але швидко прийшов до тями. Лія та І-З допомогли йому піднятися. Вони тримали його, поки не прилетіла маленька Дорріт. За мить Альфред сидів високо над ними на єдинорозі. Він був майже віч-на-віч з Еріелем.

"Дякую, друже", - сказав Альфред.

"Радий був допомогти", - відповіла маленька Дорріт.

"Досить!" крикнув Еріель, піднімаючись вище над ними. Залякуючи їх своїми розмірами, своєю хворобливістю, своїм громоподібним голосом. "Ви думаєте, що можете змінити те, що буде? Я сказав вам, що має статися, і у вас немає іншого вибору, окрім як підкоритися мені. Це було не опитування. І не демократія. Це була впевненість. Бо так написано..."

Тоді він помітив, що підлога вкрита паперами. Він нахилився і підняв один з них. Потім піднявся і опинився віч-на-віч з Альфредом. В руці він тримав оповідання Альфреда.

"Я бачу, що ти прочитав майбутнє. Тепер ти знаєш правду, що живеш у паралельному всесвіті. Те, що відбувається тут, відбивається на інших всесвітах. У місцях, де існує і майбутнє, і минуле".

Лія опустила праву руку і підняла ліву. Її руки не були сильними, бо все ще звикали до того, що їй доводилося їх тримати.

Еріель перелетів через кімнату до червоного дивану, на який сів. Інші ангели приєдналися до нього, по одному на кожній руці. Еріель зручно вмостився, не розкриваючи крил.

Вмостившись зручніше, він продовжив. "В одному зі світів ви всі троє вже мертві. Ти прочитав правду. У цьому світі ще є надія. Надія існує завдяки нам, тобто мені, Аріелю, Ганіелю та Офаніелю. Ми обрали вас, трьох людей, щоб ви працювали з нами. Ми дали вам цілі, і ми допомагали вам, де і коли могли. Поки Ми з вами, тільки Ми дозволяємо вашому існуванню продовжуватися. Ми одні надаємо вашому життю сенс. Відмовтеся йти шляхом, який Ми обрали для вас, і ви також перестанете існувати в цьому світі. Ти будеш стертий, як ніколи не був і ніколи не будеш".

Е-Зі стиснув кулаки, і його стілець хитнувся вперед. "У документі, документі про моє інше життя, було сказано, що дядько Сем теж помер. Він не потрапив в аварію з моїми батьками. Він не був частиною цієї угоди. Ти вбив його, Еріелю, щоб утримати мене тут?"

Не чекаючи відповіді, Лія втрутилася в розмову. "У моєму документі написано, що моя мати померла. Як це може бути правдою? Будь ласка, скажіть мені, що це неправда!"

Альфред, почуваючись краще, зістрибнув зі спини маленької Дорріт. Він пошкутильгав ближче до дивана і знову опинився віч-на-віч з Еріелем.

Е-Зі гордо дивився на свого друга Альфреда, безстрашного лебедя-трубача.

"І в документах мої молитви почуті. Я вже мертвий. Я помер разом зі своєю сім'єю, як і повинно було бути. Я б волів, щоб мене залишили мертвим. Померти разом з ними, замість того, щоб перевтілитися в лебедя-шипуна. Це вже після того, як Ганіель врятував мене від того, що було між і між".

Еріель відштовхнув Альфреда. "Ах, так, з того, що посередині і між. Я й забув, що тебе туди відправили. Тобі там не дуже сподобалося, чи не так?"

Альфред поворушив шиєю і скривився дзьобом. Він вишкірив свої маленькі нерівні зуби, ніби хотів вкусити Еріеля.

"Відбій", - сказав І-Зі, підкочуючись до дивана.

Альфред закрив дзьоба. Лія присунулася ближче. Тепер вони стояли разом перед Еріелем. Вони чекали, що архангел скаже що-небудь, хоч щось. Здавалося, що він вперше втратив дар мови.

Е-Зі скористався нагодою, щоб взяти ситуацію в свої руки.

"У газетах було написано, що дядько Сем загинув в аварії разом з моєю матір'ю, батьком і мною. Він не був з нами в машині, для того, щоб таке сталося, його повинні були підкинути в машину разом з нами. З якою метою? Поясніть нам, так звані архангели. Навіщо ви змінюєте історію у своїх цілях? До речі, де в цьому всьому Бог? Я хочу з ним поговорити".

"І я теж!" вигукнула Лія.

"І я теж!" підхопив Альфред.

Еріель схрестив ноги і розправив крила. Він підпер рукою підборіддя і відповів: "Бог не має нічого спільного ні з нами, ні з вами - більше не має". Він позіхнув, ніби це завдання йому набридло.

"А якщо я скажу тобі, що твій будинок горить, поки ми розмовляємо? А якщо я скажу, що ні дядько Сем, ні твоя мати Саманта, Лія, не доживуть до наступного дня?"

"Ти с-с-сволота!" вигукнув І-Зі.

"Я теж!" сказала Лія.

"Облиш," - дорікнув Еріель. "Ми всі тут друзі. Друзі, чи не так? Твій будинок може згоріти, що завгодно може статися, поки ми тут, у цьому місці, зупинені в часі. Чим довше ти зволікаєш з вибором, тим більше хаосу ти створюєш у світі". Він підвівся, і його крила розправилися, змусивши трійцю зробити кілька кроків назад.

Він продовжив: "І-З, ти б ризикнув своїм життям заради дядька Сема, чи не так?" Він кивнув. "Звичайно, ти б ризикнув. А ти, Ліє, ризикнула б своїм життям, щоб врятувати життя своєї мами, так?" Лія кивнула.

"І Альфред, мій дорогий маленький лебідь-трубач. Мій пернатий смертельний друг. Кого з них ти б врятувала? Якби ти могла врятувати тільки одного з них?" Еріель посміхнувся, пишаючись своїми віршиками.

"Я б врятував обох", - сказав Альфред. "Я б ризикнув життям або помер, намагаючись врятувати їх".

"У тебе дивне бажання померти, мій пернатий друже".

Альфред кинувся до Еріеля.

"Е-р-і-е л ь! Припини грати з нами в ігри. Ти звів нас разом. Ти зібрав нас разом. Навіщо? Щоб познущатися над нами. Щоб довести маленьку дівчинку до сліз. Ти просто великий задирака".

"Так", - сказала Лія. "Припини знущатися над нами."

"Те, що вони сказали", - додав І-Зі.

Еріель розлютився, перетворився з чорного на червоне, а потім з чорного на червоне. Він перелетів через кімнату і грюкнув кулаками по столу.

"Ти хочеш правду? Ти не зможеш впоратися з правдою". Він посміхнувся. "Невеличке зауваження: мені подобається гра Джека Ніколсона у фільмі "Кілька хороших хлопців".

В одному Еріел та І-З були згодні. Гра Ніколсона у цьому фільмі була бездоганною.

"Припиніть мелодраматизм і скажіть, чого ви від нас хочете".

"Ми вже сказали", - відповів Еріель. "Я сказав вам, що один з вас має померти сьогодні. Я сказав вам вибрати, хто саме. Написано, що один з вас повинен померти. Ви повинні вибрати. Негайно".

Альфред ступив крок вперед, витягнувши лебедину шию. "Тоді це буду я".

Альфред став на коліна, його тіло тремтіло. Він опустив голову, ніби очікуючи, що архангел відрубає її.

Натомість всі три архангели зааплодували. Вони застрибали по кімнаті. Верещали, наче найняті клоуни, що виступають на дитячому дні народження.

Через кілька хвилин цілковитого божевілля архангели зупинилися.

"Це зроблено", - сказав Еріель.

І тоді вони зникли.

# РОЗДІЛ 18

-Зі в інвалідному візку, Лія на маленькій Дорріт і лебідь Альфред, як і раніше, утворили трійцю, яка ширяла в небі. Вони пролетіли ще кілька миль, поки внизу не побачили величезний металевий міст.

На виступі балансував молодий чоловік, даючи зрозуміти, що збирається стрибнути.

Е-Зі дістав свій телефон і був готовий зателефонувати 911, а Альфред, не вагаючись, полетів вниз до хлопця. Він відклав телефон, і вони з Лією пішли за ним.

Альфред завис біля чоловіка, не в змозі говорити і бути зрозумілим ним, все, що він міг сказати, було: "Ху-ху!"

"Відійди від мене!" - кричав чоловік, відмахуючись від бідолашного Альфреда, який лише намагався допомогти.

Чоловік потихеньку наближався до краю, скидаючи черевики і дивлячись, як вони падають у річку під ним. Він дивився, як вода наздоганяє їх, затягуючи взуття під себе своєю голодною пащею. Бажаючи побачити більше, він зняв футболку, на якій спереду було іронічно написано "Кінець".

Юнак дивився, як його улюблена футболка гойдалася і танцювала на шляху до дна. Коли вода поглинула її, чоловік почав співати:

"Обходжу я кущ шовковиці.

Кущ шовковиці, кущ шовковиці.

Обходжу я кущ шовковиці,

Вранці, вранці, сонячного ранку".

Альфред почув, як він співає. Він був знайомий з римою. Він чекав, коли чоловік заспіває наступний куплет. Насправді, він хотів, щоб він співав більше. Але він боявся потурбувати його. Чоловік не зрозумів би, навіть якби він спробував заговорити з ним.

До цього часу Е-Зі чекав на знак від Альфреда. Нарешті він його отримав - Альфред сказав йому і Лії не підходити ближче.

Альфред хотів би, щоб юнак зрозумів його. Можливо, якби він підійшов ближче, то зміг би його впіймати. Він підійшов ближче, розгорнувши крила на повну.

Юнак побачив його. "Лебідь", - сказав він. І стрибнув.

Лебідь-трубач був більшим за звичайного лебедя. Але недостатньо великим, щоб зловити дорослого чоловіка. Але він намагався, щоб зупинити падіння. Він ризикував своїм життям, щоб врятувати його. Але що б він не робив, чоловік все одно падав, як свинцева кулька. У голодну пащу річки.

Альфред, не роздумуючи, пірнув за ним. Як він збирався витягнути чоловіка, ніхто не знав. Дехто каже, що головне - це думка. В даному випадку Альфред був затягнутий під воду самою вагою чоловіка.

В цей час Е-Зі висів над водою, шукаючи чоловіка або Альфреда, щоб вони спливли на поверхню і він зміг їм допомогти. Ні Лія, ні маленька Дорріт не вміли плавати. І Е-Зі не міг піти за ними ні з кріслом, ні без нього.

Розлючений, він полетів до берега, шукаючи будь-які ознаки життя. Нарешті він побачив його, щось гойдалося на іншому березі. Він кинувся туди, переніс чоловіка туди, де на нього чекала Лія, а коли той закашлявся, пішов шукати ознаки лебедя Альфреда.

І тут він побачив його. Наполовину у воді, наполовину з води. Похитуючись разом з припливом.

"Альфред!" - покликав він, піднявши голову лебедя, одразу помітивши, що у нього зламана шия. Альфреда, лебедя-трубача, його друга більше не було. Еріел зробив свою справу.

Лія, яка стежила за кожним рухом Е-Зі, побачила шию Альфреда і закричала: "Нееееееееееееееееееееееет!"

І-Зі підняв бездиханне тіло лебедя на свій інвалідний візок і тримав його. Він теж почав плакати.

Позаду них закричав чоловік, якого врятував Альфред,

"Я не помер! Це я, Альфред".

# РОЗДІЛ 19

ЗЕМЛЯНА ПАУЗА

Птахи зупинялися на півдорозі. Як і літаки. І інші літаючі об'єкти, такі як повітряні кулі та дрони. Кулі перестали стріляти після того, як вийшли з патронника. Вода перестала текти по Ніагарському водоспаду. Жуки більше не дзижчали. Повітря завмерло.

З'явився Офаніель, разом з Еріелем, Аріелем і Ганіелем. З її руками на стегнах і висунутим вперед підборіддям було більш ніж очевидно, що вона роздратована.

Замість того, щоб заговорити, вона повернулася в напрямку Е-3.

Він застиг з широко розкритим ротом. Його останнім вимовленим словом було: "НІ!"

Тепер вона подивилася на Лію. На щоці дівчинки застигла сльоза. Вона витекла з її старого ока.

А тепер повернемося до І-3. Він ніс тіло. Тіло мертвого лебедя.

А тепер до Альфреда, який більше не був лебедем. Він прийняв форму людини. Утопленика.

Тієї самої людини, яка мала замінити його в "Трійці".

"Що не так з цією картиною?" запитав Офаніель, правитель Місяця зірок.

Ніхто не наважувався відповісти.

"Еріелю, ти тут головний. Спочатку ти псуєш тест на зближення з І-Зі та Семом, вибиваючи себе, вибачте за вираз, з парку.

"Тепер, через твою дурість, лебідь Альфред заволодів людським тілом. Тілом людини, яка, як я тобі казав, має бути членом "Трьох".

"Ти знаєш, з чим ми зіткнулися. Ти розумієш, що чекає на нас у майбутньому, якщо ми не наведемо лад. Ти знаєш!"

Еріель вклонився до ніг Офаніеля, потім піднявся з землі, перш ніж заговорити. "Я промовив слова, все зроблено".

"Так, ти промовив слова, а потім не зміг переконатися, що завдання було виконано, ти, імбецил!"

Вона зупинилася біля нового Альфреда. "Вибач, але це все ускладнює, навіть для нас. Навіть з нашими силами витягти його з людського тіла і повернути в лебедину форму буде не так просто. Можливо, нам доведеться відправити його назад у потойбіччя! А він на це не заслуговує. Насправді".

Аріель підлетіла до Офаніеля і запитала: "Можна мені сказати?"

"Можеш, якщо ти знаєш щось про Альфреда, що може допомогти нам вибратися з цієї халепи".

"Я знаю Альфреда краще, ніж будь-хто з вас. Він погодився бути тим єдиним, пожертвувати собою. Він зробив би це знову без жодних вагань - навіть якщо б йому за це нічого не було. Це величезна жертва для будь-якої живої істоти - віддати своє життя, щоб врятувати іншу. Крім того, слід врахувати, скільки Альфред був змушений страждати, як у своєму людському існуванні, так і в якості лебедя. Він - виняткова душа, і йому слід дати другий шанс, і третій, і четвертий, якщо буде потрібно".

Еріель насміхався: "Він повинен піти, повернутися назад до між і між на віки вічні. Він не гідний..."

"Я не дозволяв тобі перебивати!" закричав Офаніель. Щоб він більше не перебивав, вона затиснула йому губи.

"Це правда, що ти кажеш, Аріель, - сказав Офаніель. "Альфред добре працює і з Лією, і з І-З. Можливо, ми повинні дати йому другий шанс у цьому новому тілі. Зрештою, він не повинен був опинитися десь посередині між ними. Все залежало від Хадза і Рейкі. Одразу після цього ми б заслали їх на шахти. Натомість ми дали їм ще один шанс з E-Z.

"Тим не менш, Еріель відправив їх на шахти. Отже, все добре, що добре закінчується. Можливо, Альфред дійсно заслуговує на ще один шанс. Подивимось, що з цього вийде, як кажуть люди, подивимось, що буде далі. Якщо все вийде добре. Якщо ні, то це тіло можна буде утилізувати, оскільки дух вже покинув будівлю".

"Дякую, - сказала Аріель, низько вклонившись Офаніелю. "Щиро дякую. Я буду стежити за ситуацією. Я не дозволю Альфреду підвести вас".

Офаніель кивнув, піднявся і промовив ці слова: ЗЕМЛЯ ВІДНОВЛЮЄТЬСЯ.

Час почав спливати, і світ повернувся до того, яким він був раніше.

Офаніель зник першим, інші троє почекали кілька секунд, перш ніж піти за ним.

# **РОЗДІЛ** 20

"Не може бути!" вигукнув І-Зі, під'їжджаючи ближче до нового Альфреда. "Альфред, це ти? Це справді може бути ти?"

Лії не треба було питати, бо вона вже знала. Вона підбігла до Альфреда і обійняла його.

Альфред сказав зі своїм англійським акцентом: "Еріель, мабуть, підмінив мене".

Альфред, на якому була лише пара джинсів, затремтів. "Хоч я і замерз, але як приємно знову опинитися в тілі". Він розім'яв м'язи і побіг на місці, щоб зігрітися. Потім він зробив кілька кругів по галявині, поки Ю-Зі та Ліа стояли і дивилися на нього з роззявленими ротами.

"Який хвалько!" - сказала маленька Дорріт. сказала маленька Дорріт.

Альфред, який щойно помітив її, підійшов і провів рукою по її шерсті. Вона була такою м'якою і теплою, що він притиснувся до неї.

"Це досить дивний поворот подій", - сказав І-Зі, під'їжджаючи ближче. "Я не знаю, що з цим робити.

"Я теж не знаю, - сказав Альфред, - але ми можемо обговорити це за їжею? Я вмираю з голоду, і чизбургер з кетчупом і цибулею з величезною порцією картоплі фрі був би саме те, що треба".

"Зачекай хвилинку, - сказав І-Зі. "Якщо ти той хлопець, той хлопець, чиє ім'я ми навіть не знаємо - то що, як хтось тебе впізнає?"

Альфред нахилився і торкнувся пальців ніг. Він відчув шкіру на своєму обличчі. Волосся. "Ми перейдемо цей міст, коли дійдемо до нього". Він посміхнувся, підняв голову в бік неба і сказав: "Дякую тобі, Еріель, де б ти не був".

Літак над їхніми головами написав ці слова:

Ще раз до пролому, дорогі друзі.

"Це досить дивна фраза для напису в небі, - зауважила Лія. "Хтось із вас знає, що вона означає?"

І-Зі похитав головою: "Я можу погуглити". Він витягнув свій телефон.

"Не треба", - сказав Альфред. "Це з Шекспіра, приписується королю Генріху. Дослівно це означає: "Спробуймо ще раз", і я вважаю, що це було сказано під час битви. Отже, я припускаю, що це послання від моєї Аріель, яка дає мені знати, що мені дали ще один шанс". На його очах з'явилися сльози.

Е-Зі з підозрою поставився до такої зміни подій. Він був щасливий, що Альфред все ще з ними, але йому було цікаво, якою ціною. "Я хвилююся", - зізнався Ю-Зі.

Лія сказала, що теж.

"А, не хвилюйся. Якщо Аріель надіслала мені це повідомлення, значить, вона на нашому боці. Крім того, чоловік, в чиєму тілі я перебуваю - він більше не хотів цього. Я намагався його врятувати, але він все одно стрибнув. Можливо, це доля, щоб я допоміг тобі у твоїх випробуваннях E-Z. Що б це не було, я прийму це. Я зроблю все, що в моїх силах. Це після того, як одягну сорочку і черевики."

"Цікаво, які у тебе тепер сили, Альфреде. Я маю на увазі, якщо вони все ще у тебе є, або якщо у тебе є інші здібності. Або не маєш жодної. Адже ти знову людина", - запитала Лія.

Альфред почухав свою біляву голову. "Я не знаю. Єдине, що потребує лікування, це моє колишнє лебедине тіло. Я не хочу ризикувати, якщо вилікую його, то знову в нього повернуся".

"Справедливо", - сказала Лія. "Але ми не можемо залишити твоє старе лебедине тіло там зараз, чи не так? Ми повинні поховати його".

Поки вони дивилися на бездиханне тіло, воно розчинилося в повітрі.

"Що ж, це вирішує проблему", - сказав І-Зі.

"Я відчуваю, що повинен сказати кілька слів на прощання з моїм старим тілом. Ніхто не заперечує?"

І І-Зі, і Лія схилили голови.

Альфред прочитав уривок з вірша лорда Альфреда Теннісона "Вмираючий лебідь:

"Вмираючий лебідь":

Рівнина була трав'янистою, дикою і голою,

Широка, дика і відкрита для повітря,

Що скупчилося скрізь, де тільки можна.

Під дахом тужливої сірості.

З внутрішнім голосом текла річка,

Вниз по ній плив лебідь вмираючий,

І голосно плакав.

Тут Альфред наспівував і наспівував, поки сльози не наповнили всі їхні очі, коли вірш продовжувався:

Була середина дня.

Вітер не вщухав, вітер не вщухав,

І верхівки очерету на своєму шляху здіймав.

Вони стояли разом у хвилині мовчання.

Потім Лія сказала: "Тепер давай знайдемо тобі свіжий і сухий одяг, а потім підемо в бургерну. Я теж хочу їсти і пити".

І-Зі похитав головою. "Поїсти було б добре, але я все ще підозрюю Еріеля. Щось тут не сходиться".

"Можливо, ми з'ясуємо це, коли поїмо! Веди мене до чизбургерного раю".

Вони почали рухатися вздовж набережної. Якийсь час вони продовжували йти. Аж поки не зрозуміли, що заблукали.

"Я чудовий навігатор", - сказала маленька єдиноріжка Дорріт, яка злетіла вниз, щоб привітати їх. "Залазьте на борт, Альфред і Лія. Ви можете слідувати за мною".

Альфред сягнув рукою до кишені джинсів і витягнув гаманець. Усередині він знайшов кілька купюр і посвідчення особи, в якому зараз перебував. Молодого чоловіка звали Девід, Джеймс Паркер, йому було двадцять чотири роки. Він показав водійське посвідчення.

"Гарне фото", - сказала Лія.

"Так, я досить гарний".

"О, брате", - сказав І-Зі, штовхаючи вперед.

Вгору, вгору в повітря полетіли пасажири Маленької Дорріт. І-Зі летів за ними, поки не зрозумів, де він знаходиться. Він вирішив попросити, щоб до його інвалідного візка додали GPS. Шкода, що вони не подумали про це, коли модифікували його.

Спуск супроводжувався швидким заходом до магазину секонд-хенду. Тепер Альфред був одягнений у нову футболку, джинси, кросівки та шкарпетки. Потім була коротка черга, перш ніж почалося замовлення їжі.

Маленька Дорріт примусила себе мовчати, в той час як трійця накинулася на їжу. Вони всі були дуже голодні.

Альфред видавав звуки воркування, занадто багато, щоб описати їх у деталях. Закінчивши їсти, вони викинули сміття у відповідні урни. І попрямували додому.

Коли вони були майже на місці, Альфред гукнув І-Зі: "Нам треба поговорити!"

"А це не може почекати, поки ти приземлишся?" запитала маленька Дорріт. "Після того, як я закінчу тут, мені треба буде кудись піти, когось побачити".

"Як грубо", - сказав І-Зі. "Давай, Альфред, чи Девід, чи як там тебе тепер звуть".

"Це те, про що я хотів з тобою поговорити", - сказав Альфред. "Як ти поясниш моє перетворення дядькові Сему і Саманте? Дядьку Сем і Саманто, дозвольте представити вам лебедя-трубача Альфреда. Тепер його звуть Девід Джеймс Паркер. Завдяки тілу, в яке він увійшов і в якому зараз перебуває. Оскільки молодий чоловік, який був попереднім власником тіла, наклав на себе руки. На мосту на Джонс-стріт".

"О, Боже", - сказав І-Зі. "Це стовідсоткова правда, яку ми знаємо, але ми не можемо сказати їм правду".

"Моя мама знепритомніє, якщо ми скажемо це. Чому б нам не сказати їм, що лебідь Альфред полетів на південь? За сонячною погодою. Або що він зустрів друга? Тоді ми зможемо представити Альфреда як Ді-Джея, що звучить набагато дружелюбніше, ніж Девід Джеймс".

"Ти геній", - сказав І-З. - "Хоча, оскільки мого друга звуть PJ, речі можуть бути трохи заплутані з ді-джеєм і PJ. Що ти думаєш, Альфред? У тебе є якісь уподобання?"

"Мені не подобається "ді-джей". Це звучить занадто банально. Я б волів, щоб мене називали Паркером. Паркер-дворецький був одним з моїх улюблених персонажів у "Тандербердах".

"Значить, Паркер", - закінчив І-Зі, коли Лія закричала, а Альфред знепритомнів - їхнього будинку більше не було. Згорів дотла.

# РОЗДІЛ 21

"О ні!" вигукнув Ю-Зі, біжучи до палаючих решток. "Я повинен знайти дядька Сема і Саманту. Я просто мушу".

Його стілець завис над рештками; все було обвуглене до чорноти. Невиразний безлад руйнувань без жодних ознак людського життя. Поодинокі предмети були просякнуті водою. З-поміж згаслих вуглинок то тут, то там здіймалися переривчасті сигнали диму.

Е-Зі підняв кулаки догори. "Йди сюди, Еріелю, ти, велетенський..."

"Літаючий бовдур!" Паркер закінчив образу.

Лія намагалася всіх заспокоїти.

"Навіщо ви це зробили? Навіщо? Навіщо?" І-Зі заплакав.

Лія впала на землю. Вона поклала голову на коліно І-Зі, а Паркер обійняв її, коли позаду них з вереском зупинилася машина.

Двоє дверей відчинилися: Сем і Саманта.

Вони підбігли і притиснулися один до одного, наче ніколи не очікували побачити один одного знову. Кожен пустив сльозу чи дві, перш ніж вони розійшлися.

Коли вони зрозуміли, що в групових обіймах був чоловік, якого вони не знали.

Незнайомець був високим чоловіком, який, якби був молодшим, без проблем потрапив би до складу "Рапторів". Він був одягнений з голови до ніг у темно-чорний костюм у смужку і туфлі в тон.

Розстебнуті ґудзики піджака відкривали чорний костюм з блискучої тканини, можливо, шовку. Його чорні як смола очі та розкуйовджене вітром волосся контрастували зі смаглявим кольором обличчя. Він нагадував щось середнє між гробовщиком і фокусником.

Він простягнув руку: "Привіт, я страховий агент Сема".

Дядько Сем пояснив, що вони з Самантою вийшли поїсти. Побачивши вираз обличчя Ю-Зі, він виправдався: "Вона не могла заснути через різницю у часі". Саманта і Сем обмінялися поглядами, кивнули. "Ми з Самантою..."

"О, мамо!"

І-З сказав: "Саманта і дядько Сем сидять на дереві, к-і-с-с-і-н-г".

"Припини", - сказав Паркер. "Ти їх бентежиш".

Всі погляди були спрямовані на страхового агента. Його звали Реджинальд Оксворті. Він говорив по телефону. Кричав. "Що ви маєте на увазі, що він не підходить?"

"О, ні!" сказав Сем.

"Він був нашим клієнтом роками, спочатку, коли жив в іншому штаті, а потім переїхав сюди. Він застрахований, я в цьому впевнений". Настала пауза.

"Що ж, подивіться ще раз!" Він клацнув телефоном. "Мені дуже шкода, що так сталося".

Сем підійшов ближче, і всі інші пішли за ним. "У чому саме проблема?"

"О, ніяких проблем, так би мовити."

"А мені здалося, що це звучить як проблема", - сказала Саманта. Інші кивнули.

Оксворті прочистив горло. "Я сказав їм перевірити ваш поліс ще раз. Дай мені", - задзвонив його телефон. "Одну секунду", - сказав він, відходячи від них. Вони пішли за ним, як група футболістів, слухаючи кожне його слово. "А, так. Так. Вони підтвердили це. Нічого страшного, таке буває".

Він усміхнувся в бік Сема, а потім підняв догори великі пальці. Він відійшов від свити і продовжив свою розмову.

Вони стояли в купі, дивлячись на те, що залишилося від їхнього будинку. Дому, в якому Е-Зі прожив усе своє життя. Що буде тепер? Чи доведеться їм відбудовувати будинок на цьому місці? Новий будинок, без історії та сенсу. Новий будинок, який ніколи не стане для нього домом. Ніколи не стане місцем, де привиди його батьків, якщо вони існують, зможуть прийти і відвідати його.

Оксворті попрямував до них. "Ну що ж. Я перепрошую за затримку. Але ваше бронювання в готелі підтверджено. Ми можемо вирушати. Поселю вас, як тільки ви будете готові."

"Дякую", - сказав Сем. "Є якісь ідеї, що стало причиною пожежі?"

"Після попереднього розслідування вони на дев'яносто відсотків впевнені, що вибух стався через витік газу. Але не хвилюйтеся про це зараз. Ваш поліс покриває всі витрати на перебування в готелі. Я забронював вам три кімнати. Цього повинно вистачити, чи не так?"

"Цього буде достатньо", - відповів Сем. "Дякую, Редже."

"Ваш поліс також покриває витрати на заміну речей, предмети першої необхідності, їжу. Вам не доведеться платити ні цента в готелі. Все, що купуватимеш, надсилай мені чеки. Зробіть копії, оригінали залиште собі. Я простежу, щоб вам все відшкодували".

Сем і Оксворті потиснули один одному руки.

"Когось підвезти до готелю?" запитав Оксворті, і Лія з Самантою забралися на заднє сидіння його чорного "Мерседеса".

І-Зі та Паркер сіли в машину дядька Сема.

"Здається, нас не представили", - сказав дядько Сем, простягаючи руку Паркеру, який сидів на задньому сидінні.

"Радий знайомству", - відповів Паркер.

"О, ви теж британець", - сказав дядько Сем. "До речі, де Альфред?"

І-З похитав головою. "Я поясню вранці. А ти можеш продовжити те, що збирався розповісти нам, про тебе і Саманту".

"Справедливо", - сказав Сем, подивившись у дзеркало заднього виду і побачивши, що Паркер міцно спить. Він завів машину і помчав геть.

"У нас усіх був досить насичений день", - сказав І-Зі.

"І не кажи".

Вибач, Еріелю, що звинувачую тебе в цьому, подумав І-Зі. Хоча десь у глибині душі він відчував, що присяжні ще не визначилися з цим питанням.

# РОЗДІЛ 22

Коли всі прибули до готелю, вони розселилися по номерах, домовившись зустрітися пізніше на вечерю о 18:00.

Дядько Сем мав окрему кімнату, але між його кімнатою та кімнатою племінника були суміжні двері. Паркер також жив у кімнаті І-Зі, а Лія з матір'ю ділили кімнату через кілька дверей.

Поселившись, Лія і Саманта вирішили закупитися найнеобхіднішими речами. Першочерговим пріоритетом був новий одяг, оскільки все, що вони взяли з собою, згоріло під час пожежі.

"А як же наші паспорти?" запитала Лія.

"Добре, що я завжди ношу їх із собою в сумочці".

"Фух!" Вони зайшли в дизайнерський магазин і одразу ж почали приміряти останні новинки північноамериканської моди.

"Це має бути дуже весело, адже страхова компанія за все платить!" вигукнула Саманта через стіну до своєї доньки в сусідній роздягальні.

"Ніщо ми не любимо більше, ніж шопінг!" сказала Лія. "Я точно куплю це, і це, і це, і це".

✳✳✳

Повернувшись до готелю, Паркер хропів на ліжку. І-Зі крутився по кімнаті, думаючи про свій загублений комп'ютер. Добре, що він не зайшов надто далеко у своєму романі "Ангел татуювання", але найбільше його хвилювали речі батьків. Він не міг повірити, що вони всі зникли. Не допомагало й те, що він не бачив їх дуже давно. Але чому він звинувачував себе? Страховики сказали, що причиною був витік газу. Вони були впевнені на дев'яносто відсотків. Чому він продовжував відчувати, що це все його вина, адже він міг зупинити це, зупинити Еріеля, коли у нього був шанс.

Сем просунув голову в кімнату. "Ви двоє в порядку?"

Паркер потягнувся.

"Так, ми пристойні. Заходьте".

"Я піду в магазин, щоб купити дещо необхідне. Ви двоє хочете дати мені список того, що вам потрібно, або хочете приєднатися до мене?"

"Якщо це стосується їжі - я з вами!" сказав Альфред.

"Ти завжди голодний!"

"Що я можу сказати, я вже давно харчуюся лише травою".

Е-Зі перехопив погляд Сема і зробив вигляд, що курить уявну сигарету.

Дядько Сем насміхався, дивуючись, звідки його племінник у тринадцять років знає про такі речі. Щоб змінити тему, вони зачинили свої кімнати і вийшли в коридор.

"Куди саме ми йдемо?" запитав Ю-Зі.

"Правильно, ми не дуже часто ходимо по магазинах у місті. Тут є чудовий торговий центр, я давно хотіла туди потрапити, відколи переїхала сюди. Це недалеко, тож я подумала, що ми могли б поспілкуватися по дорозі".

"Ви можете розповісти нам, що сталося?" запитав Паркер.

"Так, як ви з Самантою так швидко познайомилися?" запитав І-Зі.

"Хм", - відповів Сем.

"Я мав на увазі пожежу", - відповів Паркер, дивлячись на Е-Зі через плече, перехрещеними очима.

Вони прибули до магазину. Паркер і Сем увійшли через двері, що оберталися, в той час як Е-Зі натиснув на кнопку відкривання дверей.

Опинившись всередині, Паркер нахилився, щоб зав'язати шнурки. І-Зі зняв з вішалки модну джинсову куртку і приміряв її. Він покрутився перед дзеркалом, щоб перевірити, як сидить. "Виглядає непогано".

Сем підійшов, щоб оцінити ситуацію: "Згоден, це точна посадка. Виглядає так, ніби це було зроблено для тебе".

"Що скажеш, Альфред?"

Сем зробив подвійний дубль. Паркер сказав: "Перестань називати мене Альфредом! Хто такий цей Альфред?"

"Вибачте за британський акцент. У нього теж був такий. Альфред був, ну, нашим другом".

Сем повернувся до перегляду одягу. Він наповнював кошик нижньою білизною та туалетним приладдям.

"Що ти думаєш, Паркере?"

Він перетнув підлогу, щоб придивитися ближче. "Добре сидить. Думаю, тобі варто її взяти. Але буде шкода, коли у тебе вирвуться крила і він буде зіпсований".

Сем проходив повз, і І-Зі кинув куртку в його кошик. "Гадаю, вам, хлопці, теж варто прихопити щось найнеобхідніше, наприклад, труси. Якщо тільки ви не збираєтесь стати командос."

"Фу!" вигукнув І-Зі.

"О, я знайомий з цією фразою. Я майже впевнений, що вона походить з Великої Британії".

"Тепер я розумію, чому мій племінник називає тебе Альфредом. Це те, що він міг би сказати".

І-Зі на секунду витріщився на Паркера. Потім пішов за дядьком до каси, де той зупинився, приміряв капелюх і кинув його в кошик.

"Куди ж подівся Паркер?" - запитав він. Сем продовжував розглядати шпильки для краваток, поки E-Z сканував магазин у пошуках його зниклого друга.

Паркер нерухомо стояв посеред четвертого проходу, піднявши праву руку вгору, а ліву опустивши вниз. Вираз його обличчя був безпомилково схожий на зомбі.

"О, ні!" вигукнув І-Зі, перевертаючись. "Паркер", - прошепотів він. "Що сталося? Тобі краще бути обережним, інакше хтось сплутає тебе з манекеном".

Паркер залишався нерухомим.

"Прокинься", - сказав І-Зі, вдаривши Паркера стільцем. Тіло Паркера нахилилося, а потім перекинулося. І-Зі схопив його вчасно, тримаючи його за сорочку ззаду. Він намагався випрямити друга, щоб той не виглядав таким закляклим і манекенним, але це було нелегке завдання.

Дядько Сем поспішив на допомогу. "Що з Паркером?"

"Я не знаю. Треба забрати його звідси."

"Він приймає наркотики? У нього дивний вираз обличчя, ніби він побачив привида чи щось таке".

"Ні, ніяких наркотиків, хіба що трохи травички час від часу. І привидів не буває, не кажучи вже про те, що зараз день. Може, я зможу перевезти його на своєму кріслі? Треба вивезти його звідси, поки хтось не помітив і не викликав поліцію.

"Згоден. Я не знаю, яку причину вони назвуть поліції, якщо вони її викличуть. У нас в магазині хлопець, який імітує манекен! Приїжджайте швидше."

"Смішно", - сказав І-Зі. "Ти йди і виписуйся, а я залишуся тут. Давай подумаємо, як нам вивести його звідси, не привертаючи зайвої уваги".

Дядько Сем пішов розплачуватися, а І-З залишився з Паркером. Покупці, що підходили до проходу, мали проблеми з тим, щоб потрапити всередину і обійти їх. І-Зі котив свій візок то вліво, то вправо, щоб розмістити покупців.

Врешті-решт, коли з'явилося кілька покупців одночасно, він відштовхнув Паркера до стіни. Принаймні, він не заважав. Потім сидів і чекав на Сема.

"Ми тут!" крикнув І-Зі, коли помітив його.

"Чому він стоїть обличчям до стіни? І що ти тут робиш?"

"Там було багато клієнтів, і ми заважали. Ти подумав, як нам його звідси витягти?"

"Так, я збираюся дістати одну з тих бортових платформ", - сказав Сем.

"А чому б не взяти візок?" запитав І-Зі. "Менш помітний."

"Ми ніколи не зможемо затягнути його у візок. Хіба що ти захочеш розпростерти крила, підняти його і вкинути туди".

"Мені треба подумати." Через кілька хвилин він зрозумів, що найкращою ідеєю була бортова платформа. "Так, купуй вантажівку, а я допоможу тобі покласти його туди. Як тільки ми вийдемо з магазину, я зможу відвезти його назад до готелю. Єдиною проблемою буде те, що коли я туди прибуду, що з ним робити далі".

"Це ми вирішимо, коли вийдемо з магазину". Сем пішов за візком. Натомість він повернувся з бортовим візком. Це виявилося кращим варіантом. Вони легко посадили на нього Паркера і попрямували назад до готелю.

"Давай повернемося пішки, повільно і спокійно", - сказав І-Зі. "Зрештою, мені не потрібно летіти. Ми візьмемо його тихо і спокійно, піднімемося в наш номер, покладемо його на ліжко".

"Потім я поверну планшет, мені довелося пообіцяти, що я особисто його поверну".

"Звучить як план. Упс."

Група покупців займала більшу частину тротуару. Вони зупинилися, щоб пропустити їх, а потім знову продовжили свій шлях і незабаром повернулися до готелю.

Усередині бортовий комп'ютер не помістився у звичайному ліфті, тому їм довелося скористатися службовим ліфтом. Для цього довелося переконати консьєржа, тобто підкупити його. Після того, як гроші перейшли з рук в руки, він навіть допоміг їм витягнути бортовий комп'ютер з ліфта. Він також запропонував повернути її в магазин, коли вони закінчать. Пропозиція, від якої Сем ввічливо відмовився.

І ось, за межами кімнати І-Зі та Паркера, ліфт відчинився, і з нього вийшли Лія та її мати. Кожна з них несла численні сумки, коли вони помітили хлопців і бортовий комп'ютер.

"О, ні! Що сталося?! запитала Лія.

"Не знаю", - відповів І-Зі. "Він зробив дивний поворот".

"Давайте занесемо його всередину", - сказала Сем.

Поклавши сумки, дівчата допомогли І-Зі та Сем покласти Паркера на ліжко.

"Може, його зачарували?" припустила Лія.

"Це досить дивний стрибок для тебе, - сказала Саманта. Ти дивилася занадто багато повторів "Зачарованих".

Лія розсміялася. "Так, це був один з моїх улюблених серіалів. Я маю на увазі попередню версію, з дівчиною з "Хто в домі господар".

"Приємно знати, що ви в Нідерландах теж дивитеся старі канали", - сказав І-Зі. Потім він присунувся ближче до Паркера. "Зачекай хвилинку. Він ще дихає?"

Вони спостерігали, як піднімається і опускається грудна клітка Паркера. Цього не відбувалося.

"Перевірте серцебиття - або пульс", - запропонувала Саманта.

"Серцебиття є", - сказав Сем. "І він дихає, але дуже рідко".

Саманта нахилилася і помацала лоб Паркера. "О, Боже, його лихоманить!"

"Принеси льоду!" Сем заплакав, а потім, виконуючи власний наказ, вибіг у коридор з відром льоду на буксирі.

"Може, викликати лікаря?" запитала Саманта.

# РОЗДІЛ 23

"Я згодна з мамою. Треба викликати швидку, або, може, в готелі є лікар", - сказала Лія.

І-Зі скривився, надіславши Лії повідомлення: "Нам потрібно позбутися дядька Сема і твоєї мами".

Сем повернувся з відром льоду. "Треба занурити його у ванну". Вони з Самантою почали піднімати Паркера.

"Зачекайте!" сказала Лія. "Сем і мамо, чому б вам двом не піти і не принести багато-багато льоду? Я маю на увазі, що нам потрібно наповнити ванну, перш ніж ми покладемо його туди, так?"

"Думаю, вони намагаються від нас позбутися", - сказав Сем.

"Вибачте", - сказав І-Зі. "Ви можете дати нам кілька хвилин, щоб ми спробували розібратися в ситуації з Паркером?"

Саманта і Сем кивнули, а потім вийшли з кімнати.

І-Зі прочитав магічні слова, які викликали Еріеля: Рох-Ах-Ор, А, Ра-Ду, ЕЕ, Ель.

Але архангел не з'являвся. Те, що його ігнорували, безмежно дратувало Е-Зі, адже він знав, що за ним постійно стежить Еріель.

Лія спробувала зв'язатися з Ганіелем, але не отримала жодної відповіді.

І-Зі та Ліа не знали, що робити, коли серце Паркера сповільнило своє биття і майже зупинилося.

Без виклику або з фанфарами прилетіла Аріель. Вона підлетіла прямо до Паркера. Вона поклала руки йому на чоло. Вони спостерігали, як краплі сліз падали з її очей і падали на його щоки. Вона наспівувала ніжну пісню і чекала. Коли він не ворухнувся і не прийшов до тями, вона повернулася, щоб піти. Але перед тим, як піти, вона промовила: "Він пішов". І через кілька секунд її теж не стало.

Хоча вони були на 45-му поверсі і хоча Альфред/Паркер був мертвий. Знову.  І-Зі підняв його з ліжка і підніс до вікна. Він озирнувся на Лію через плече.

Вона плакала, коли вони з Паркером падали.

Падали, падали. Аж поки не з'явилися крила інвалідного візка І-Зі. Вони полетіли, він і Альфред, він і Паркер. Вони були однакові. Двоє за ціною одного.

Він починав марити, піднімаючись все вище і вище. Металеві частини його крісла ставали дедалі гарячішими.

Він боявся, що вони самозагоряться.

Він повинен був все виправити. Він просто мусив. Він повинен був знайти Еріеля.

Інвалідний візок почав битися в конвульсіях, що призвело до падіння І-Зі та Альфреда/Паркера.

Вони приземлилися без крісла в силосній ямі, де І-Зі вчепився в бездиханне тіло свого друга.

Незабаром з'явився Еріель і, зависши в повітрі перед ними, вигукнув: "Я ж казав вам, що це станеться. Я казав вам, і він погодився. Угоду було укладено".

І-Зі знав, що це правда, і все ж. "Навіщо ти тоді дав йому надію, і до чого тут цитата Шекспіра про те, що треба дати йому другий шанс?"

Еріель подивився на мляве тіло, яке тримав Ю-Зі. "Це була не моя провина".

"Тоді з ким мені потрібно поговорити?" запитав І-Зі. "Приведи його до мене. Господи, або хто там за нього відповідає. Я вимагаю його побачити!"

# РОЗДІЛ 24

Еріель похнюпився, а потім зник.

Залишилися Е-3 і Альфред/Паркер. Ім'я Паркер було для нього нічим і ніким. Альфред був його другом, і тепер, коли його не стало, він пам'ятатиме його як Альфреда і тільки як Альфреда.

Чекаючи на щось і нічого водночас. Е-3 пригорнув до себе фігуру свого мертвого друга, бажаючи, щоб той знову повернувся до життя.

"Хочеш випити?" - запитав голос у стіні.

"Я хочу, щоб мій друг знову був живий. Чи можеш ти повернути його до життя? Будь ласка, допоможіть мені врятувати його?"

"Будь ласка, залишайтеся на місці".

ПФФФ.

Заспокійливий аромат лаванди наповнив повітря. Він поринув у сон, в якому переживав спогад, спогад, який змістився і змінився відповідно до його теперішньої ситуації.

Там були батько і мати Ю-Зі, живі і здорові, але молодші. Вони поверталися з лікарні в машині, яку він ніколи раніше не бачив. Його батько, Мартін, вискочив з водійського сидіння, щоб допомогти матері, Лорел, вийти з машини.

Разом вони потягнулися до заднього сидіння і витягли звідти дитяче крісло. Вони з любов'ю подивилися на малюка, який міцно спав у ньому.

"Він схожий на свого старшого брата", - сказав Мартін.

"Так, Ю-Зі завжди засинав у машині", - сказала Лорел.

"Заходь всередину", - воркотів Мартін.

"І познайомся зі своїм старшим братом", - сказала Лорел, коли немовля ненадовго розплющило очі, а потім знову заснуло.

І-Зі, який дивився у вікно, а поруч з ним сидів дядько Сем. Він хотів вийти на вулицю і привітати свого нового маленького братика чи сестричку.

"Зачекай, поки вони зайдуть всередину", - сказав дядько Сем.

"Добре", - відповів семирічний Ю-Зі, притулившись обличчям до вікна, обхопивши його двома руками.

Вхідні двері відчинилися, "Ми вдома!" - покликала його мати Лорел.

Ю-Зі підбіг до вхідних дверей, де його обійняли батьки. Вони присіли навпочіпки, щоб представити нового члена сім'ї Діккенсів.

"Він такий маленький", - сказав І-Зі.

"Він - це він", - сказав його батько.

"Ох."

"Хочеш потримати його?" - запитала мати.

"Гаразд", - сказав Ю-Зі, тримаючи його за руки, щоб мати могла покласти в них свого молодшого братика. "Але я не хочу його будити. Він не буде проти?"

"Ні, він не прокинеться", - сказала Лорел.

"А якщо й прокинеться, то тільки тому, що захоче зустрітися зі своїм старшим братом.

"У нього є ім'я?" запитав І-Зі, беручи новонародженого на руки і притискаючи до себе його голівку.

"Ще ні, хочеш дати йому ім'я?" - запитала мати. "Добре, потримай його за шию, ось так... дуже добре. Звідки ти знаєш, як це робити? Ти такий хороший старший брат".

"Молодець, друже", - сказав його батько.

Ю-Зі подивився в обличчя кібернетика і сказав: "Як на мене, він схожий на Альфреда".

Сльози котилися по щоках Е-Зі, коли два світи зіткнулися. В одному він колисав свого молодшого брата на ім'я Альфред. В іншому він притискав до себе мертве тіло Альфреда в силосі.

"Час очікування - сім хвилин", - сказав голос у стіні.

"Сім хвилин", - повторив І-Зі.

Він подумав про Альфреда, про свої здібності. Про те, як він може зцілювати інші форми життя, включаючи людей. Йому було цікаво, чи зцілив Альфред того юнака. Зробив би це сам? Чи було б це можливо?

"Альфред", - сказав І-Зі. "Альфред, ти мене чуєш?" Він потряс тіло свого друга. "Альфред!" - повторював він знову і знову, сподіваючись, що друг його почує.

Коли настінний годинник відраховував час, з'явився Аріель. "Ти не можеш так поводитися з тілом. Це ганьба". Вона розправила крила і підійшла, щоб підняти мляве тіло Альфреда з рук І-Зі з наміром забрати його.

"Ні!" сказав І-Зі. "Ти його не отримаєш".

Аріель затрясла крилами, а потім вказівним пальцем погрозила І-Зі.

"Альфред покинув будівлю, ти тримаєш шкіру, костюм, який тримав його. Альфред зараз там, де йому судилося бути. Відпусти його тіло".

Е-Зі сів. Якби Альфред був десь зі своєю сім'єю, якби це було правдою, то так, він би його відпустив. До того часу він тримався.

"Де саме він знаходиться? Чи він зі своєю сім'єю?"

Аріель пурхнула близько, напрочуд близько, майже сидячи на носі у І-Зі. "Цього я не можу сказати."

"Тоді я його не відпущу."

"Добре", - сказала Аріель. Вона пирхнула і зникла.

Над ним, у силосі, з'явилися дві фігури - чоловік і жінка. Вони рушили до нього і попливли вниз. Все ближче і ближче.

Він потер очі. Невже йому знову наснилося? Це були його мати і батько. Мартін і Лорел. Ангели, які прийшли привітати його. Він похитав головою. Це не могли бути вони. Не могли. Він мріяв про них - про те, як вони принесуть додому маленького братика. Тепер вони були тут, з ним у бункері. Ясно, як день - але він все ще спав? Снився?

"Е-З", - сказала його мати. "Ця людина, твій друг Альфред, помер. Ти повинен відпустити його і продовжувати свою роботу. Ти повинен завершити випробування, а годинник цокає. У тебе закінчується час".

Батько Е-Зі, Мартін, сказав: "Це єдиний спосіб, щоб ми могли знову бути разом".

"Але вони збрехали йому", - сказав Ю-Зі. "Вони сказали йому, що він буде зі своєю сім'єю. Він не може бути зі своєю сім'єю зараз, не в такому стані. Звідки мені знати, що вони не брешуть мені про те, що я буду з тобою? Звідки мені знати, що ти не є маніпуляцією Еріеля, щоб змусити мене виконувати його волю?"

"Хто такий Еріель?" - запитала його мати.

"Ми не знаємо Еріеля", - відповів його батько.

Це не мало ніякого сенсу. Це був дім Еріеля. Знали вони його чи ні, не мало значення, він був відповідальний за те, що вони були тут. Він знав, як зачепити струни серця Еріеля. Він знав, як змусити його зробити те, що він хотів.

А чого саме він хотів? І чому він використовував своїх батьків, щоб отримати це? Це було безсоромно. У повітрі над ним висіли його батьки, вмикаючи і вимикаючи свої посмішки, наче маріонетки. Тоді він точно знав, що ті два привиди, чи хто вони там були, зовсім не були його батьками. Вони були плодом його уяви, або, можливо, Еріеля. Чого він не міг збагнути, так це чому. Чому ним так жорстоко і безсоромно маніпулюють?

"Прокидайся, Ю.-З.!"

Він знову був у своєму ліжку. У своєму будинку.

Він перевернувся і знову заснув... і знову опинився в бункері - знову.

# **РОЗДІЛ** 25

Три схожі на силоси штуки плавали по кімнаті, ніби грали в гру "Іди за лідером".

Це були не силоси. Це були справжні місця вічного спочинку, які називалися Ловцями Душ.

Кожного разу, коли помирала жива істота, за умови, що тіло, в якому вона жила, було народжене з душею, одного дня житиме далі. Ловців Душ було багато, занадто багато, щоб їх можна було порахувати. Їх було набагато більше, ніж ми, люди, можемо осягнути. Більше, ніж гуголплекс - найбільше відоме нам число.

Коли прибув Е-Зі, його, як і раніше, помістили в Ловець Душ, що чекав на нього.

Наступним прибув Альфред, все ще мертвий, його тіло помістили в уловлювач душ.

Лія прибула останньою, все ще сплячою, у свій ловець душ.

Не минуло багато часу, як Е-Зі почав відчувати клаустрофобію.

"Хочете чогось випити?" - запитав голос у стіні.

"Ні, дякую", - відповів він, барабанячи пальцями по ручці свого інвалідного візка, коли з'явився ангел. Новий ангел, якого він раніше не бачив.

Цей ангел був жінкою. Вона була одягнена в чорну сукню і капелюшок, ніби брала участь у церемонії вручення дипломів. На її суворому обличчі була пара окулярів. Схожі на ті, що носила Мерилін Монро на плакаті в кафе. Різниця полягала в тому, що оправа цих окулярів пульсувала червоною рідиною, схожою на кров.

"Е-З", - сказала вона тремтячим гучним голосом. Її голос відлунював. "Ласкаво просимо назад до вашого Ловця Душ".

"Ловець душ?" - перепитав він. "Так ось як ця штука називається? Як на мене, вона більше схожа на силосну яму. То що ж таке Ловець Душ?"

"Це місце вічного спочинку для душ", - сказала вона так, ніби відповідала на це питання вже мільйон разів.

"Але хіба це не для тих, хто помер? Я ж не померла". Він дуже сподівався, що не помер!

"Зачекай!" - крикнула вона.

Знову ж таки, вона трясла стіни, коли говорила. І його зуби теж вібрували. Настільки, що він волів би опинитися надворі на снігу, ніж слухати, як вона вимовляє ще одне слово.

"Я не казала вам, що це час запитань і відповідей. Як я бачу, ви успішно завершили більшість своїх випробувань. Хоча Альфред допомагав вам у випробуванні номер два. Як ви знаєте, несанкціонована допомога не допускається".

Е-Зі відкрив було рота, щоб захистити Альфреда, але тільки знову його закрив. Він не хотів ризикувати, щоб вона знову підвищила голос. Йому дуже хотілося, щоб там стало тепліше. З іншого боку, це було місце для душ. Може, душі віддавали перевагу холодному сховищу.

ТІК-ТОК.

Ковдра була накинута на його плечі.

"Дякую."

"Ти маєш рацію, коли помреш, твоя душа спочиватиме тут. Або спочивала б тут, якби ми дозволили тобі померти. Але ми зберегли тобі життя. У нас були на це вагомі причини. Але все змінилося. Нічого не вийшло. Тому ми хочемо розірвати нашу попередню угоду".

"Що значить анулювати? Ну і нахабство у вас! Намагаєтеся розірвати угоду тільки тому, що я дитина? Існують закони проти дитячої праці. Крім того, я зробив все, що від мене вимагалося. Звичайно, мені довелося вчитися всьому на ходу. Але я зробив це, незважаючи ні на що. Я виконав свою частину угоди, і ви повинні виконати свою".

"О так, ти зробив те, що від тебе вимагалося. У цьому й проблема - тобі бракує ініціативи".

"Безініціативність!" вигукнув І-Зі, грюкаючи кулаками по підлокітниках свого інвалідного візка. "Ми домовилися, що ти посилаєш мені випробування, а я вирішую, як їх подолати. Я врятував життя. Не можна змінювати правила на півдорозі гри".

"Так, це була початкова домовленість. Потім щось пішло не так з Хадзом і Рейкі - вони забули стерти пам'ять - з одного боку, і Еріелю довелося втрутитися."

"Він послав мені випробування, я їх пройшов. Я навіть переміг його на дуелі.

"Так, ти це зробив. Я попросив його перевірити зв'язок між тобою і твоїм дядьком Семом.

"Випробувати нас?"

"Так. Архангел не призначений для того, щоб СТВОРЮВАТИ випробування для ангела, який навчається. Через вашу, ну, безініціативність, Еріелю довелося втрутитися більше, ніж слід було".

"Зачекайте хвилинку! Ти хочеш сказати, що я повинен був піти і знайти свої власні випробування? Чому ніхто не розповів мені про ці вимоги?"

"Ми сподівалися, що ти сам здогадаєшся. Були підказки. Підказки про загальну картину. Спільності. Ми сподівалися, що вам буде з ким обговорити випробування. Випробування, які ви вже завершили. Що ви зосередитеся на проблемі. Прийдете до того ж висновку.

Допоможете нам. Можливо, навіть перемогти її - без того, щоб ми годували вас з ложечки. Ми давали вам усі можливості, але ви цього не зробили. Тому ми йдемо іншим шляхом".

"Спільності? Здається, я розумію, що ти маєш на увазі".

"Якщо ти це зрозумієш і обереш варіант супергероя... Це може спрацювати. Поки все було кристально ясно. У тебе була повна картина. Знав про ризики."

"То ми все ще будемо командою? Чому б тобі не пояснити це по буквах? Щоб мені було простіше?"

"У минулому, навіть якщо твої супутники були наділені здібностями, якими ти не володів, ти не використовував їх. Замість цього ви втрьох сиділи і гаяли час, чекаючи, коли все станеться.

Вам не здалося дивним, коли Еріель з'явився в парку розваг? Він піднімав профілі Трьох. Це не робота архангела. Це твоя робота".

Він похитав головою. "Я не був на сто відсотків упевнений, що це був Еріель, поки він не назвав себе в кінці. До цього у мене були підозри. Хто б ще одягався як Авраам Лінкольн?

"Крім того, я думав, що ніхто не повинен знати. До цього моменту я думав, що випробування були таємницею. Я боялася порушити нашу з тобою домовленість. Офаніель сказав, що якщо я комусь розповім, то втрачу шанс знову побачити батьків. Я дотримувався встановлених для мене правил. Я не думаю, що ти розумієш поняття чесної гри".

"Це не гра. Архангели можуть робити все, що нам заманеться!" - вигукнула вона, підходячи ближче до місця, де сидів І-Зі. Вона висунула підборіддя вперед. "Ми вирішили, що тобі більше підходить гра в Супергероїв, ніж в Ангелів. Саме тоді тобі допомогли у відділі зв'язків з громадськістю. Щоб заохотити тебе знайти власних людей, які допоможуть тобі. Бог знає, що їх повно на землі. Як їх назвав Шекспір, тих, що нявкають і блюють на руках у годувальниці".

"Я не читав Шекспіра, але я родич Чарльза Діккенса. Не те, щоб це мало значення. Але, гаразд, ви хочете, щоб я продовжував, як супергерой з Альфредом, якщо він живий, і з Лією поруч. Ми можемо легко отримати велику підтримку і розголос у ЗМІ.

"Я все ще відданий тобі. Якщо ти дозволиш нам вільно панувати, то чому б і ні, небо буде межею. Ми знаємо багато дітей у школі та у спортивній індустрії.

Ми можемо створити гарячу лінію для супергероїв та веб-сайт. Ми можемо використовувати соціальні мережі для зв'язку з людьми з усього світу. Люди будуть шикуватися в чергу, щоб ми їм допомогли. Це буде зовсім інша гра".

"Ах, нарешті він заговорив про ініціативу... але, мій любий хлопчику, вже занадто пізно. Як я вже казав, ми хочемо звільнитися від зобов'язань перед тобою. Ти більше не пов'язаний з нами. Ти більше не маєш боргу, який повинен сплатити."

"Але..."

"Ви троє довели, що ви робите це тільки заради себе. Коли ангели вперше припустили, що ви можете допомогти нам, представляти нас тут, на землі - у нас був план. З Альфредом було те ж саме. Потім з'явилася Лія. З тих пір ми досягли певного успіху з вами обома. Ми включили її в тріо... але тепер ви стали застарілими".

"Ми рятуємо людей, ми допомагаємо людям."

"Не треба мені цього. Якби я запропонував тобі шанс бути з батьками сьогодні, тут і зараз. Ти б кинув рушник. Ти б пішов, не думаючи про ті життя, які ти міг би врятувати, якби випробування продовжилися.

"Гадаю, так само було б і з Альфредом, якби він вижив. Він був би в полі маргариток зі своєю сім'єю, не змигнувши оком. І до речі про очі, якби до Лії повернувся зір - вона б теж поїхала.

"Після ретельних роздумів ми зрозуміли, що ніхто з вас не відданий нікому, окрім себе, тому ми переходимо до плану Б".

"Зачекайте хвилинку. Давайте визначимося з поняттям "робота". Він погуглив і з радістю виявив, що має чотири стовпчики. "Згідно з онлайн-словником: регулярно виконувати роботу або обов'язки за заробітну плату або платню. Я працював на вас безоплатно. Окрім обіцянки компенсації. У нас була усна домовленість.

"Я не знаю подробиць угоди Альфреда чи Лії, але можу посперечатися, що їхні ангели запропонували їм схожі заохочення. Я дотримався своєї частини угоди, а ви повинні дотриматися своєї. Мені тринадцять років і, - він погуглив. "Так, як я і думав, за даними Міністерства праці США, чотирнадцять років - це мінімальний вік для роботи".

Вона засміялася і поправила окуляри. Він помітив, що у неї на руках кров. Вона витерла їх про свою чорну сукню. "Стародавні закони не застосовуються до ангелів чи архангелів. Ти наївно думаєш, що вони можуть бути застосовні до них". Вона зробила паузу. "Ми готові запропонувати вам два варіанти. Варіант номер один: Ти залишишся тут, у своєму Ловці Душ, до кінця свого життя".

"Що?"

Самі основи його Ловця Душ затремтіли. Від думки, що його поховають живцем у цьому металевому контейнері, йому стало погано.

"Життя, яке ти проживеш, бо твої дні, коли ти житимеш і дихатимеш, будуть проведені так, як пообіцяли ті недоумкуваті архангели. З твоїми батьками. Тобто, ти заново проживеш своє життя з батьками від дня твого народження і до того самого моменту, коли їхнє життя обірвалося. Ти ніколи не опинишся в інвалідному візку, а вони ніколи не помруть". Вона зробила паузу. "Тепер ти можеш говорити".

"Ви маєте на увазі, що я проживу своє життя з батьками, кожен день, який ми провели разом, назавжди, знову і знову?"

"Так."

"А який варіант номер два?"

"А ти не можеш здогадатися?" - запитала вона із зубастою посмішкою.

Її посмішка була такою нещирою, що йому довелося відвести погляд.

Він чекав.

"Варіант номер два означає, що ти повернешся назад, щоб прожити своє життя з дядьком Семом". Вона завагалася, присунувшись ближче. Йому вже було холодно, а тепер вона робила його ще холоднішим з кожним помахом своїх крил. Він накрився ковдрою. Вона продовжила. "Як ти вже здогадався, ти не воззʼєднаєшся зі своїми батьками, і ніколи не воззʼєднаєшся з ними в жодному з варіантів. Ми відтворимо минуле. Ти ніби житимеш у пʼєсі чи телевізійному шоу".

"Що! Це не те, на що я погоджувався!" вигукнув І-Зі. "Ти хочеш сказати, що Хадз. Рейкі, Еріель і Офаніель брехали мені?"

"Брехали - це сильно сказано, але так. Поглянь на своє оточення. Душі поміщають в окремі відсіки. Для кожної душі заздалегідь готується відсік".

"То ти кажеш, що мої батьки знаходяться в одному з таких відсіків?"

"Так, їхні душі.

"А що з ними потім відбувається?"

"Ну, вони літають у небесах."

"Це сумно. Я завжди думав, що мої батьки будуть десь разом. Я знаю, що це була єдина річ, яка давала Альфреду якусь розраду. Що його дружина і діти були десь разом. Нікому не подобається думати про те, що його кохана людина помирає на самоті. Не кажучи вже про те, що він проведе вічність у металевому контейнері, який дрейфує з місця на місце".

"Людська сентиментальність. Душі просто існують. Вони не живуть і не дихають, не їдять, не відчувають спеки чи холоду. Люди не розуміють цієї концепції".

Він насміхався.

"Я не хочу образити ваш вид. Але коли тіло відмирає, те, що залишається, душа, - це складна концепція, яку важко зрозуміти. Людський мозок занадто малий, щоб осягнути всю складність всесвіту. Звідси створення релігійних доктрин. Написаних доступною мовою. Їх легко викладати і їм легко слідувати без жодних доказів".

"Якщо душі цінуються більше, ніж такі люди, як я, то як я можу прожити решту свого життя в одному з цих контейнерів?"

"Ми внесли коективи, як зараз, так і раніше. У тебе не було жодних проблем з існуванням тут, коли ми привезли тебе сюди, чи не так?"

"Окрім клаустрофобії", - відповів він. "І часів, коли мені доводилося заспокоювати себе лавандовим спреєм.

"А, так. Рецидиви клаустрофобії, звісно, залежатимуть від того, який варіант ви оберете.

Якщо ви виберете варіант номер один, навколишнє середовище буде підтримувати вас усіма способами, поки ваша душа не буде готова. Тоді ваша земна форма може бути утилізована. Люди пристосовуються, і ти звикнеш до цього. До того ж, ти будеш з батьками, переживатимеш спогади. Це допоможе скоротати час. А тепер, називай свій вибір!"

"Зачекай, а як же мої крила, і крила мого крісла? Що з ними буде?" Він завагався: "А як же сили Альфреда і Лії? Якщо ми виберемо варіант номер один, ми повернемося до того, якими ми були? Я маю на увазі, до того, як ти та інші архангели увійшли в наше життя?"

"Звичайно, ми не збираємося відривати тобі крила, мій любий хлопчику, або забирати будь-які здібності, якими ви вже наділені. Ми архангели, а не садисти".

"Радий це чути, значить, ми можемо продовжувати бути супергероями."

"Можете, але вам доведеться створити власну рекламу, бо коли ми підемо - ми підемо назавжди".

"Будь ласка, залишайтеся на місці", - промовив голос у стіні, хоча Е-Зі не мав особливого вибору в цьому питанні.

Архангел нічого не відповів. Замість цього вона відволіклася на те, щоб почистити окуляри, а потім знову їх одягнути.

"І ще одне, - запитала Ю-Зі, - про Альфреда".

"Продовжуй, але поквапся. Ще одна концепція, яку люди не розуміють, полягає в тому, що час існує у всьому всесвіті.  Мені треба побувати в інших місцях і побачити інших архангелів".

"Гаразд, я розберуся з цим. Альфред зараз в іншому людському тілі. Якщо душа залишається з тілом, то чи є там дві душі? Ловець душ чекає на дві душі?"

Ангел повернулася до нього спиною. Вона прочистила горло, перш ніж заговорити: "Я, ми, сподівалися, що ти не поставиш це питання. Ти розумніша, ніж ми очікували". Вона заплющила очі, кивнула: "Мммм". Її очі залишилися заплющеними. Е-Зі подивився, чи вдягнула вона беруші, бо здавалося, що вона когось слухає. А може, йому здалося. Вона кивнула. "Згодна", - сказала вона.

"З нами є ще хтось?" - запитав він.

Новий голос пролунав звідусіль. Чому всі архангели мали такі гучні голоси?

"Я - Разіель, Хранитель Таємниць. Е.-З. Діккенс, ти повинен прислухатися до моїх слів. Бо після того, як вони будуть сказані, ти не повинен їх пам'ятати. Як і те, що я був тут. Ловці душ і їхні цілі - не твоя справа. Ти перейшов свої межі, і ми цього не потерпимо. Ми щедро дали тобі два варіанти. Вирішуй ЗАРАЗ, або мій вчений друг прийме рішення за тебе".

І-Зі почав говорити, але потім його розум затьмарився. Про що вони говорили?

Архангел знову заплющив очі, промовив слова "Дякую", і голос Разіеля більше не промовляв.

***

З давалося, що час стрибнув назад. "Ви очікуєте, що я прийму рішення на місці, не давши мені часу на роздуми? Не поговоривши з моїм дядьком Семом або з моїми друзями? До речі, як щодо Альфреда, йому сказали, що він возз'єднається зі своєю сім'єю? І Лія, їй сказали, що до неї повернеться зір".

"Оскільки Альфреда більше немає, ваше рішення - виживе він на землі чи ні - буде його рішенням. Його вибір номер один буде таким же, як і ваш. Чи захоче він знову прожити своє життя зі своєю сім'єю? Можливо, коли він піде, йому вже будуть снитися приємні сни про них. З іншого боку, ніколи не знаєш, які фокуси може зіграти розум. Він може опинитися в круговерті кошмарів, і тільки ви можете врятувати його і його сім'ю, зробивши правильний вибір за нього".

"Ви хочете сказати, що він ніколи не вийде з цього? Напевно?"

"Цього я не можу сказати. Знаю лише, що ловець душ ще не готовий забрати його душу... поки що".

"А Лія?"

"Її людських очей у цьому житті вже немає, як і твоїх ніг. Вона може прожити свої зрячі дні, але, можливо, вона віддасть перевагу тому, щоб ти зробив вибір і за неї. Адже вона не встигла вирости і подорослішати, як нормальна дитина. Вона вже втратила три роки свого життя, і цей епізод зі старінням, ми не впевнені, чи це одноразовий випадок, чи він повториться".

"Тобто, ви теж не знаєте, що з нею станеться?"

"Ні, не знаємо. До того ж, вона ще спить".

"Я не можу вирішити це за нас трьох в умовах обмеженого часу. Це важливе рішення і мені потрібен час."

"Тоді ти його отримаєш". З'явився годинник, який відраховував шістдесят хвилин. "Твій час починається зараз. Дайте мені відповідь до того, як він досягне нуля. Інакше все, про що ми говорили, буде недійсним. І ти повернешся до готелю з мертвим тілом свого друга". Її крила затріпотіли, і вона піднялася все вище і вище.

"Зачекай, перш ніж ти підеш", - крикнув він.

"Що там ще?"

"Чи є інші, я маю на увазі, інші діти, як ми?"

"Було приємно познайомитися з тобою", - сказала вона.

"Це почуття точно не взаємне", - відповів він.

# РОЗДІЛ 26

Хвилини спливали за хвилинами, і Е-Зі обмірковував усе, що йому щойно розповіли. Йому хотілося, щоб силос був достатньо широким, щоб він міг більше рухатися. Принаймні, йому було зручно сидіти у своєму інвалідному візку. Разом вони були схожі на динамічний дует.

"Хочеш поїсти?" - запитав голос зі стіни.

"Звичайно", - відповів він. "Яблуко, трохи попкорну - зі смаком сиру було б добре, і пляшку води".

"Зараз принесу", - сказав голос, коли металевий столик просунувся крізь щілину в стіні, яку він не помітив раніше. Він зупинився перед ним. З щілини висунувся гак, на якому лежала спочатку пляшка з водою. Потім другий гак зі склянкою. За ним - третій гачок з яблуком. Перед тим, як опустити його на землю, гак відполірував його рушником. Потім вискочив четвертий гачок з мискою попкорну.

"Дякую", - сказав він, коли чотири хапальні гачки помахали йому рукою і зникли в стіні.

"Нема за що."

"Ви не могли б принести мені мій комп'ютер? Він згорів під час пожежі. Мені б дуже хотілося мати можливість скласти список речей, щоб прийняти це рішення".

"Звісно. Просто дайте мені хвилину-другу".

Коли він доїдав яблуко і споглядав попкорн, з іншої щілини на протилежній стіні з'явився його ноутбук. Гак тримав його вгорі, чекаючи, поки І-3 відсуне інші предмети, щоб він міг розміститися. Коли він цього не зробив, гаки з'явилися з іншого боку. Один підхопив серцевину яблука і зник у стіні. Інший вилив залишки води у склянку. Потім витягнув порожню пляшку назад через щілину в стіні. Оскільки він хотів залишити собі попкорн і склянку з водою, то прибрав їх зі столу. Гак підчепив його ноутбук, а потім повернувся назад через щілину в стіні.

Е-Зі подумав, що гачки - це круті аксесуари. Він міг би легко продати їх великій шведській мережі.

Тепер, коли гачки зникли, він підняв кришку ноутбука і натиснув на неї. Сперш у він перевірив файл свого татуювання "Ангел" - все було на місці! Він був такий щасливий, що розплакався б, якби годинник не підганяв час.

"Дуже дякую", - сказав він, запихаючи в рот жменю сирного попкорну. А потім почав друкувати. Він вирішив подумати про себе в третю чергу. Спочатку записати всі "за" і "проти" щодо Альфреда. Одразу ж він зрозумів, що Альфред був би не проти пережити своє минуле зі своєю сім'єю ще раз. Можливо, він би одразу погодився на цей варіант.

"Проте, Е-Зі здавалося, що його сім'я не хотіла б, щоб він пішов на такий крок. Адже він би знову переживав те, що вже було, а не рухався вперед. У житті ви повинні рухатися вперед. Продовжувати вчитися і розвиватися.

Чим більше він думав про це, тим більше усвідомлював, що це було б схоже на перегляд своєї життєвої історії. Уявіть собі, що ваше життя двадцять чотири сім днів у постійному циклі. Ніколи не знаючи, коли воно закінчиться. І чи закінчиться взагалі. Це може перетворитися на інше пекло. Таке, про яке не хотілося б навіть думати.

Хіба що, якби він знав напевно, що Альфред назавжди залишиться в комі. На що натякав архангел. Тоді для нього цей вибір відгородив би його від поганих снів і кошмарів. Альфред назавжди залишиться зі своєю сім'єю. Навіть якщо це було не по-справжньому... цього могло б бути достатньо. Чи вибрав би він це?

Він подивився на годинник, залишилося п'ятдесят хвилин. Він почав думати про справу Лії. Її мрія стати відомою балериною була обірвана. Чи захотіла б вона знову пережити дитинство, знаючи, що ця мрія ніколи не здійсниться? Для неї це було б варте того, щоб ризикнути заради майбутнього. Очі в її долонях робили її особливою, неповторною... і вона була симпатичною. Вона могла б навіть стати останньою версією диво-жінки, якби змогла використати всі свої сили.

"І-З?" сказала Лія. "Я чую твої думки, але де ти?"

О ні! Тепер, коли вона прокинулася, йому доведеться все їй пояснити, а на це потрібен час, а час спливав. Він повинен був зробити це швидко. "Послухай, Ліє, - почав він, - я маю розповісти тобі довгу казку, будь ласка, не зупиняй мене, доки я не закінчу казку. У нас мало часу". Він все пояснив, це зайняло у нього десять хвилин. Минуло ще десять хвилин. Залишилося сорок хвилин.

"Гаразд, І-З, ти думай про себе, а я буду думати про себе. Давай п'ять хвилин відпочинемо, а потім знову поговоримо. Час починається зараз."

"Гарний план."

Минуло п'ять хвилин, і годинник показав, що залишилося тридцять п'ять хвилин. І-Зі запитав Лію, чи вона вирішила.

"Так", - відповіла вона. "А ти?"

"Я теж", - відповів він. "Ти перша, за п'ять хвилин або менше, якщо зможеш".

"Для мене це дуже просте рішення, І-Зі. Я не хочу залишатися в цій штуці і прожити тут своє життя. Коли Ловець Душ принесе мене сюди, коли я помру. Це буде чудово. Але я не хочу бути силоміць ув'язненим у цьому просторі. Не тоді, коли я можу бути там, відчувати тепло сонячного світла, слухати птахів, відчувати вітер у своєму волоссі. Не кажучи вже про час, проведений з мамою, дядьком Семом і, сподіваюся, з вами. Життя занадто коротке, щоб витрачати його даремно, і мені подобаються мої нові очі більшу частину часу". Вона засміялася.

"Згоден, і на твоєму місці я б зробив те ж саме".

"Дякую, І-Зі. Скільки часу залишилося?"

"Ще двадцять п'ять хвилин", - підтвердив він. "А тепер ось що я подумаю за, сподіваюся, менш ніж п'ять хвилин. Я не проти бути тут, це не набагато відрізняється від того, що я був на волі. Я зрозумів, що інвалідний візок - це не кінець світу. Насправді, я вже звик до нього. Я можу робити те, що робив раніше, наприклад, грати в бейсбол, і у мене не зовсім погано виходить. Чорт забирай, можливо, одного дня в нього навіть гратимуть на Паралімпійських іграх.

"Мої батьки не хотіли б, щоб я марнував своє життя, живучи минулим. І дядько Сем теж.  Я не хочу відмовлятися від усього, тільки тому, що ці архангели твіттера дали кілька непристойних обіцянок. Так що я з тобою згоден. Ми забираємося до біса від цих Ловців Душ. Будемо жити своїм життям, поки не закінчимо жити. І тоді воно може прийти і зловити нас. Роками пізніше, після того, як ми, сподіваємося, зробимо свій внесок у розвиток людства і проживемо хороше життя. Можливо, ми знайдемо інших таких, як ми. Ми могли б створити гарячу лінію для супергероїв і працювати разом по всьому світу. Ми могли б використовувати наші сили, щоб зробити світ кращим. Ми могли б жити повним життям, створювати надихаюче життя, яким би ми пишалися, і наші сім'ї пишалися б теж".

"Браво!" вигукнула Лія. "Але чи є інші, такі як ми?"

"Я запитала ангела, який мені все пояснив, але вона не відповіла. Це змушує мене думати, що вони є". Він подивився на годинник. "Залишилася лише двадцять одна хвилина".

"А як же Альфред? Він коли-небудь прокинеться?"

"Ангел сказала, що не знає, тільки ловець душ знає... але вона сказала, що йому можуть снитися кошмари. Якщо є шанс, що він у пеклі, то, можливо, нам краще його відпустити. Може, варіант номер один, коли він живе з сім'єю на зв'язку - це те, що йому потрібно?"

"Я не згоден. Ніхто з нас не знає напевно, коли ловець душ прийде за нами. Альфред не хотів би марнувати час тут, тому що погані сни можуть знайти його. А не там, де є шанс, що він може комусь допомогти чи надихнути. Ми прийшли сюди разом, і ми повинні піти звідси разом. На мою думку, це все".

Чотирнадцять хвилин, і час спливає.

Вона підійшла до проблеми Альфреда в унікальний спосіб. Чи мала вона рацію? Чи справді Альфред хотів би відмовитися від своєї сім'ї за таким сценарієм заради незвіданого майбутнього? Хіба ми всі не існуємо в незвіданому світі, зрештою? Змінюємо курс, ухиляємося, пірнаємо. Відчиняємо вікна, зачиняємо двері. Дозволяти емоціям збивати нас зі шляху, а потім повертатися назад. Це все про життя. Так, Лія була права. Це було вирішене питання.

На годиннику залишилося вісім хвилин.

"Гадаю, ти маєш рацію, Ліа. Один за всіх і всі за одного", - сказав І-Зі. "Архангел сказав мені, що я повинна вимовити ці слова до того, як закінчиться час. Тоді ми всі повернемося в готель... ніби цієї інтермедії з Ловцем Душ ніколи не було".

"Як ти думаєш, ми ще будемо пам'ятати про ловців душ? Для нас дуже важливо винести уроки з цього досвіду. Навіть якщо ми не поділилися ним. Майте на увазі, що це перевертає все, що ми знаємо про рай і потойбічне життя."

Залишилося п'ять хвилин.

"Так, але давай обговоримо це з іншого боку". Він стиснув кулаки, коли годинник добігав до чотирьох хвилин. "Ми вирішили!" - крикнув він. "Витягніть нас трьох з цих ловців душ - НЕГАЙНО!"

Стіни бункера E-Z почали трястися. "Ти в порядку, Ліє?" - крикнув він. Вона не відповіла. Здавалося, що земля під його ногами брязкає і гуркоче. Потім вона почала обертатися, спочатку за годинниковою стрілкою, потім проти годинникової стрілки, потім за годинниковою стрілкою.

Всередині його шлунок скрутило. Він вивергав сирний попкорн і розжовував всюди шматочки червоного яблука.

Це були єдині сувеніри, які залишилися у Ловця Душ на згадку про нього. Сподіваюся, на дуже довгий час.

# Подяки

Шановні читачі,

Дякуємо, що прочитали першу та другу книгу із серії "Е-3 Діккенс". Сподіваюся, вам сподобалася поява цих нових персонажів, і ви з нетерпінням чекаєте, що ж буде далі!

Третя книга серії буде доступна дуже скоро!

Ще раз дякую моїм бета-читачам, коректорам і редакторам. Ваші поради та заохочення допомагали мені йти в ногу з часом, а ваш внесок завжди цінувався і цінується.

Дякую також родині та друзям за те, що завжди були поруч зі мною.

І як завжди, щасливого читання!

Кеті

# Про автора

Cathy McGough живе і пише в Онтаріо, Канада

з чоловіком, сином, двома котами та собакою.

Якщо ви хочете написати Cathyi, ви можете зв'язатися
з нею тут:

cathy@cathymcgough.com.

Cathy любить чути від своїх читачів.

# Також Ву: